PETER ECKMANN

DER KREIDE-STRICH

© 2017 Peter Eckmann

Herstellung und Verlag:
BoD – Books on Demand, Norderstedt.
ISBN: 978-3-7448-0036-5
Version: 4

Zu diesem Buch:

Eine junge Prostituierte flüchtet von St. Pauli zurück in ihre
Heimat an der Oste. Schergen ihres Zuhälters sind hinter ihr
her und trachten nach ihrem Leben. Sie versteckt sich bei einer
Verwandten und findet Arbeit bei der Portland Cement.

Doch so leicht lassen sich ihre Verfolger nicht abschütteln:
Ein Toter ruft die Polizei auf den Plan, und die junge Frau
fürchtet, dass ihre Vergangenheit ans Licht kommen könnte-

Ein Thriller in der beschaulichen Umgebung des Nieder-
elbe-Dreiecks, wo flaches Land und Todesangst aufeinander-
treffen.

Der Roman beginnt 1963 in Neuhaus, es gibt einen Abstecher zur Reeperbahn und endet 1965 in Oberndorf. Das Zementwerk »Portland Cement« ist in Betrieb und gut ausgelastet.

Ich bedanke mich bei meiner Frau, die mein größter Fan und gleichzeitig meine strengste Kritikerin ist, für ihre unermessliche Arbeit am Manuskript und die vielen hilfreichen Diskussionen.

PETER ECKMANN, geboren 1947, lebt im Niederelbe-Dreieck in der Nähe von Cuxhaven.

Ingenieur der Verfahrenstechnik, schreibt unter dem Pseudonym Allan Greyfox Wildwest- und Detektivromane.

Seit Ende 2015 gibt es den ersten Kriminalroman. Er spielt in Manhattan wenige Jahre nach dem Ende des Zweiten Weltkrieges. Der Held ist Michael Callaghan, der Enkel des Revolverhelden der Wildwest Serie.

Dieses Buch ist der erste Kriminalroman, der in der Heimat des Autors spielt. Man muss nicht bis nach Manhattan reisen, um Verbrechern zu begegnen. Die nahe Großstadt Hamburg wirft ihre dunklen Schatten in das beschauliche Land an der Oste.

Vorwort

Zur besseren Orientierung für den kundigen Leser wurden Ortsnamen korrekt angegeben. Die Namen der Protagonisten sind dagegen frei erfunden. Zufällige Überstimmungen mit lebenden oder verstorbenen Personen können jedoch nicht ausgeschlossen werden.

Ich bedanke mich bei Herrn Günter Tiedemann, Herrn Ernst von See und Karin und Hans Stechmann für die geduldige und genaue Beschreibung der historischen Hintergründe.

Herr Günter Tiedemann aus Althemmoor hat mit seiner unendlichen Ausdauer, seinen netten Anekdoten und seiner unglaublichen Kenntnis der alten Zementfabrik in Hemmoor zur hoffentlich korrekten Darstellung des vor fünfunddreißig Jahren abgerissenen Werkes beigetragen.

Die Personen

Gabriele Husemann	Eine junge Frau aus Neuhaus, die in Sankt Pauli versackt.
Gerhard Oppermann	Der Zuhälter von Gabriele Husemann
Jules Bertoli	Betreiber eines Erotik Theaters
Emma Husemann	Die Mutter von Gabriele Husemann und Krämersfrau in Neuhaus
Thekla von Borstel	Die Schwester von Emma Husemann
Jakob „Jacko" Dräger	Der Mann für alle Fälle mit Herz für die Mädchen
Josef „Joe" Kastrup	Ein finsterer Geselle vom Kiez
Werner Hansen, Jürgen Krüsmann	Zwei Kriminalbeamte
Karl „Charly" Schlöbohm	Eine undurchsichtige Figur

Sankt Pauli

Der Freier kleidet sich an, die Prostituierte steht derweil vorm Waschbecken und wäscht sich den Schoß. Das Zimmer ist klein und ordentlich. Wenn sie schon diese erniedrigende Tätigkeit ausüben muss, dann soll wenigstens ihr kleines Reich aufgeräumt und gemütlich sein.

„Zwanzig Mark, so wie beim letzten Mal?", sie hört Geldscheine rascheln.

„Das ist okay, vielen Dank."

Ich lege noch einen Zehner drauf, für deine Mühe!", er grinst sie anzüglich an.

Sie hasst diese Bemerkungen, kann er nicht einfach ohne einen dummen Spruch verschwinden? Aber der Schein extra ist gut, den wird sie in ihr Versteck legen.

Die junge Frau heißt Gabriele Husemann, sie wird von ihren Freunden und Kolleginnen Gabi genannt. Sie ist schlank, viele kleine Sommersprossen sind um ein hübsches Näschen verteilt. Ihre rote Mähne ist kaum zu bändigen und reicht ihr bis auf die Schultern. Der Mann, er ist etwa vierzig, war schon ein paar Mal bei ihr, jetzt hat er ihr Zimmer verlassen, sie hört die Schritte auf der Treppe. Sie nimmt den Zehner, den er ihr spendiert hat, schiebt das Nachtschränkchen von der Wand und steckt ihn zu den anderen Scheinen in den Umschlag, den sie mit einer Heftzwecke an der Rückwand befestigt hat. Hoffentlich findet Gerd das Geld nicht, dann würde sie sich sicher Schläge einhandeln. Das Geld des Freiers steckt sie in ein Zigarrenkistchen, das im Nachtschränkchen steht. Am Abend wird Gerd, er heißt mit vollem Namen Gerhard Oppermann, kommen und das Geld kassieren.

Der Freier eben war heute bereits der dritte. Ihre »Arbeitszeit« beginnt am Nachmittag und dauert bis in die Nacht, denn dann ist am meisten los. Seit ein paar Tagen läuft das Geschäft wieder gut, der Regen hat aufgehört, dass macht sich sofort bemerkbar. Sie ist außerdem hübscher als ihre Kolleginnen und von allen die Jüngste, das kommt bei den Freiern gut an.

Sie hockt auf dem Bett und hakt die schwarzen Nylons wieder am Strumpfhaltergürtel fest. Wie ist sie nur hier reingeraten? Diese Frage stellt sie sich jeden Tag aufs Neue. Vor zwei Jahren hat sie noch im Krämer- und Kolonialwarenladen ihrer Mutter an der Deichstraße in Neuhaus, einem kleinen Ort an der Oste, gearbeitet. Es war dort ruhig, fast zu ruhig. Die wenigen Kunden genügen kaum, um den kleinen Laden wirtschaftlich zu betreiben. Der Krämerladen ist sehr klein – »Kolonialwaren« - steht protzig über dem kleinen Schaufenster, gerade einmal drei Personen finden vor der in die Jahre gekommenen Theke Platz. Dafür ist der Laden dicht am Hafen, ab und zu verirrt sich ein Schiffer zu ihnen.

Eines Tages kam so ein Skipper, er hatte ein kleines Motorschiff im Hafen festgemacht, um in dem Laden von Emma Husemann Proviant aufzufüllen. Er hieß Jules Bertoli, sah verdammt gut aus und sah dem jungen Mädchen direkt in ihre grünen Augen.

. . . .

„Bonjour, schöne Frau!" Der Mann mit dem interessanten französischen Dialekt mustert die junge Verkäuferin ungeniert und lässt seine Blicke über die hübsche Figur gleiten.

„Soll ich vielleicht meine Mutter holen? Sie ist hinten im Lager."

„Danke, nicht nötig, du bist mir viel lieber." Er lächelt der jungen Frau zu und legt ihr eine Liste mit Lebensmitteln auf den Ladentisch. Sie nimmt den Zettel und beeilt sich, die gewünschten Waren zusammenzusuchen. Sie findet einen leeren Karton und stellt alles hinein. Zum Schluss schleppt sie den Kasten Bier heran. „So bitte, wenn Sie das überprüfen mögen, ich zähle es nur kurz zusammen. Was wir nicht haben, sind die Brötchen, die bekommen Sie aber beim Bäcker, er ist nur ein paar Häuser weiter."

Er sieht sie unverwandt an. „Vielen Dank, das hast du sehr gut gemacht."

„Siebzehn Mark und sechsundfünfzig Pfennig", blitzschnell hat sie die Beträge im Kopf addiert.

Er zückt eine Geldbörse und legte ihr zwanzig Mark hin. „Stimmt so, vielen Dank."

Sie nimmt die zwei Scheine und wird rot.

Er bemerkt es und sieht ihr schmunzelnd ins Gesicht. „Wie niedlich!"

Sie hasst das, sie wird bei jeder Gelegenheit rot, das ist ihr sehr peinlich. Der Kunde sieht sie an. „Sag mal, meine Süße, ist es dir hier nicht zu einsam?"

Während die junge Frau über eine passende Antwort nachdenkt, sieht er sich im Laden um. Eine Wand ist mit Regalen bis an die Decke gefüllt, davor steht einsam eine Leiter. „Hm, so richtig nach dickem Geschäft sieht es hier nicht aus."

„Ja, äh…", sie wird unter seinem forschenden Blick immer unsicherer. Ihre Mutter schimpft fast täglich über den schlechten Umsatz. Sie hat es sie schon merken lassen, dass es ihr lieber wäre, wenn sie sich eine andere Arbeit suchen würde. Sie läge ihr immer auf der Tasche, deutet sie mitunter an. Irgendwo hat die Mutter recht, ihre Tochter ist zweiundzwanzig Jahre alt und hat eine Lehre als Verkäuferin hinter sich. Bei einem entfernten Freund ihrer Mutter in Geversdorf absolvierte sie die zweijährige Lehre. Der Bekannte hätte sie gerne behalten, sie wollte aber nicht länger bleiben, er wurde immer wieder zudringlich und sie konnte ihn sich an manchen Tagen kaum vom Leib halten. Ihrer Mutter hatte sie von den Übergriffen nichts gesagt, sie hätte ihr wahrscheinlich nicht geglaubt.

„Arbeite doch bei mir!", reißt sie der Kunde aus ihren Gedanken.

„Bei Ihnen?"

„Ja, warum nicht? Ich eröffne in den nächsten Tagen eine Gaststätte in Hamburg und kann noch eine hübsche Bedienung gebrauchen." Er reicht ihr seine Hand. „Übrigens, ich heiße Jules Bertoli."

Seine Hand ist gepflegt, sie bemerkt einen schweren, goldenen Ring. „Wie sieht es aus, hast du Interesse?"

„Schon…", sie zögert. „Wie viel würde ich denn bei Ihnen verdienen?"

„Das klingt doch schon sehr interessiert! Du erhältst einhundert Mark in der Woche, die Trinkgelder kannst du behalten, das ist unterschiedlich viel. Bei manchen Serviererinnen können noch zwanzig Mark am Abend dazu kommen."

Zwanzig Mark! Nur Trinkgeld! Das ist ja Wahnsinn, denkt sie. Hier bei ihrer Mutter bekommt sie kein richtiges Gehalt. Nur bei Gelegenheit etwas auf die Hand, damit sie sich mal ein paar Schuhe oder etwas Kleidung kaufen kann. „Bin ich denn überhaupt für ihre Arbeit geeignet?"

„Du kannst gut im Kopf rechnen und siehst gut aus, das ist mehr als genug."

„Gut, ich werde mich mit meiner Mutter beraten."

„Sehr schön. Melde dich bei mir, wenn du es versuchen möchtest. Du kannst auch jederzeit wieder hierher zurückkehren, das ist kein Problem. Ich gebe dir meine Karte, damit kannst du mich erreichen."

Er legt ihr eine Visitenkarte hin, schwarz mit silbernem Aufdruck. »Jules Bertoli, Geschäftsführer Salambo, Große Freiheit 11«, ist dort gedruckt.

Der galante Franzose lässt das junge Mädchen nachdenklich zurück. Spät am Abend spricht sie mit ihrer Mutter darüber. „Was hältst du davon, wenn ich in Hamburg arbeiten würde?"

„In Hamburg? Wie kommst du denn darauf?"

Gabriele Husemann berichtet ihr von dem charmanten Besuch. „Ich kann dort einhundert Mark in der Woche verdienen, plus Trinkgeld!"

Ihre Mutter staunt. „Das ist allerdings sehr viel Geld, das kann ich dir hier niemals bieten." Sie macht eine Pause. „Das ist so viel, dass du mir davon sogar etwas abgeben könntest. Ich bin froh, wenn du anderswo dein Auskommen finden würdest, mein kleiner Laden wirft nicht genug für uns beide ab."

Das junge Mädchen nickt, sie hat sich gedacht, dass ihre Mutter so reagieren würde. „Ja, davon kann ich sicher was abzweigen." Sie reicht ihrer Mutter die Visitenkarte von dem freundlichen Besucher.

Die wirft einen Blick darauf. „Große Freiheit? Das ist doch an der Reeperbahn!" Sie dreht die Karte hin und her. „Was genau sollst du denn dort machen?"

„Ich soll bedienen, hat mir der Mann erklärt. Er eröffnet demnächst ein neues Lokal, und er braucht Mädchen, die dort Getränke servieren."

Ihre Mutter sieht skeptisch auf die Karte und gibt sie ihrer Tochter zurück. „Na gut, du bist alt genug, du musst wissen, was du tust. Versprich mir bitte, dass du immer auf dich achtgeben wirst."

Vier Wochen später sitzt Gabriele Husemann im Zug nach Hamburg. Sie hat nur wenige Tage nach dem Gespräch mit ihrer Mutter mit dem Salambo telefoniert. Den netten Herrn Bertoli hatte sie nicht am Telefon, sondern jemanden, der sich als der zuständige Personalchef ausgab.

„So, Herr Bertoli hat Sie direkt angesprochen? Neuhaus? Wo ist das denn? Gut, das ist auch egal. Wenn der Chef Ihnen das zugesagt hat, dann wird es seine Richtigkeit haben."

Er hatte ihr noch beschrieben, wie sie zu der Großen Freiheit kommen kann. „Das ist einfach, sonst fragen Sie die Hamburger, die kennen es alle. Kommen Sie nicht zu früh, vor 14 Uhr ist niemand hier."

Hamburg-Harburg hat sie hinter sich, nun fährt sie in der Regionalbahn zum Hamburger Hauptbahnhof. Sie sitzt auf einer der Bänke und sieht hinaus. Vor einem Jahr ist sie einmal in Hamburg gewesen, ihre Tante Thekla hatte sie mitgenommen. „Die Kleine ist jetzt alt genug, sie muss mal eine richtige Stadt kennenlernen!" Einen ganzen Tag war sie ihrer Tante gefolgt, die Mönckebergstraße runter, am Jungfernstieg entlang und später die Spitalerstraße wieder zurück. Sie war schlicht erschlagen von den vielen Autos und dem Gewimmel der Menschen.

Ihre Tante hatte bis zum Tode ihres Mannes in Hamburg gewohnt und kennt sich dort gut aus. Im Jahr 1944 starb ihr Mann, Gabis Onkel Ferdinand, im Russlandfeldzug. Noch im letzten Kriegsjahr kehrte ihre Tante in ihre Heimat an der Oste zurück und fand bald Arbeit in der großen Zementfabrik in Hemmoor.

Hauptbahnhof! Hier muss sie wieder umsteigen. Sie hatte ihre Tante noch aufgesucht und mit ihr die Fahrt nach Hamburg besprochen. Ihre Tante hatte, wie ihre Mutter schon, sie um Vorsicht gebeten.

»S-Bahn nach Blankenese« ist der nächste Punkt auf ihrem Zettel. Laut hallen die Lautsprecherdurchsagen durch die riesige Halle. Auf Gleis 9 wartet der Dampfzug aus der DDR auf die Freigabe der Weiterfahrt nach Altona. Leise zischend strömt Dampf aus dem rechteckigen Schornstein der Schnellzuglokomotive und entweicht über die Lüftungsöffnungen des gewaltigen Daches nach draußen.

Sie sucht die beleuchteten Anzeigen ab. Da steht es, »Blankenese, Gleis 3«. Treppe rauf und wieder runter, dann steht sie mit Herzklopfen auf dem zugigen Bahnsteig. Nach wenigen Minuten fährt der dunkelblaue Zug der Deutschen Bahn ein, er schiebt einen kalten Strom Luft vor sich her. Sie nimmt die Tasche mit ihren Habseligkeiten und steigt ein. Nun fährt sie in einer quietschenden S-Bahn, die sich mit laut summenden Motoren und einer unbegreiflichen Geschwindigkeit ihren

Weg durch das Labyrinth der Gleise bahnt. Sie sitzt auf einer der Holzbänke und sieht hinaus.

Am Bahnhof Altona ist erst einmal Schluss mit der Schnellbahn, das letzte Stück muss sie mit der Straßenbahn fahren. Die roten Bahnen mit der cremefarbenen Bauchbinde haben ihre Haltestelle vor dem Bahnhof, sie studiert eine Weile die Aushänge.

„Kann ich Ihnen helfen?", hört sie eine Stimme hinter sich.

Ein Mann steht hinter ihr, vielleicht fünfzig Jahre alt, mit einem hellbraunen Popeline-Mantel und einem schwarzen Hut. Er sieht die junge Frau freundlich an.

„Ich suche die Straßenbahn, die zur Großen Freiheit fährt."

Der Herr mustert sie einen Moment nachdenklich, dann zeigt er zur Haltestelle hinter ihr. „Dort, die Linie 6, die bringt Sie dorthin."

Die junge Frau schenkt ihm ein schüchternes Lächeln. „Vielen Dank", haucht sie kaum hörbar. Sie steigt ein, löst bei dem Schaffner eine Karte für fünfundzwanzig Pfennig, und setzt sich auf einen harten Sitz. Laut quietschend fährt die Bahn in den Kurven am Rathaus Altona. Sie hat ihre Tasche auf dem Schoß und hält sie fest. Heute und in den nächsten Tagen wird es sich erweisen, ob ihre Entscheidung richtig war. Ihr Herz klopft schneller als sonst, alles um sie herum ist so ungewohnt, es ist laut und hektisch. Sie hat sich erklären lassen, wo sie aussteigen muss. Auf der linken Straßenseite soll ein neues Kaufhaus zu sehen sein. C&A heißt es. Jetzt! Es ist gleich soweit, sie ergreift ihre Tasche und steigt aus. Vor ihr führt eine breite Straße mit Kopfsteinpflaster entlang, es ist die Reeperbahn, unübersehbar viele Autos fahren hier vorbei, die Reifen erzeugen einen Lärm wie die Brandung am Meer, übertönt von gelegentlichem Hupen. Sie muss hier die Fahrbahn kreuzen, auf der anderen Seite sieht sie schon eine große Reklametafel, die quer über dem Eingang der Straße befestigt ist. »Große Freiheit«

steht in großen Buchstaben darauf. Dahinter hängen noch andere Schilder, die die schmale Gasse überspannen. »Tabu« und »Safari« kann sie erkennen. Die Straße ist mit Kopfsteinpflaster versehen, ein Lokal schmiegt sich an das andere. Es sind noch nicht viele Besucher unterwegs, es ist jetzt drei Uhr am Nachmittag. Etwas irritiert sieht sie in die Schaukästen, die an fast jedem Lokal neben der Tür hängen. Bilder von leicht bis gar nicht bekleideten Frauen sind dort ausgestellt. Einzelne Männer kommen ihr entgegen und sehen ihr neugierig hinterher, mitten am Tag sieht man hier selten junge Frauen.

Das Haus mit der Nummer 11 ist auf jeden Fall schon mal richtig. Auf dem Schild über der Tür steht »Salambo, Erotik Theater«. Erotik!? Was ist das denn jetzt? Sie hat einen Vertrag in ihrer Tasche, dort ist nur von einer Tätigkeit als Kellnerin die Rede. Sie wird diesen Punkt gleich als erstes ansprechen.

Die Tür ist unverschlossen, vorsichtig drückt sie den Griff hinunter und tritt ein. Schaler Geruch nach abgestandenem Bier und kaltem Rauch schlägt ihr entgegen. Es ist fast dunkel, am Ende des Flures brennt ein kleines, rotes Licht über einer Tür. Sie klopft. Sie klopft noch einmal. Als sich nach dem dritten Klopfen niemand meldet, öffnet sie vorsichtig und tritt ein. Der Raum ist groß, größer als die schmale Frontseite an der Straße sie hatte vermuten lassen. An der Decke leuchtet ein helles, kaltes Licht und wirft einen gespenstischen Schein in den Raum. Harte Schatten lassen die Tische und Stühle wie auf einem Scherenschnitt aussehen. Etwa zwanzig Tische stehen vor einer ungefähr einen Meter hohen Bühne, der Vorhang ist zugezogen.

„Wen suchen Sie?" Hinter ihr steht jemand, erschrocken dreht sie sich um. Es ist ein Mann, etwa Ende vierzig, er hat blonde, kurze Haare, eine Zigarette klebt im Mundwinkel.

„Ich, äh, ich möchte zu Herrn Bertoli, mein Name ist Gabriele Husemann."

Der Mann mustert sie aufmerksam von oben bis unten. Warum wird sie hier von jedem, dem sie begegnet, angesehen, als wäre sie eine Ware?

„Der Chef ist im Büro, folge mir."

Im Büro von Jules Bertoli ist jeder Winkel mit Möbeln und Regalen vollgestopft. Auf einem niedrigen Schrank an der Wand stehen Aktenordner, in einer Ecke befindet sich ein schmales Sofa mit einem dreibeinigen Tischchen und einem Stuhl davor. Jules Bertoli telefoniert gerade, sein Schreibtisch ist aus dunkelbraunem, schwerem Holz, ebenfalls überladen mit Stapeln von Akten und zahllosen Zetteln. An der Wand hinter ihm ist das Gemälde eines Paares in einer fragwürdigen Position.

Jetzt legt der Herr über das Salambo den Hörer auf. „Oh, unsere Mademoiselle vom Lande! C'est magnifique! Schön, dass du da bist." Er wendet sich an den Mann, der sie hereingeführt hat. „In Ordnung, Jacko, ich brauche dich nicht mehr." Er wendet sich wieder an seinen Besuch. „Nimm doch auf dem Sofa Platz. Wie war die Fahrt?"

Gabriele Husemann setzt sich und sinkt tief in das weiche Leder. Ihr Rock rutscht hoch und sie versucht vergeblich, ihn über die Knie zu ziehen. „Danke, die Fahrt war kein Problem, nur etwas lang." Ihr kommt das »Erotik Theater« in den Sinn. „Was hat das mit dem Schild draußen auf sich, ich bin doch als Kellnerin hier, oder?"

Jules Bertoli erhebt sich hinter seinem Schreibtisch und setzt sich auf den Stuhl ihr gegenüber. Er lächelt sie freundlich an. „Sieh mal, Kindchen, das Salambo ist ein Theater, in dem erotische Vorführungen stattfinden. Ich nehme an, du bist durch den Saal gekommen? Ja? Dort finden Striptease und ähnliche Darbietungen statt. Die Gäste haben nun Gelegenheit, währenddessen zu trinken, und genau darum habe ich dich und noch ein paar Kolleginnen eingestellt. Du hast mit der Erotik überhaupt nichts zu tun, es sei denn, du blickst zufällig zur Bühne."

Er lächelt seine Bedienung freundlich an. „Das macht dir doch nichts, n'est ce pas?"

Sie will jetzt nicht wie eine Landpomeranze wirken, sie schüttelt den Kopf. „Nein, Herr Bertoli."

„Siehst du, wir zwei werden schon miteinander auskommen." Wieder mustert er eindringlich ihr Gesicht. „Wusstest du, dass du faszinierende grüne Augen hast?"

„Äh, ja." Ihre Freunde hatten ihr das auch immer gesagt, ihr war nicht bewusst, dass es so auffällig ist.

„Mal etwas anderes. Hast du schon eine Bleibe für die nächsten Tage?"

„Nein, bis jetzt noch nicht. Ich hatte angenommen, dass Sie vielleicht...."

Jetzt lacht Jules Bertoli das Mädchen aus. „Hast du gedacht, ich lasse dich hängen? Bis wir eine endgültige Unterkunft gefunden haben, kannst du natürlich bei einer Bekannten von mir wohnen. Und noch was. Lass bitte das dumme Sie, ich sage auch nicht »Fräulein Husemann« zu dir. Für dich bin ich Jules, ist das okay?"

„Ja", haucht sie und himmelt ihren künftigen Chef an. Er gefällt ihr, sieht gut aus und scheint sehr weltgewandt. Sein französischer Akzent wirkt geheimnisvoll und erfahren. Jules Bertoli hat schwarze Haare und trägt einen Schnurrbart. Er schmunzelt und fragt sie: „Was hast du eigentlich für Kleidung bei dir?"

„Es ist das, was ich jetzt anhabe, in meiner Tasche habe ich noch verschiedene Unterwäsche, einen Pullover und ein zweites Paar Schuhe."

Jules Bertoli lächelt gönnerhaft. „Kindchen, wir sind hier nicht bei der Heilsarmee. Wende dich an Jacko, er kann dir etwas besorgen, was deine hübsche Figur betont. Was meinst du, wie sich das auf die Trinkgelder auswirkt!" Er lacht über ihr erschrockenes Gesicht. „Kopf hoch, Kleines, ich will doch nur dein Bestes! Für die neue Kleidung bekommst du jetzt schon mal einen Vorschuss." Jules Bertoli steht auf und geht an seinen Schreibtisch. Er fischt aus einer der großen Schubladen eine Kassette hervor und entnimmt ihr einhundert Mark. „Hier bitte, das kannst du Jacko geben. Wenn du dir noch mehr kaufen möchtest, sag Bescheid, Geld ist kein Problem. Jacko bringt dich jetzt zu Susanne, bei ihr kannst du vorläufig schlafen. Ab morgen um achtzehn Uhr geht es los, deine Arbeit geht bis um zwei Uhr am Morgen. Alles klar?" Er lächelt sie aufmunternd an. „Das ist jetzt ein bisschen viel, nicht wahr? Nach einer Woche meinst du, du hättest nie etwas anderes gemacht." Er tritt an die Tür, öffnet sie und ruft: „Jacko!"

Wie eine Katze huscht Jacko herein. Er sieht erst zu seinem Chef, dann zu dem jungen Mädchen.

„Jacko, darf ich dir unsere neue Bedienung vorstellen? Sie heißt Gabi. Bring sie bitte in die Wohnung von Susi, morgen kannst du mit ihr einkaufen gehen. Du weißt ja, was unsere Mädchen brauchen." Er setzt sich hinter den großen Schreibtisch. „Jetzt lasst mich arbeiten, ich muss mich noch um ein paar Darsteller für meine nächste Show kümmern."

Jacko ist ein schmächtiger Mann, etwa Ende vierzig, er geht gebeugt, sein Gesicht ist grau und eingefallen, wie bei jemandem, der schon sein Leben lang Magenschmerzen hat. Er reicht Gabi eine feingliedrige Hand. „Es freut mich, dich kennenzulernen, Gabi. Nenn mich Jacko, wie alle hier." Er mustert sie wieder abschätzend. „Also, das hat der Chef drauf, seine Mädchen sind alle erste Sahne! Und nun komm mit."

Auf der Straße gehen sie ein kurzes Stück, dann führt Jacko das junge Mädchen in ein Haus. Der Flur ist kühl und dunkel. Die hölzernen Stufen sind abgewetzt und knarren bei jedem Schritt. Es riecht nach Bohnerwachs und Rauch aus Kohleöfen. Zwei Treppen höher zieht er einen Schlüssel aus der Tasche und öffnet die Tür. „Susi? Bist du da?", ruft er. Keine Reaktion. „Na gut, ich zeige dir schon mal dein Zimmer."

»Zimmer« ist übertrieben, es ist ein kleiner Raum, vielleicht zwei mal drei Meter, mit einem Fenster zum Hof. Ein Bett und eine kleine Kommode ist das einzige Inventar, für mehr wäre auch kein Platz.

„So, das wär's, das ist dein Zuhause, bis wir etwas anderes gefunden haben."

Sie stellt ihre Tasche auf das Bett und sieht sich prüfend um. Der Raum ist noch ein wenig kleiner, als ihr altes Zimmer auf dem Dachboden in der Deichstraße in Neuhaus, für eine kurze Zeit mag es gehen.

Die Tür klappt, es kommt jemand in die Wohnung, Stimmen sind zu hören, Gelächter. Jacko geht für einen Moment hinaus und spricht mit jemandem. Von nebenan dringt seine Stimme in das kleine Zimmer. „Hallo Susi, komm mal kurz her, ich will dir jemand vorstellen."

„Muss das sein?", ertönt die Stimme eines Mannes. „Ich habe Susi schon bezahlt."

„Nur einen Moment, sie kommt gleich zurück." Jackos Stimme ist freundlich, aber bestimmt.

Eine Frau in mittleren Jahren kommt in Gabis Zimmer. Sie ist vollschlank, trägt einen kurzen, schwarzen Rock und ein Oberteil mit einem abenteuerlich tiefen Ausschnitt. „Hallo, ich bin Susi", ihre Stimme klingt nach zu viel Schnaps und zu vielen Zigaretten. „Wer bist du denn?"

„Das ist eine von Jules neuen Serviererinnen, sie heißt Gabi", antwortet Jacko für sie. „Sei nett zu ihr, sie ist ganz neu in Hamburg und kommt vom Land." Für einen Moment kommt es Gabi so vor, als hätte Jacko einen verständnisvollen Blick mit der Frau gewechselt.

„Nett, dich kennenzulernen", krächzt die Nutte heiser. „Wir können uns nachher noch unterhalten, jetzt habe ich zu tun." Sie dreht sich um und lässt eine Wolke billigen Parfüms zurück.

Jacko sieht seinem Schützling in die grünen Augen. „Ich lasse dich jetzt allein. Morgen zwischen neun und zehn hole ich dich ab." Er verlässt das Zimmer und Gabi hört die Wohnungstür zufallen.

Das junge Mädchen sitzt auf dem Bett und lässt ihre Gedanken schweifen. Sie ist sich nicht sicher, ob sie den richtigen Weg eingeschlagen hat oder ob die rasche Entscheidung ein Fehler war. Die neue Umgebung ist nicht nur fremd, sie ist abstoßend, andererseits fühlt sie sich davon angezogen. So wie ein Voyeur sich scheut, jemanden zu beobachten, letztlich aber nicht die Augen abwenden kann.

Aus dem Zimmer nebenan dringen Geräusche, ein Mann und eine Frau beim Liebesakt, Bettfedern quietschen, ein Bett poltert rhythmisch gegen die Wand, dann ist wieder Ruhe. Zehn Minuten später klappt die Wohnungstür.

Die junge Frau seufzt bekümmert. Ich bin hier mitten im Puff, denkt sie. Sie steht auf und sieht in die Kommode. Sie ist leer, die Böden der Schubladen sind mit Zeitungen ausgelegt. Sie öffnet ihre Tasche und legt ihre Habseligkeiten in das oberste Schubfach. Es sind mehrere Garnituren Unterwäsche zum Wechseln, eine zweite Bluse und ein weiterer Rock. Ein Pullover, ein paar Schuhe, ihr Beutel mit den Waschutensilien, das war's. Jemand klopft an die Tür.

„Herein!", ruft sie etwas unsicher, noch hat sie das Zimmer nicht als das ihre akzeptiert.

Ihre Zimmerwirtin kommt herein. Sie hat offenbar geduscht, nun hat sie einen rosa Bademantel um ihre Rubensfigur geschlungen. Sie setzt sich auf das Bett und fischt eine Schachtel Zigaretten aus der Tasche ihres Flauschmantels. „Möchtest du auch eine?", bietet sie ihrer jungen Untermieterin eine an.

„Danke nein." Gabriele Husemann schüttelt den Kopf. „Ich habe bisher nicht geraucht und möchte nicht damit anfangen."

„Gut, wie du möchtest. Wenn du erst Stunden auf der Straße stehst und auf die Freier wartest, wirst du dich nach einer Kippe sehnen." Sie mustert das junge Mädchen nachdenklich. „Ich habe gehört, du sollst bei Jules im neu eröffneten Salambo bedienen?"

„Ja, so steht es in meinem Vertrag."

Susi streift die Asche in einem schmutzigen, gläsernen Aschenbecher ab, der auf der Kommode steht. „Was im Vertrag steht, hat hier keine Bedeutung. Bei mir steht »Verkäuferin«. Dass ich nicht lache! Was verkaufe ich denn schon! Ich erhalte mehr eine Art Leihgebühr, die sich mein Zuhälter bei mir abholt."

„Und du? Bekommst du nichts?", möchte Gabi wissen.

„Ein bisschen, aber das meiste behält er."

„Kannst du denn gar nichts dagegen machen?"

Susi verdreht ihre Augen. „Hast du eine Ahnung! Wenn du erst einmal drin steckst, gibt es kein Zurück mehr. Es ist wie bei den Galeerensträflingen, nur werden wir mitunter von der Kette gelassen." Sie erhebt sich und drückt ihre Zigarette aus. „Hast du schon gegessen? Ich wollte runter zu Roxa."

Gabriele Husemann schüttelt den Kopf. Mit einem Mal merkt sie, wie hungrig sie ist, sie hat heute Morgen zuletzt etwas gegessen. Sie zieht sich ihre Jacke über, Susi kleidet sich im Nebenzimmer an. Dann kommt sie wieder hervor, ihre üppige

Figur ist in eine lange Hose und eine dunkelrote Jacke gezwängt. Sie bemerkt Gabis staunenden Blick. „Ich kann auch anders, das ist meine Kleidung, wenn ich nicht arbeite." Sie lacht verächtlich. „Lass dich bloß nie auf so was ein, meine Kleine."

»Roxa« ist ein Imbiss direkt an der Reeperbahn, laut dringt der Verkehrslärm zu ihnen herein. Man isst im Stehen Bratwurst oder Hamburger, mit Brot oder Pommes Frites. „Gut ist anders", Susi sieht von ihrem Essen auf. „Dafür geht es schnell und kostet nicht viel. Ich muss gleich wieder auf die Straße, wenn mich Günther hier essen sieht, gibt es ohnehin wieder Ärger. Ich höre ihn schon: »Dick genug bist du schon, arbeite lieber, das bekommt deiner Figur auch besser«." Sie bemerkt den erschrockenen Blick von Gabi. „Es gibt auch Nette hier, mach dir keine Sorgen!"

Gabi nimmt sich nicht zum ersten Mal vor, sich nicht in diesen Sumpf hineinziehen zu lassen. Sie wird sich schon durchbeißen. Sie nimmt sich fest vor, ihrer Mutter Geld zu schicken, sie muss nicht merken, in welcher Umgebung sie sich ihren Lohn verdient.

Am Abend liegt sie noch eine Weile in ihrem Bett, bevor sie einschläft. Das dreiste Verhalten der Männer ihr gegenüber beschäftigt sie eine Weile. Am normalsten ist noch Susi, sie kommt ihr beinahe vor, wie eine mütterliche Freundin. Jetzt hat sie wieder Besuch, das Bett im Nebenzimmer stöhnt unter der Belastung.

Ihr fallen ihre bisherigen Beziehungen zu Männern ein. Es gab schon ein paar, sie hatte nach anfänglichen Hemmungen Gefallen daran gefunden. Aber für Geld? Auf Bestellung? Dann ist der ganze Spaß wohl zum Teufel.

Als Gabriele am nächsten Morgen um halb neun aufsteht, schläft Susi noch. Die Geräusche aus ihrem Zimmer dauerten bis tief in die Nacht, Gabi ist darüber eingeschlafen. Sie hat sich gerade angezogen, da hört sie einen Schlüssel im Schloss. Es ist Jacko, seine traurigen Augen blicken genauso teilnahmslos, wie gestern schon. „Alles klar, Süße?"

Sie nickt, nimmt ihre Geldbörse mit dem Vorschuss und folgt Jacko auf die Straße.

„Wir haben hier einen Laden, wo wir Kleidung für unsere Mädchen kaufen. Das ist nicht billig, dafür ist die Qualität gut und er führt das, was wir brauchen."

Am Spielbudenplatz betritt er ein Ausstattungsgeschäft. Der Besitzer kennt ihn offenbar. „Hallo Jacko. Bringst du mir wieder eine neue Maus?"

Die »Maus« zieht ihre Augenbrauen zusammen und sieht ihn missbilligend an.

„Ist ja gut!", der Verkäufer hebt abwehrend seine Hände. „Ich wollte nur witzig sein."

Jacko erklärt, warum er hier ist. „Meine junge Begleiterin soll ab heute als Kellnerin im Salambo arbeiten. Sie braucht ein ähnliches Zeug, wie ihre Kolleginnen."

„Das haben wir gleich." Der Verkäufer mustert seine Kundin mit sachkundigem Blick. „Kleidergröße 38, ist das richtig?"

„Ja."

„Gut, ich bin gleich wieder zurück."

Gabi sieht sich die Auslagen an, derweil steht Jacko mit verschränkten Armen in der Mitte des Ladens. Die Kleidung, die hier ausgestellt ist, ist fast normal, die Röcke sind kürzer als in anderen Geschäften, sie sieht auch Strumpfhosen in Netz-Ausführung.

Der Verkäufer ist wieder zurück, er hat zwei schwarze Faltenröcke und ein rotes, langes Kleid dabei. „Probieren Sie das gerne schon mal an, ich hole noch ein paar Blusen."

Sie geht in die Umkleidekabine, zieht den Vorhang zu und probiert die Sachen an. Die Röcke passen, sie sind jedoch kürzer, als alles, was sie besitzt. Sie enden eine Handbreit über dem Knie, trotz Ziehens werden sie nicht länger. Das rote Kleid passt sehr gut, es könnte ihr gefallen, wenn es nicht an einer Seite einen Schlitz bis herauf zur Hüfte hätte. Jacko meldet sich. „Alles in Ordnung, Kleine?"

Wieso benennt er sie immer mit vertraulichen Kosenamen? Anscheinend ist das auf der Reeperbahn normal. Sie antwortet ihm: „Die Größe ist richtig, die Röcke finde ich zu kurz und den Schlitz im Kleid zu lang." Der Vorhang bewegt sich etwas zur Seite, sie spürt seine Blicke auf sich gerichtet. Für einen Moment ist sie versucht, ihn zurechtzuweisen.

„Das sieht sehr gut aus! Glaub mir, ich habe schon viele Mädchen gesehen, du kannst deine Beine gut vorzeigen." Der Vorhang schließt sich wieder. „Du wirst es noch merken, je mehr Bein du zeigst, desto reichlicher werden die Trinkgelder fließen."

Hm, sie weiß nicht, ob sie das gut finden soll. Ob sie sich daran gewöhnen wird? Die Blusen, die es dazu gibt, sind normal. Einfach geschnitten, mit halbem Arm.

Für die Kleidung geht ihr gesamter Vorschuss drauf, Jacko legt sogar noch ein paar Mark drauf. „Mach dir keine Sorgen, das Geld hast du schnell wieder drin."

Im Salambo gibt es einen Umkleideraum, dort bekommt sie einen Schrank zugewiesen. Schnell ist die Kleidung eingeräumt, dann ist sie fertig für ihren ersten Arbeitstag.

„Du arbeitest heute mit Herbert hinter der Bar. Er wird dir zeigen, wie man Bier zapft und wo die übrigen Getränke stehen. Dabei kannst du deinen Kolleginnen zusehen, wie sie die Kunden bedienen." Er fügt noch etwas hinzu: „Lass dich nicht von den Dingen auf der Bühne ablenken, wir betreiben schließlich ein erotisches Theater." Jacko ringt seinem traurigen Gesicht ein Lächeln ab, dann verschwindet er.

Gabi geht zwischen den Tischen hindurch auf die Theke zu. Einige Plätze sind besetzt, auf der Bühne ist nichts zu sehen, der Vorhang ist noch geschlossen. Er bewegt sich leicht, irgendetwas passiert dahinter.

Hinter der Theke steht ein Mann, er ist Ende vierzig, sein Kopf ist fast kahl. Er zapft gerade ein Bier und blickt seine neue Kollegin an. „Hallo! Du musst Gabi sein, oder? Ich heiße Herbert, Herbert Weidinger." Er reicht ihr eine Hand, die sie zaghaft drückt. „Du bist die Erste heute, dann kann ich dir schon einiges erklären. Du hast noch zwei Kolleginnen, an den Wochenenden kommt noch eine weitere hinzu, sonst wäre es nicht zu schaffen. Deine Arbeit besteht darin, die Wünsche der Kunden aufzunehmen und an mich oder einen Kollegen von mir weiterzugeben. Ich stelle dann die Getränke zusammen auf ein Tablett, du bringst sie zu den Tischen. Kassieren brauchst du vorerst nicht, du kannst das aber schon mal in Gedanken durchspielen." Er mustert sie ebenso, wie viele schon vor ihm. „Der Chef sieht es gerne, wenn du die Kunden zum Bestellen animierst."

„Wie ist das denn zu verstehen?"

„Na, ja. Überrede sie dazu, gerne bei dir zu bestellen. Zeige viel Bein, ein tiefes Dekolleté. Und vor allem: Immer lächeln! Das ist sehr wichtig. Je netter du lächelst, desto mehr wird bestellt und desto höher wird das Trinkgeld. Wenn jemand nach Preisen fragt, sagst du, du kennst sie nicht, aber du würdest dafür gerne die Karte bringen."

Eine Frau kommt herein und tritt an die Theke. „Hallo Barbara! Darf ich dir deine neue Kollegin vorstellen?"

Gabi reicht ihrer künftigen Kollegin die Hand. „Ich heiße Gabriele, manche nennen mich Gabi. Es freut mich, dass ich hier arbeiten kann."

Die angesprochene Barbara mustert sie skeptisch. „Ob das eine Freude wird, muss sich noch herausstellen!"

Kurz darauf kommt noch eine Kollegin dazu. Die Frauen sind alle älter als sie und tragen genau wie sie einen kurzen, schwarzen Rock und eine weiße Bluse. Die letzte, die eingetroffen ist, heißt Heidi, sie mustert die neue Kollegin neugierig und etwas nachdenklich.

Der Betrieb nimmt zu, zwei Drittel der Tische sind jetzt besetzt. Ihre Kolleginnen arbeiten routiniert und sind die ganze Zeit auf den Beinen, immer ein Lächeln auf den Lippen. Ob sie das eines Tages auch so geschickt machen wird? Der Vorhang auf der Bühne wird beiseitegezogen. Ihr Chef, Jules Bertoli, hat ein Mikrofon in der Hand und kündigt eine Striptease-Tänzerin an. Einige der Zuschauer klatschen. Auf der Bühne wird eine Lampe eingeschaltet, das Licht im Saal wird etwas abgedunkelt. Eine Frau tritt in den Lichtkegel auf der Bühne, von irgendwoher ertönt Klaviermusik. Die Tänzerin bewegt sich zu den Klängen, es passt nicht immer, aber darauf scheint es nicht anzukommen. Am Ende der Aufführung hat die Frau auf der Bühne nur noch ihren Slip an. Ihr Busen ist klein, aber wohlgeformt. Die Gäste, es sind fast ausschließlich Männer, johlen und klatschen.

Das Licht auf der Bühne verlischt, der Vorhang bleibt geöffnet. Im Saal wird die Beleuchtung heller.

„Jetzt wird wieder bestellt", sagt Herbert neben ihr, „die Kunden bestellen nach jeder Vorstellung freigiebiger als vorher."

Gabis Kolleginnen flitzen von Tisch zu Tisch. Sie zapft ein Bier nach dem anderen und füllt jetzt auch Schnäpse in kleine Gläser, sie lernt die vielen Getränke auseinanderzuhalten.

Es folgen noch mehrere Darbietungen auf der Bühne, die zwar wenig künstlerisch sind, dafür umso mehr nackte Haut zeigen. Kurz nach Mitternacht sind die Aufführungen vorbei. Die letzten Gäste sind gegangen, Gabi und ihre Kolleginnen räumen die Tische leer. Vormittags kommt eine Reinigungskraft, hört sie von Herbert.

Die nächsten Tage verlaufen ähnlich, Herbert und sie arbeiten hinter der Theke. Am Wochenende ist noch mehr Betrieb, Sonnabendabend sind sogar alle Plätze besetzt. Am Montag ist geschlossen, es wird ihr einziger freier Tag in der Woche sein. Was soll sie jetzt unternehmen? Sie kennt niemanden, um Freunde kennenzulernen, war noch keine Gelegenheit.

In Susis kleiner Wohnung sind immer wieder Männer. Einem ist sie kürzlich in die Arme gelaufen. „Hallo, bist du eine Kollegin?", fragt er mit einem neugierigen Lächeln.

„Nein, nein!", hat sie gerufen, ist in ihr Zimmer gelaufen und hat sich eingeschlossen. Sie muss aufpassen, dass ihr das nicht noch mal passiert. Nun läuft sie in Sankt Pauli umher und versucht sich die Gegend einzuprägen. Es gibt hier auch viele ganz normale Läden, so wie Friseur und Lebensmittelgeschäfte, nicht nur Nachtbars und Erotiktheater, wie das Salambo. Nach und nach lernt sie auch die Koberer oder Türsteher kennen. Wenn man sie besser kennt, sind sie ganz nett. Das Problem bei ihnen ist, dass sie nicht nur nach Arbeitszeit, sondern auch nach der Anzahl der Kunden bezahlt werden, die sie in das Lokal locken, weswegen sie nicht gerade zimperlich sind, wenn es darum geht, Kunden dazu zu bewegen, die Bars zu besuchen.

Am Dienstag soll Gabi zum ersten Mal bedienen. Es ist wenig Betrieb, sodass sie sich genug Zeit für die einzelnen Tische nehmen kann. Es klappt besser als erwartet, ihr trainiertes Gedächtnis und die Kenntnis der Getränke macht sich jetzt bezahlt. Sie bemüht sich, oft zu lächeln, an den zufriedenen Ge-

sichtern erkennt sie, dass sie es wohl richtig macht. Die Trinkgelder sind ordentlich, fünfzig Pfennig bis eine Mark sind fast
Satz pro Tisch. Wegen ihres guten Zahlengedächtnisses und
ihrer Schnelligkeit beim Kopfrechnen darf sie ab Ende der ersten Woche auch kassieren. Sie wundert sich, wie viel Geld die
Kunden für die Getränke ausgeben. Aus dem kleinen Laden
ihrer Mutter kennt sie einige der Preise, im Schnitt sind die
Getränke hier mehr als fünfmal so teuer. Von Herbert und ihren Kolleginnen lernt sie, wie die Gäste übers Ohr zu hauen
sind. Fragt jemand nach einem Gedeck, soll sie nicht 8,30
Mark sagen, sondern »acht-dreißig«, später werden dann
achtunddreißig Mark abgerechnet. Die meisten Kunden schlu-
cken und bezahlen. Bei denjenigen, die sich ernsthaft beschwe-
ren, entschuldigt man sich und schützt undeutliche Aussprache
vor.

Am folgenden Wochenende ist wieder viel Betrieb, sie flitzt
ebenso wie ihre Kolleginnen von Tisch zu Tisch, sie lächelt und
räumt leere Gläser ab, erhält Trinkgelder. So hat sie sich das
gedacht, die Arbeit ist anstrengend und macht Spaß, jedenfalls
mitunter. Sie bemerkt die leuchtenden Augen der Männer,
wenn sie sich mit etwas geöffneter Bluse zu ihnen hinunter
beugt, sie sieht offenbar gut aus. Der eigentliche Antrieb jedoch
ist und bleibt das Trinkgeld. Was ist denn schon dabei, denkt
sie mitunter. Das Salambo ist zwar ein Erotik Theater, aber sie
bedient schließlich nur.

Am nächsten Wochenende wird ihre Toleranz etwas stra-
paziert. Jules Bertoli kündigt ein besonderes Programm an. Als
es schließlich beginnt, wird sie schon rot nur vom Hinsehen,
dabei ist sie in der Zwischenzeit doch schon einiges gewohnt.
Es ist unübersehbar, erschrocken wendet sie ihre Augen ab, als
sie es erkennt. Auf der Bühne gibt es Geschlechtsverkehr! Sie
ist sich sicher, dass sie den Rest des Abends mit roten Ohren
bedient, bei mehr Licht hätten es ihre Gäste sicher bemerkt. Sie

hat fast ständig das Gefühl, als ob sie gleich gefragt werden würde, ob sie auch demnächst dran sei. Sie nimmt sich vor, dem ersten Gast, der diese Frage stellen würde, das Getränk ins Gesicht zu schütten.

Aber auch das wird Routine. Nach einigen Wochen duzt sie sich mit den Darstellern auf der Bühne, sie sieht jetzt gleichgültig hin, anzügliche Fragen der Kunden beantwortet sie schnippisch.

Ihre Mutter erhält jeden Monat eine Überweisung in Höhe von einhundert Mark. Mit den Trinkgeldern verdient sie zwischen fünfhundert und sechshundert Mark im Monat, das ist mehr, als sie je zu hoffen gewagt hatte. Seit zwei Monaten hat sie ein kleines Zimmer in der Taubenstraße, direkt an der Ecke zum Spielbudenplatz. Es ist klein, hat immerhin einen Herd und ein kleines Badezimmer mit einer Duschwanne. Mit Susi bleibt sie weiterhin verbunden, an den späten Vormittagen haben sie beide Zeit und treffen sich ein paar Mal in der Woche. Susi erzählt mitunter von ihren Freiern. Einer ist dabei, der kommt jede Woche, er ist ihr beinahe ans Herz gewachsen. „Kindchen, ich sage dir, verliere nie dein Herz an einen Freier, daran gehst du kaputt!"

Für Gabi wird die Umgebung immer mehr zur Normalität, selbst die Prostitution um sie herum, beunruhigt sie nicht mehr. Der Zuhälter von Susi, Günther, scheint leidlich nett zu sein, er versucht jedoch immer, sie mit seinen Augen auszuziehen. Dabei ist sie das eigentlich von ihren Kunden gewohnt, sie erlebt es jeden Abend, sie hat sich noch nicht völlig damit abgefunden.

Eines Nachmittags, kurz vor Arbeitsbeginn, wird sie von Jacko in Jules Büro gerufen. Der Chef wirkt sehr aufgeräumt und begrüßt sie freundlich. „Bonsoir, meine Liebe. Wie geht es dir? Hast du dich inzwischen an Sankt Pauli gewöhnt?"

„Danke, es geht so allmählich."

Jules Bertoli nickt. „Das ist gut, es ist nicht so schlimm wie sein Ruf. Als Mädchen hat man es jedoch nicht leicht." Er macht eine Pause. „Du fragst dich sicher, warum ich dich habe rufen lassen?"

„Ja, allerdings." In das Heiligtum des Chefs wird man nur zu besonderen Anlässen gebeten.

„Ich bin im Moment in einer Verlegenheit. Die drei Schausteller, die eigentlich schon hier sein sollten, haben eben angerufen. Sie haben eine Panne mit ihrem Auto und werden ungefähr eine Stunde später kommen." Er lächelt seine Kellnerin an. „Und da bist du mir eingefallen."

„Ich?", stammelt Gabi nervös. „Ich werde mich nicht am Geschlechtsverkehr auf der Bühne beteiligen!"

„Nein." Jules Bertoli schüttelt beruhigend den Kopf. „Wo denkst du hin! Nein, ich dachte mehr an eine kleine tänzerische Darbietung."

„Tänzerische - das habe ich noch nie gemacht!"

„Das ist nicht so wichtig. Du weißt, was meine Darsteller so machen. Du bist hübsch und hast eine gute Figur, das ist alles, was meine Gäste interessiert. Und", er hebt einen Finger, „du erhältst fünfzig Mark für diese eine Vorstellung extra."

Das ist allerdings viel, und leicht verdient dazu. Sie ringt mit sich, ach, die paar Minuten wird sie schon aushalten. Sie nickt. „Ja, aber nur, wenn ich am Ende mein Höschen anbehalten kann."

„Natürlich!" Jules Bertoli steht auf und drückt ihr die Hand. „Es freut mich, dass du zugesagt hast, du hilfst mir damit aus einer unangenehmen Lage." Er greift in seinen Schreibtisch und drückt ihr mit einem Lächeln einen fünfzig Markschein in die Hand. „Hier bitte, meine Liebe!"

Mit einem dumpfen Gefühl im Magen steckt Gabi den Schein ein. Sie hatte es immer vermeiden wollen, sich in das erotische Geschäft hineinziehen zu lassen, aber nun ist es passiert. Auf der anderen Seite: Was macht es denn schon? Hier ist sie völlig anonym, niemand wird es je erfahren.

„Jetzt aber los! Lass dir von Jacko geeignete Kleidung geben. In einer halben Stunde beginnt dein Auftritt."

Gabi eilt hinaus, draußen steht bereits Jacko, als hätte er sie erwartet.

Ihre erste Striptease-Show läuft besser, als sie es sich gedacht hatte. Sie weiß, dass sie eine nette Figur hat, auch ist ihr Busen voller, als der ihrer Kolleginnen, das hilft. Sie steht im Licht von zwei Scheinwerfern und streift zur Musik ihre Kleidung ab. Sie hat es lange genug beobachtet, das kommt ihr jetzt zugute. Am Schluss erhält sie einen tosenden Applaus, die Männer klatschen und erheben sich von den Stühlen.

Sie verlässt die Bühne nach hinten und läuft ihrem Chef in die Arme, der offenbar auf sie gewartet hat.

„Das war doch Spitze, ma Cher. Meine besten Glückwünsche! Komm doch in mein Büro, wenn du dich angezogen hast."

Eine Viertelstunde später sitzt sie heute zum zweiten Mal im Heiligtum. Jules Bertoli hat für sie und sich ein Schnapsglas hingestellt, in das er jetzt etwas klare Flüssigkeit füllt.

„Meine Liebe, ich möchte mit dir auf deinen außerordentlichen Erfolg anstoßen. À la tienne!"

„Danke, Jules. Es ist mir leichter gefallen, als ich gedacht hatte."

Er grinst sie an. „Das habe ich geahnt, dafür habe ich ein Gespür."

So kommt es, dass Gabriele Husemann gelegentlich als Striptease-Tänzerin aushilft. Der Lohn ist großzügig und hilft ihr, sich mit der anfangs als etwas peinlich empfundenen Beschäftigung abzufinden. So erhält sie für jeden Auftritt, der höchstens zehn Minuten dauert, zwanzig Mark zu ihrem Grundgehalt dazu. Bei etwa ein bis zwei Auftritten pro Woche sind das nochmals über einhundert Mark mehr im Monat.

Jules Bertoli hat Besuch. Gabi hat den Mann sein Büro betreten sehen, sie glaubt in ihm einen der Freunde von Günther, Susis Zuhälter, erkannt zu haben.

Gerhard Oppermann flegelt sich auf das Sofa bei Jules Bertoli. „Wie geht das Geschäft?", fragt er und spielt mit einem Springmesser. »Klack«- die Klinge springt heraus, »kling« – sie gleitet wieder zurück, immer wieder.

Jules Bertoli grinst. „Meine Idee hat sich schon bezahlt gemacht. Vor zwei Wochen musste ich meinen Laden für eine Woche schließen, weil ich angeblich der Prostitution Vorschub leiste, das konnte natürlich niemand beweisen." Er lacht fröhlich. „Einen Jules Bertoli legt man nicht so schnell aufs Kreuz."

Sein Gegenüber spielt immer noch mit dem Messer, hell blitzt die Klinge, wenn sie mit einem »Klack« aus der Scheide springt.

„Nun leg' doch mal das Messer beiseite, das macht mich ganz nervös."

Gerhard Oppermann lacht mit rauer Stimme. „Ein Messer ist nicht dein Ding, nicht wahr? Aber meines!" Er hält kurz inne und lässt das Messer mit der silberverzierten Scheide in seiner Jacke verschwinden. „Freunde soll man nicht verärgern, oder?", er lacht wieder. Er hat ein jungenhaftes Lächeln, seine Haare sind glatt unter Zuhilfenahme einer Haarcreme nach hinten gekämmt. Dunkle Augen funkeln aus einem attraktiven

Gesicht. Er ist noch jung, Ende zwanzig, sehr jung für den Kiez. „Du fragst dich sicher, was ich hier will, oder?"

Jules Bertoli nickt und steckt sich eine Zigarre an. „Möchtest du auch eine?", fragt er und schiebt die kleine Kiste aus Zedernholz zu seinem Besucher hinüber.

Der greift sich eine und zündet sie an. „Du hast seit ein paar Wochen so einen hübschen Käfer auf deiner Bühne. Die ist genau meine Kragenweite."

„Was hast du denn mit ihr vor?", der Chef des Salambo stößt eine Rauchwolke aus und sieht ihr hinterher.

„Tja, ich dachte, ich lasse sie - so wie du für dich - für mich arbeiten."

„Das ist wohl nicht ganz dasselbe. Außerdem hat sie noch ziemlich fest gefügte Moralvorstellungen."

Sein Gegenüber lacht. „Lass mich das nur machen. Meine Frage ist: Wie viel willst du als Ausgleich von mir haben, falls ich sie gebrauchen kann?"

„Hm. Du weißt, dass sie meine attraktivste Stripperin ist?"

„Eben, was meinst du, warum ich hier sitze."

Jules Bertoli betrachtet die schwach glimmende Spitze seiner Zigarre und verfolgt den grauen Faden, der sich in die Höhe kräuselt. „Ich sag mal, zwei große Scheine."

„Du spinnst."

„Es zwingt dich ja keiner. Bei mir ist an den Abenden, an denen sie auftritt, mehr los als sonst. Das musst du mir ersetzen. Außerdem lasse ich sie nur gehen, wenn sie damit einverstanden ist."

„Na gut. Aber nur, weil du es bist." Gerhard Oppermann lacht wieder.

Wenige Tage später, die »Schönheitstänzerin« Gabi kommt von ihrem Auftritt zurück und will sich anziehen, da sitzt ein

Mann in ihrer kleinen Umkleide. Sie hat sich einen weißen Umhang umgelegt und will sich nun anziehen.

„Was wollen Sie denn hier?" Sie bleibt stehen und schlingt den Umhang eng um ihren Körper.

„Ich beobachte Sie schon länger auf der Bühne und wollte – nein, musste – Sie mal aus der Nähe sehen."

„Das haben Sie ja nun, verlassen Sie jetzt bitte die Garderobe!"

„Nun seien Sie doch nicht so grob zu ihrem größten Verehrer!" Er lächelt sie an, mit einem Lächeln, dass er schon bei vielen Frauen erfolgreich eingesetzt hat. Es wird auch dieses Mal sein Ziel nicht verfehlen.

„Also gut, aber sehen Sie einen Moment weg, bis ich mich angezogen habe."

Gerhard Oppermann ist mit sich zufrieden, es funktioniert immer noch. Ein wenig wundert er sich über die merkwürdige Moral der Mädchen. Eben hat sie sich noch vor dutzenden Augen splitterfasernackt präsentiert, nun darf er sie nicht einmal ansehen. Aber so ist das, auf der Bühne haben sie durch die Entfernung eine gewisse Anonymität, die Zuschauer verschwinden wegen der Lampen in der Dunkelheit. Jetzt dagegen steht er unmittelbar, praktisch in Reichweite, vor ihr.

Der gut aussehende Mann mit dem anziehenden Lächeln hat sie bezirzt. Seitdem sie in Hamburg ist, und das ist jetzt schon über ein Vierteljahr, hat sie keinen festen Freund gehabt, genau genommen hat sie hier gar keinen Freund. Das könnte sich jetzt vielleicht ändern. Sie ist jetzt fertig, mit flinken Fingern schließt sie die Knöpfe des Kleides. „Ich bin so weit!"

Gerhard Oppermann dreht sich wieder um. „Hallo, du bist aus der Nähe immer noch sehr hübsch!" Seine dunklen Augen blicken sie hypnotisierend an. Ihr Bauchgefühl kämpft einen Moment mit ihrem Verstand, der am Ende verliert. Eine Stimme in ihrem Inneren erinnert sie daran, dass sie ihn einmal in der Gesellschaft von diesem Günther Strelitz, dem Zuhälter von Susi, gesehen hat, und von dem hat sie nicht viel Gutes über ihn gehört. Aber dieses Lächeln! Gerd Oppermann steht auf und legt einen Arm um sie. Er sieht ihr ins Gesicht und streicht mit einer Hand eine rote Strähne aus ihrem Gesicht. „Was machen wir jetzt, meine Süße?" Der Blick aus seinen dunklen Augen senkt sich in ihre smaragdgrünen. „Möchtest du vielleicht tanzen gehen, ins Zillertal?"

Wie kann sie ihm widerstehen? „Ich möchte nur vorher etwas essen, ich bin furchtbar hungrig."

„Natürlich, ich lade dich ein."

Gerhard kann amüsant erzählen, nach dem Essen ist sie schon hingerissen von ihm, nach zwei Stunden Tanz und Händchenhalten im Bierpalast Zillertal kann sie ihm nichts mehr abschlagen.

Am nächsten Morgen wacht sie in seinem Bett auf. Er hat eine schöne große Wohnung in der Kastanienallee, sogar mit Badewanne. Die Nacht war schön, wenngleich ihr neuer Liebhaber alles bestimmen wollte und mitunter mehr von ihr wollte, als sie anfänglich zu geben bereit war.

„Hallo, Süße!" Sie hat nicht gemerkt, dass Gerd neben ihr steht. „Ausgeschlafen?" Er beugt sich zu ihr hinunter und gibt ihr einen Kuss.

„Nicht ganz!", sie lächelt ihn an, zum Schlafen war nicht genug Zeit gewesen.

„Weißt du was? Ich hole Brötchen, du kannst inzwischen im Schlafzimmer aufräumen und den Tisch für das Frühstück decken."

Sie nickt ihn verliebt an. Sie ist glücklich und möchte, dass es so bleibt. Beim Bettenmachen fällt ihr ein Springmesser mit silbernem Griff auf, das auf dem Schränkchen neben dem Bett liegt. Sie geht in die kleine Küche und setzt Kaffeewasser auf, dann deckt sie den Tisch. Sie summt leise, sie ist rundherum glücklich.

Die Wohnungstür klappt, Gerhard kommt mit einer Tüte Brötchen herein. Gabriele fühlt sich wie im siebten Himmel. Endlich fühlt sie sich hier in der Stadt wohl.

„Was arbeitest du eigentlich?" Ihr war aufgefallen, dass er teure Kleidung trägt, im Flur am Schlüsselbrett hängt ein Schlüssel für ein Auto, der Anhänger ist ein kleines Pferdchen.

„Ich verdiene gut, das ist doch die Hauptsache, oder?"

Er sieht etwas verärgert drein, sie unterdrückt weitere Fragen, um nicht die schöne Stimmung zu verderben.

Nach dem Frühstück verabschiedet er sich. „Es tut mir leid, es gibt ein paar wichtige Dinge, um die ich mich kümmern muss. Du kannst fernsehen, wenn du möchtest."

Den Fernseher hatte sie schon gesehen und sich darüber gewundert, in ihrer Bekanntschaft hat niemand einen, schon gar nicht so einen großen. „Okay, spätestens am Nachmittag muss ich aber gehen, ich muss dann arbeiten."

Jacko sitzt bei seinem Chef im Büro. „Sag, mal, Jules, wo ist diese Kleine aus der Provinz eigentlich geblieben? Ist die krank oder so was?"

Jules Bertoli räuspert sich, ihm ist die Frage unangenehm. „Äh, sie arbeitet jetzt für Gerd."

„Für Oppermann? Was hast du dir denn dabei gedacht? Dieser Kerl ist doch der fieseste Lude, den wir hier haben! Hättest du sie nicht als Stripperin behalten können?" Der schmale Mann ist sichtlich verärgert.

Jules Bertoli blickt auf seinen Schreibtisch. „Na ja, weißt du, er hat mir eine ordentliche Summe für sie gezahlt. Außerdem hatte er noch etwas gut bei mir."

„Ich fass es nicht! Denkst du denn nicht an die Mädchen? Das hat die Kleine wirklich nicht verdient."

„Nun mach aber mal einen Punkt. Was soll das Gequatsche? Wir sind doch hier nicht bei der Heilsarmee!"

„Nun gut, das ist jetzt nicht mehr zu ändern. Ich bin schon zufrieden, wenn ich uns das Geschäft mit dem Rauschgift wenigstens vom Hals halten kann."

„Das kannst du laut sagen, da bin ich mit dir einer Meinung." Jules ist froh über den Themenwechsel. „Nun lass uns wieder Freunde sein!" Jules öffnet den kleinen Schrank hinter sich und holt eine Flasche mit einem roten Getränk heraus.

Jacko stimmt resigniert zu. Was soll er machen? Wenn er sich stärker engagiert, wird er am Ende noch rausgeworfen und hat dann gar keinen Einfluss mehr. Er seufzt leise und greift dann zu dem kleinen Glas mit dem Genever. Er kann wenigstens etwas bewirken, nicht viel, aber immerhin. Vor zweieinhalb Jahren ist seine gerade mal achtzehn Jahre alte Tochter an den Folgen einer Überdosis Heroin gestorben, nur einen Monat später hat sich seine Frau aus Gram über den Tod der Tochter das Leben genommen. Er war zurückgeblieben, völlig verzweifelt und nahe dran, seinem Leben ebenfalls ein Ende zu bereiten. Aber er hat sich nicht unterkriegen lassen, er hat seinen Job als Tischler gekündigt und hat vor zwei Jahren bei Jules angefangen und ihm geholfen, den Nachtklub einzurichten. So kann er den Rauschgifthandel in seiner Umgebung empfindlich stören, und bei Gelegenheit den Mädchen helfen. Vom Abstieg in die Prostitution der Stripperin Gabriele hat er nichts mitbekommen, er hätte besser aufpassen sollen, dann wäre es nicht so weit gekommen.

Die nächsten Tage und Nächte laufen in trauter Eintracht ab. Gabi ist glücklich, ihr neuer Freund gefällt ihr immer noch gut. Mitunter ist er etwas unbeherrscht, dann fürchtet sie sich ein wenig vor ihm. Wenn er sie nach einem seiner gelegentlichen Wutausbrüche wieder anlächelt, vergisst sie es sofort wieder.

Jetzt ist er wieder fort, wie jeden Vormittag führt ihn sein erster Gang zum Bäcker. Die Tür klappt, es kommt jemand herein. Sie hört eine unbekannte Stimme, es scheint noch eine weitere Person bei ihm zu sein. Gerhard kommt herein, ihm folgt noch jemand. Ein Anflug von Ärger steigt in ihr hoch, sie hatte sich auf das gemeinsame Frühstück mit ihrem Freund gefreut, nun werden sie nicht alleine sein.

Gerhard stellt ihr seinen Bekannten vor. „Meine Liebe, das ist Wolfgang. Ich habe ihn beim Bäcker getroffen."

Wolfgang reicht ihr die Hand. Er ist klein, etwa so groß wie sie, dabei etwas pummelig, seine Haare sind ungekämmt. Er sieht ihr nicht in die Augen, sondern sieht prüfend über ihren Körper. Sie fühlt sich unter dem Blick unwohl, so wie sich ein Vieh auf der Schlachtbank vorkommen muss. Sie sollte es eigentlich gewohnt ein, es ist auf der Bühne jedoch nie so nahe und unmittelbar wie jetzt. Sie frühstücken zu dritt, die Stimmung ist gedrückt, der Bekannte ihres Freundes sitzt neben ihr am Tisch und versucht ständig, seine fleischige Hand auf ihre zu legen. Gabi sieht auf den Tisch und weicht seinen gierigen Blicken aus. Schließlich platzt ihr der Kragen. „Gerd, würdest du bitte deinem Bekannten sagen, dass er mich in Ruhe lassen soll?"

Gerd lehnt sich zurück und sieht sie an. Mit seinen bisher hübschen Augen, die so nett lächeln können, blickt er sie herablassend an. „Ich glaube, es gibt etwas, was du jetzt wissen musst."

Gabi bekommt einen Schreck. Ihr Freund hat ihr offenbar bisher nur seine Schokoladenseite gezeigt, damit scheint es jetzt vorbei zu sein.

„Weißt du, das ist folgendermaßen. Ich musste Jules eine Auslösung für dich bezahlen, er wollte immerhin zweitausend Mark für dich haben, als Ausgleich für künftig fehlende Einnahmen." Er lacht. „Auf die Summe kannst du dir etwas einbilden. Aber das ist noch nicht alles."

Langsam dringt die Information in ihren Verstand. Im Moment ist sie völlig fassungslos und unfähig zu antworten.

Gerhard Oppermann fährt fort. „Was meinst du, warum deine Bude so günstig ist. Alle Nebenkosten sind bei Jules aufgelaufen, die habe ich auch übernommen."

Gabi findet ihre Stimme wieder. „Wie soll ich das zurückzahlen? So viel bekomme ich höchstens in einem Jahr zusammen!"

Er tätschelt ihre Hand. „Lass das meine Sorge sein, Süße, ich habe einen Plan, der uns beide reich machen wird."

„Wie soll das gehen?" In ihrem Inneren keimt ein schrecklicher Verdacht, Susi hat sie immer wieder gewarnt, nicht zu leichtgläubig zu sein, in diesem Gewerbe kann man niemandem trauen. Sie selbst war das beste Beispiel dafür. Gabi hat allerdings nicht angenommen, dass ihr so etwas auch passieren würde. Aber so schnell gibt sie nicht auf. „Mit dieser Auslösung an Jules habe ich gar nichts zu tun. Das ist Menschenhandel, ich könnte zur Polizei gehen!"

„Zur Polizei? Diesen Gedanken lass mal ganz schnell wieder fallen!" Gerd steht auf und nähert sich bedrohlich.

Sie duckt sich unwillkürlich, da greift er schon mit einer Hand nach ihrem feuerroten Haarschopf und zieht ihren Kopf mit Macht nach hinten. Ein rasender Schmerz jagt durch ihren Kopf und ihren Hals, hart drückt die Lehne des Stuhls gegen ihren Rücken, Tränen schießen ihr in die Augen. „Au! Gerd, du tust mir weh!"

Gerd lacht ungerührt. „Das war auch meine Absicht, das ist erst der Anfang!" Ihm kommt eine Idee. „Weiß deine Mutter eigentlich, womit du dein Geld verdienst?" Das ist ein Schuss ins Blaue, in den meisten Fällen liegt er damit richtig.

Gabi erstarrt trotz der Schmerzen, die Gerds Hand in ihren Haaren anrichtet. Ihre Verwandten dürfen auf keinen Fall wissen, was sie hier in Hamburg macht, schon gar nicht ihre Mutter! Dass sie auf der Großen Freiheit kellnert, ist schon schlimm genug. Aber dann als Striptease-Tänzerin und jetzt womöglich als - Sie mag diesen Gedanken nicht zu Ende denken. Warum ist sie auch so blauäugig gewesen, so unfassbar dumm? Hätte sie nur auf Susi gehört, die hatte sie immer wieder vor der Brutalität und den üblen Tricks der Zuhälter gewarnt. „Schon gut, ich tu, was du willst", krächzt sie mit erstickter Stimme.

„Na also, geht doch!" Er lässt ihre Haare los. „Das nächste Mal geht es nicht so glimpflich ab, also sieh dich vor!"

Gabi schüttelt den Kopf, reibt sich den Nacken und streicht mit den Fingerkuppen über den schmerzenden Kopf. Sie blickt auf den Tisch. „Was soll denn jetzt werden?", fragt sie, mit Tränen in den Augen.

Gerd lacht wieder bösartig. Sie fängt an, ihn wegen seiner Rücksichtslosigkeit und Überheblichkeit zu hassen. Wie war das möglich? Eben war er noch so lieb und jetzt ist er plötzlich der Teufel in Person? Er reißt sie aus ihren Gedanken: „Mit Jules bin ich so weit klar, ins Salambo brauchst du nicht mehr zu gehen.

„Nein? Könntest du mir nicht etwas Zeit lassen?"

„Wozu denn das", kontert er gehässig. „Wir fangen gleich damit an. Wolfgang wird dir zeigen, wie ich mir das vorstelle." Er blickt seinen Bekannten an. „Sie gehört jetzt dir", er hält die Hand auf und erhält von ihm zwei Scheine. Er hält das Geld hoch. „Siehst du, das ist der erste Teil deiner Rückzahlung an mich." Er steckt das Geld in sein Portemonnaie. „Ich werde mir deinen Lohn immer täglich von dir abholen, und eines Tages", er steckt die Geldbörse in seine Jacke, „eines Tages kannst du wieder tun, was du willst." Er lacht bösartig. „Bis dahin wird gemacht, was ich sage!"

Die folgende halbe Stunde mit dem unangenehmen Wolfgang Breitscheid, ist die abscheulichste Erfahrung und der unangenehmste Verkehr, den sie bisher erlebt hat. Das größte Problem ist die fehlende Lust, Ekel und Abscheu auf den Mann über ihr erfüllt sie, die Prozedur erträgt sie nur mit Widerwillen.

Das ist erst der Anfang, Gerhard besorgt ihr einen Freier nach dem anderen. Zuerst sind es zwei bis drei am Tag, zu manchen Zeiten, wie an den Wochenenden, sind es über zehn am Tag.

Nach zwei Wochen muss sie sich registrieren lassen. Jetzt ist sie eine Person mit »häufig wechselndem Geschlechtsverkehr«, hwG im Amtsdeutsch. Mit hochrotem Kopf sitzt sie vor dem Schreibtisch auf einem wackeligen Holzstuhl. Leise und furchtbar beschämt beantwortet sie die Fragen des Amtsarztes nach ihrer Person. Noch nie ist sie sich so erniedrigt vorgekommen, am Ende der peinlichen Befragung erhält sie ein amtliches Formular mit Stempel und Unterschrift, es ist der »Bockschein«, wie Susi ihn nennt. Am Schluss gibt es noch ein Merkblatt.

„Denken sie daran, Fräulein Husemann, dass sie sich alle zwei Wochen untersuchen lassen müssen!"

Sie nickt nur, Scham und das Gefühl einer noch nie erlebten Demütigung schnüren ihr die Kehle zu. Jetzt ist sie eine amtlich registrierte Prostituierte. Wenn das ihre Mutter wüsste! Das Verhältnis zu ihrer Mutter war nie besonders innig, aber das darf sie trotzdem niemals erfahren.

In ihrem Zimmer an der Taubenstraße gehen die Freier ein und aus. Ihr Revier ist der Spielbudenplatz, den sie sich mit acht Kolleginnen in einer Art Schichtbetrieb teilt. Ihre Arbeit beginnt am späten Nachmittag und geht bis tief in die Nacht. Gelegentlich erhält sie von Gerd etwas Geld. Es ist nur ein kleiner Teil der Einnahmen, sie kann ja rechnen und weiß, wie viel ihre Kunden an sie bezahlen. Demnach behält er etwa 80 Prozent der Einnahmen, für sie bleiben etwa achthundert Mark im Monat, dafür kostet sie das Zimmer nichts, wie Gerd immer wieder hervorhebt. Es ist trotzdem viel Geld für sie, sie legt es in Kleidung und Schuhen an, es ist eine Art Ausgleich. Es kompensiert jedoch bei weitem nicht die bedrückende Erkenntnis, zum Abschaum der Gesellschaft zu gehören. Trotzdem kehrt etwas wie Routine ein, ein halbes Jahr später hat sie den eintausendsten Freier zufriedengestellt.

Mit Susi trifft sie sich fast regelmäßig, gemeinsam klagen sie sich ihr Leid. Ihre pummelige Freundin ist vor kurzem eine Woche ausgefallen, um sich einen Tripper behandeln zu lassen. „Geh immer regelmäßig auf den Bock, damit das immer gleich entdeckt wird. Was meinst du, was mir Günther erzählt hat!" Sie schiebt den Ärmel ihres Kleides nach oben. Dunkelblaue Flecken und rote Striemen kommen zum Vorschein.

Gabi legt erschrocken die Hand auf den Mund. „Du Ärmste, das ist ja furchtbar! Warum tut Günther das? Du kannst doch nichts dafür!"

Susi lacht trocken. „Das ist dem doch egal! Keine Susi, kein Geld. Ich kann eine Woche nicht anschaffen und deshalb ist er wütend, basta." Susi schiebt den Ärmel wieder nach unten. „Das ist es, was ich meine, sieh zu, dass du so schnell wie möglich rauskommst aus diesem Dreck!"

„Wie soll ich das schaffen? Selbst wenn ich die Ablösesumme zusammen habe, wird er sich irgendetwas einfallen lassen, um mich nicht wegzulassen. Ich bin sein bestes Pferd im Stall, so sagt er. Das heißt, dass ich ihm am meisten einbringe."

Susi schüttelt den Kopf. „Du hast recht, so geht es auch nicht, diese Kerle lassen sich doch nicht ihre Einnahmequelle wegnehmen, am Ende müssten sie noch selbst für ihren Lebensunterhalt arbeiten! Du musst dich eines Tages vom Acker machen, bevor jemand etwas merkt. Weit weg, sonst holen sie dich zurück."

Gabi nickt, sie sieht nach unten, Tränen laufen über ihre Wangen. „Und du?", fragt sie leise und wischt sich mit dem Ärmel das Gesicht trocken.

„Für mich ist der Zug abgefahren", sagt Susi resigniert, „da müsste schon ein Wunder geschehen."

Ein- bis zweimal am Tag kommt Gerhard zu ihr und lässt sich das Geld der Freier auszahlen. Einen kleinen Teil erhält sie mitunter davon zurück. Zusammen mit seinen spärlichen Zuwendungen und den abgezweigten Trinkgeldern hat sie inzwischen etwa eintausend Mark beiseitegelegt.

Ihr letzter Kunde ist eben gegangen. Das ist ein ganz Unangenehmer, er will immer Fesselspiele, aber da läuft bei ihr gar nichts. Sie fühlt sich so schon ausgeliefert genug, da muss sie sich nicht noch anbinden lassen. Gerhard drängt sie immer, sich auf die »Spielchen« einzulassen, aber es gibt Grenzen, es reicht ihr schon, überhaupt so weit abgerutscht zu sein. Jetzt steht sie vorm Spiegel und bringt ihr Make-up in Ordnung, bevor sie wieder nach unten auf die Straße geht.

Aus dem Schlafzimmer kommen Geräusche. Das muss Gerd sein, er ist der Einzige, der außer ihr einen Schlüssel besitzt. Sie hasst das, es zeigt ihr so deutlich, dass ihre letzte Zuflucht abhandengekommen ist. Es kracht laut, ein Schrank stürzt um. „Gabriele!", schreit seine wutverzerrte Stimme, „Komm sofort hierher!"

Ein entsetzlicher Schrecken überfällt sie. Gerd hat ihr Erspartes gefunden! Sie muss jetzt zu ihm, sonst holt er sie und es wird noch viel schlimmer. Sie knöpft noch die Bluse zu und geht schon mit Tränen in den Augen in die Richtung seiner zornigen Schreie. Und tatsächlich, das Nachttischchen liegt auf dem Boden, er hält den Umschlag mit dem Geld in der Hand und schwenkt ihn vor ihrer Nase.

„Wolltest du mich betrügen?", schreit er. „Du denkst wohl, du kannst mich übers Ohr hauen, was?" Er holt mit der Faust aus und schlägt ihr heftig in die Magengrube.

Der Schmerz breitet sich wie Feuer in ihrem Leib aus, ihr schwinden beinahe die Sinne. Das mit den Schlägen in den Bauch ist so eine Masche von ihm. »Ich schlage dich doch nicht ins Gesicht, das ist doch mein Kapital«, pflegt er dann zu sagen. Es folgen meist noch weitere Boxhiebe in den Unterleib. So auch jetzt, ein weiterer Schwinger trifft ihren Körper, sie schreit und krümmt sich vor Schmerz. Unfähig, sich zu kontrollieren, sackt sie zur Seite und fällt auf den Boden.

„Mach das nie wieder!", brüllt er. „Ich werde dich kürzer halten. Wenn du so viel erübrigen kannst, dann lasse ich dir anscheinend zu viel! Jetzt sieh zu, dass du wieder auf die Straße kommst!"

Danach ist er verschwunden. Ihr Leib schmerzt, mühsam richtet sie sich wieder auf. Ihr nächstes Ziel ist das Badezimmer. Sie muss ihre Tränen trocknen und das Make-up erneuern, sie sieht furchtbar aus. So kann sie keinen Freier anlocken.

Seit ein paar Tagen treibt sich an den späten Nachmittagen bei den Dirnen ein Mann herum. Es ist offenbar kein Kunde, was will er hier? Sie geht zu ihrer Kollegin, Bärbel, die steht schon Jahre hier und kennt viele der Freier. „Sag mal, was will der Kerl von uns?" Sie nickt mit dem Kopf in die Richtung des Mannes, der jetzt mit Gisela spricht, die gerade wieder auf die Straße gekommen ist.

Bärbel schnäuzt sich die Nase, sie ist schon wieder erkältet. „Ich könnte mir vorstellen, dass er uns von Gerd weglocken will. Schlau ist was anderes, der versteht da gar keinen Spaß."

Jetzt kommt der Unbekannte zu Gabi. „Ich heißen Marek."

Aha, ein verdammter Pole. Sie sieht ihn skeptisch an. „Was willst du? Soll ich dir einen blasen?", ihre Kolleginnen lachen.

Der Mann hebt abwehrend die Hände. „Nein." Er hat dunkle, fast schwarze Haare, er ist groß und kräftig. „Du sein hübsch, das ist gut."

„Stiehl mir nicht die Zeit!" Jemanden, der bloß sabbeln will, kann sie nicht gebrauchen, der vergrault nur die echten Kunden.

„Du für mich arbeiten, du bekommen Hälfte von Lohn!"

Hm, das klingt nicht schlecht. Zurzeit gibt ihr Gerd kaum etwas, für jede Mark muss sie lange betteln. Aber wie soll das gehen? Gerd wird sich das nicht gefallen lassen, wer weiß, ob sie dabei nicht auch Schläge abbekommt. „Verzieh dich, bevor mein Lude dich sieht und mit dir die Straße aufwischt!"

Er hebt wieder die Hände. „Du überlegen, ich komme wieder!"

Er trottet von dannen, jetzt kommt endlich ein richtiger Kunde. Er sieht sich unsicher um, er tritt dann zu Gabi und fragt: „Bist du so eine?"

Scheiße, natürlich ist sie »so eine«. Alle Frauen, die hier rumstehen, sind Nutten. Andere Frauen sehen zu, dass sie gar nicht erst hierher kommen, und wenn es doch nötig ist, dann gehen sie so schnell wie möglich vorbei. Gabis kurzer Rock und die langen, nackten Beine in den hohen Stöckelschuhen sind doch Aushängeschild genug.

„Für wen hältst du mich denn?" Verdammt, was sollte sie denn sonst für eine sein!

„Ich weiß nicht so recht, ich wollte dich jetzt nicht beleidigen, falls du keine Nutte bist."

„Schon gut, was willst du?" Gar nichts ist gut, Nutten kann man anscheinend nicht beleidigen, weil sie bereits ganz unten sind. Es ist zum Kotzen!

„Wie viel kostet das?"

Das sind genau die Fragen, die Gabi schmerzhaft daran erinnern, wie tief sie gesunken ist. Sie antwortet entsprechend knapp. „Bis zehn Minuten einen Zehner. Dauert es länger, ist ein Pfund fällig." Der Mann, ein Mittvierziger, blickt sie fragend an. Gabi seufzt. „Gut, wir machen etwas länger, dann kostet es zwanzig Mark."

„Okay, ich versuch's."

„Gut, dann komm mit." Sie geht vor, die Haustür zur Nummer 23 ist nur ein paar Schritte entfernt. Nach zwanzig Minuten ist es vorbei. Sie bemüht sich, dem Mann einen Orgasmus vorzutäuschen, dabei springt oft etwas Extra heraus. Ihre Rechnung ist dieses Mal nicht aufgegangen, er versucht zu handeln.

„Die Zeit für das Aus- und Anziehen muss aber abgerechnet werden, dann sind es nicht mehr als zehn Minuten."

„Es zählt immer die ganze Zeit, weil ich solange nicht unten stehen kann."

Er schüttelt den Kopf und zieht sich ungerührt die Hose hoch. Das kann sie gerade leiden, erst den Schüchternen spielen und dann nicht bezahlen wollen! Er legt ihr einen Zehner hin und verschwindet grußlos.

„Arschloch!", ruft sie ihm hinterher. „Beim nächsten Mal klappt das nicht!" Gabi nimmt sich vor, die anderen Mädchen vor diesem Pfennigfuchser zu warnen, dann richtet sie sich wieder her, zupft am BH herum, damit ihre Kunden etwas mehr von ihrer Schokoladenseite zu sehen bekommen, und geht hinunter. Es ist schon ein Scheißjob, und es ist keine Besserung in Sicht.

Ein paar Wochen später, es ist Februar. Ihre Kohlen für den Ofen im Wohnzimmer gehen zur Neige, sie muss hinunter in den Keller, Nachschub holen. Warum macht Gerd das eigentlich nicht, ihr fällt es jedes Mal sehr schwer, die Schippe mit den Eierkohlen und den Brikettbehälter vom Keller in den ersten Stock zu tragen. „Du glaubst wohl, ich habe unbegrenzt Zeit?", hatte er mal auf eine entsprechende Frage von ihr geantwortet. „Ich habe genug damit zu tun, zahlungskräftige Freier zu besorgen."

Der letzte Freier ist vorerst verschwunden, sie nimmt Schippe und Trage und geht in den Keller.

Unten im Flur steht jemand, es ist Marek, der Pole. „Hast du überlegt?"

„Verschwinde. Ich will das nicht, das gibt nur Schwierigkeiten."

Er sieht auf ihre Kohlebehälter. „Gut, ich warten, bis du zurück, dann können reden."

Sie zuckt mit den Schultern, Hauptsache, er hält sie nicht auf, oder verwickelt sie in einen Streit. Sie steigt in den Keller hinunter und öffnet das Vorhängeschloss für ihren Verschlag. Jede Partei des Hauses hat hier unten einen etwa acht Quadratmeter großen Raum zur Verfügung, die einzelnen Abteilungen sind mit Bretterwänden voneinander getrennt. Die Bretter sind mit etwa fingerbreiten Abständen auf ein Gestell genagelt. Sie, wie auch fast alle Mieter, heben hier unten ihre Kohlevorräte auf, ab und zu steht hier auch mal ein Fahrrad oder ein Kinderwagen. Sie füllt den Eimer mit den Eierkohlen auf und stapelt die Briketts mit einer Zange in den Tragekasten. Die schwarzen Finger wischt sie notdürftig mit einem Lappen ab, der für diesen Zweck hier liegt. Mühsam hebt sie die beiden Behälter und geht zum Treppenhaus zurück. Sie hat mal versucht, die Behälter einzeln zu tragen, das ist zwar leichter, wegen der einseitigen Belastung ist es jedoch nicht von Vorteil.

Vom Treppenhaus schallt ihr lauter Streit entgegen. Die eine Stimme gehört Gerd, die andere muss dem Polen gehören, sie erkennt ihn am Dialekt.

„Lass die Finger von meinen Mädchen, ich verstehe da keinen Spaß!"

Gabi bleibt erschrocken stehen und verbirgt sich hinter einer Tür zu einem offenen Verschlag. In diesen Streit will sie nicht hineingezogen werden, das gibt nur Ärger. Sie hat gelernt, dass es besser ist, sich in so einem Fall nicht zu zeigen, denn wenn Gerd wütend ist, schlägt er auf sie ein, auch wenn sie nicht der Anlass für seine Wut ist.

Der Streit geht weiter und eskaliert. „Wenn ich dich noch einmal in der Nähe meiner Mädchen sehe, gibt es Ärger!"

„Wir können handeln", hört sie den Polen.

„Gut, komm mit, in den Keller, dort hört uns niemand."

Gabi drückt sich noch weiter hinter die Tür, hoffentlich wird sie hier nicht gesehen. Durch die Abstände zwischen den Brettern sieht sie die beiden Kontrahenten auf sich zukommen. Fast direkt vor ihr, lediglich getrennt durch die wenigen Latten, bleiben sie stehen. An der Beplankung hängt eine alte Jacke, hinter der sie sich notdürftig verbirgt.

„Kannst du mir ein Angebot machen? Ab fünf großen Scheinen pro Nutte könnten wir uns handelseinig werden", zischt Gerd Oppermann dem Polen mit schneidender Stimme zu.

„Das sein viel zu viel! „Was du wollen mit so viele Mädchen, wir könnten uns aufteilen!", hört sie den Polen.

„Spinnst du? Warum sollte ich das tun? Nein, da spielt sich gar nichts ab." Um seinen Worten mehr Gewicht zu verleihen, greift ihr Zuhälter in seine Jacke und zieht sein Messer heraus. Klack! Die Klinge springt heraus.

„Ist gut, ich gehen!", schreit der Pole, jetzt etwas leiser.

„So gefällst du mir schon viel besser", Gerd Oppermann grinst und bewegt die blinkende Klinge vor dem Gesicht von Marek Wisniewski langsam hin und her.

Der schluckt, für diesen Moment hat er verloren. „Gut, ich gehe."

Gerd Oppermann grinst immer noch, jetzt haben seine Augen diesen dunklen Glanz bekommen, der immer seinen Schlägen vorausgeht. Gabriele Husemann steht entsetzt hinter der Jacke, sie bekommt jede Einzelheit mit.

Marek Wisniewski will sich gerade abwenden, da saust das Messer wie ein silberner Blitz in seine Brust. Ungläubig starren die aufgerissenen Augen des Polen in das eiskalte Gesicht von Gerhard Oppermann.

„So, nun gefällst du mir endlich richtig!" Mit einem leisen Lachen fängt er den fallenden Körper auf.

Gabi sieht erschrocken durch die Ritzen zwischen den Brettern. Ihr Herz schlägt ihr vor Angst bis zum Hals. Dicht drückt sie sich an die Jacke, dass sie nur nicht von ihrem Zuhälter bemerkt wird!

Knack!

Mit einem leisen Ton reißt der Aufhänger der Jacke, sie fällt mit einem Rascheln zu Boden. In der Stille des Kellers kommt es Gabi wie Donnerhall vor.

Gerd hat es auch bemerkt, er lässt den Toten zu Boden sinken, sieht hoch und blickt genau in ihre aufgerissenen Augen zwischen der Beplankung.

„Gabi! Was machst du denn hier?" Er bückt sich nach dem Toten. „Du hast nichts gesehen, ist das klar?"

Sie nickt zur Bestätigung. Sie hat noch nie einen Toten gesehen, aber dieser muss tot sein, das Gesicht ist bleich wie Kreide, die Augen blicken starr in die Ferne. Sie lässt Brikett und Kohlen stehen und läuft so schnell sie kann zurück in ihre Wohnung. Dort setzt sie sich schwer atmend auf das Bett, und versucht einen klaren Gedanken zu fassen. Soll sie tun, als wäre nichts geschehen? Die Polizei wird bestimmt in den nächsten Tagen kommen und Nachforschungen anstellen. Sie werden bestimmt alle Anwohner im Haus befragen. Was soll sie dann machen, soll sie schweigen? Susi muss ihr helfen, sie hat schon so manchen Rat von ihr erhalten. Sie zieht sich den längsten Mantel an, den sie besitzt – er geht gerade bis zum Knie – verlässt die Wohnung und steigt leise die Treppe hinab. Vorsichtig lugt sie vom Flur zum Keller hinunter, es ist nichts zu sehen. Gerhard Oppermann ist offensichtlich mit der Leiche nicht mehr im Haus. Gabi geht um die Ecke zu Susis Revier. Dort steht sie auf dem Bürgersteig und wartet auf Kundschaft. Gabi ist sehr erleichtert, sie zu sehen.

„Wie siehst du denn aus? Du bist ja leichenblass!"

Gabi erzählt ihr von dem Mord. „Susi, was soll ich jetzt bloß machen?"

„Mein Gott, Kleine! Jetzt steckst du echt in der Scheiße." Sie sieht sich ängstlich um. „Wenn du Pech hast, wird dich Gerd auch abmurksen, denn jetzt bist du eine gefährliche Zeugin für ihn."

„Aber wenn ich dichthalte?"

Susi lacht bitter. „Meinst du, Gerd lässt es darauf ankommen? Der geht über Leichen, um seinen Hals zu retten, das gebe ich dir schriftlich."

„Meinst du wirklich? Sollte ich dann nicht besser zur Polizei gehen?"

„Zur Polizei? Kann sein, dass du an einen Kriminalen gerätst, der etwas gegen Prostituierte hat, dann siehst du ganz alt aus. Am Ende glaubt der noch, du wärst daran beteiligt gewesen. So wie ich gehört habe, ist der Pole nicht Gerds erster Mord. Die Polizei wartet nur darauf, ihn zu fassen zu kriegen, konnten ihm aber bis jetzt nichts nachweisen." Sie sieht sich nervös um. „Du musst abtauchen, jetzt auf der Stelle."

„Wohin denn bloß?"

„Zuerst einmal musst du aus dieser Gegend verschwinden. Am besten dorthin, wo dich niemand suchen wird."

Ein Freier tritt auf die beiden Frauen zu, er grinst sie frech an. „Wie wär's mit 'nem flotten Dreier?"

Susi fährt ihn an, so wütend hat Gabi sie noch nie erlebt. Sie schlägt mit ihrer Handtasche nach dem Mann. „Verschwinde, uns ist jetzt nicht nach Ficken, du Arsch! Mach's dir selber!"

Der Mann hebt abwehrend die Hände. „Ich wollte nur einen Witz machen."

„Solche Witze finden wir zum Kotzen! Verschwinde!" Dann wendet sich Susi wieder ihrer Freundin zu, atemlos fragt sie: „Hast du Geld?"

„Vielleicht hundert Mark, Gerd hat doch mein Geldversteck ausgeräumt."

„Stimmt ja! So ein Mistkerl! Mit 'nem Hunderter kommst du nicht weit. Pass auf, ich gebe dir Geld von mir und du packst deine Tasche, wir dürfen jetzt keine Zeit verlieren. Wir treffen uns gleich oben bei mir."

Oberndorf an der Oste

Keine halbe Stunde später ist Gabriele Husemann mit einer Tasche und einigen Habseligkeiten an der Helgoländer Allee in Richtung Elbe unterwegs. Das Bismarckdenkmal ragt über die Bäume hinweg und wird von der Nachmittagssonne beleuchtet. Laut klackern die Absätze ihrer Stöckelschuhe auf den Platten des Bürgersteiges, es ist die einzige Art Schuhe, die sie besitzt. Der Rock, der sich jetzt unter ihrem mäßig langen Mantel verbirgt, ist kurz, sehr kurz. Das ist ihr jetzt egal, nur fort von hier. Unten an den Landungsbrücken angekommen, steigt sie in die U-Bahn in Richtung Hauptbahnhof.

Eine Stunde später sitzt sie im Zug in Richtung Cuxhaven. Brummend zieht die rote Diessellok die drei Wagen in Richtung Nordsee. Sie sieht aus dem Fenster und lässt ihre Gedanken schweifen. Erfolgreich war ihre Episode in Sankt Pauli nicht gerade gewesen. Sie hat jetzt nach zwei Jahren gerade einmal einhundert Mark im Portemonnaie, dazu noch etwa zweihundert Mark von Susi. Das ist alles, in der Tasche ist noch etwas Kleidung, die wird ihr jedoch nicht viel nützen, jeder würde sie damit als Professionelle erkennen. Ein Paar Schuhe, allerdings auch mit Pfennigabsätzen, sowie ein Beutel mit etwas Waschzeug vervollständigen ihre wichtigsten Utensilien. Dafür hat sie an Erfahrung gewonnen, Erfahrung, auf die sie gerne verzichtet hätte. Zwei behandelte Tripper und eine Abtreibung bei so einem Kurpfuscher, den Gerd ihr besorgt hatte. Auf diese Erlebnisse ist sie wirklich nicht stolz.

Wo sollte sie jetzt hin? Ihr erster Impuls war, zu ihrer Mutter zu fahren. Je länger sie darüber nachdachte, desto weniger gefiel ihr der Gedanke. Die Adresse ihrer Mutter ist bei Jules bekannt, die wäre auch nicht schwer herauszufinden. Außerdem versteht sie sich nicht besonders gut mit ihrer Mutter, niemals könnte sie ihr begreiflich machen, warum sie eineinhalb Jahre als Prostituierte gearbeitet hatte – sie hat für sich selbst keine befriedigende Erklärung. Ihre Mutter hat gerade mal geschluckt, dass sie auf Sankt Pauli gekellnert hat. Sie wird wohl besser zu ihrer Tante Thekla gehen, das ist wahrscheinlich die klügere Lösung. Sie ist etwas aufgeschlossener als ihre Schwester, sie wird ihre Beweggründe vielleicht halbwegs verstehen und begreifen, dass sie wie ein Backfisch in die Falle gelaufen war, die die gewieften Kieztypen für sie bereit gehalten hatten. Außerdem wohnt Tante Thekla in Oberndorf und ist eine Verwitwete von Borstel, sodass der Weg zu ihr nicht so einfach nachzuvollziehen ist. Ja, der Gedanke gefällt ihr gut, hoffentlich ist ihre Tante zu Hause.

Es wird schon dunkel draußen, jetzt, Mitte Februar, hat der Winter die Niederelberegion im Griff. Es liegt etwas Schnee auf den Feldern und Wiesen, die langsam vor dem Fenster vorbeiziehen. Es ist kalt, einige Grad unter null. Ein Pullover und ein paar dicke Strümpfe ist nachher das einzige, womit sie der Kälte begegnen kann, über ihre rote Mähne kommt dann ein Kopftuch.

Am Bahnhof Höftgrube steigt sie aus, die Wagen sind fast leer, sie ist der einzige Fahrgast, der auf den Bahnsteig tritt. Im letzten Licht des verklingenden Tages studiert sie den Fahrplan des Busses nach Oberndorf. Natürlich! Der Bus fährt nur einmal morgens und abends, sonst nur auf Anforderung, heute Abend fährt gar nichts mehr. Sie schnappt sich ihre Tasche und geht entschlossen auf dem sandigen Fußweg in Richtung Oberndorf. Ihre Pfennigabsätze versinken immer mal wieder im Sand, es ist eben kein gepflasterter Weg wie am Spielbudenplatz, ihrer Strichpromenade. Für die drei Kilometer benötigt sie vierzig Minuten, Gott sei Dank ist die Tasche nicht schwer. Sie geht so rasch, wie sie mit diesen Schuhen gehen kann, so wird ihr wenigstens warm.

Als sie Oberndorf erreicht, ist es vollends dunkel, an wenigen Ecken brennt eine Straßenlaterne. Ihre Tante wohnt in der Straße »Bei der Kirche 2«, im schlechten Licht findet sie schließlich das Haus, jetzt erweist es sich als Vorteil, dass es in Oberndorf nur wenige Straßen gibt. Sie ist schon ein paar Mal hier gewesen, allerdings nie im Dunkeln.

Die Haustür zu dem zweistöckigen Gebäude ist verschlossen, sie drückt auf die Klingel mit der Aufschrift »T. v. Borstel«. Ein paar bange Minuten verstreichen. Ist ihre Tante überhaupt zu Hause? Wenn nicht, was könnte sie dann machen? Ihre Sorgen erweisen sich als unbegründet, die eben noch dunkle Milchglasscheibe in der Tür wird durch einen matten Schein erhellt, ein Schatten erscheint, ein Schlüssel dreht sich im Schloss. Was wird ihre Tante sagen, wird sie ihre Nichte überhaupt wiedererkennen, so, wie sie jetzt aussieht?

Die schwere Tür mit dem dicken Rahmen wird geöffnet. Es ist ihre Tante, Gabi erkennt sie, obwohl sie das schwache Licht der Lampe im Flur hinter sich hat, und die Person vor ihr nur ein dunkler Schatten ist.

„Gabriele?", fragt ihre Tante vorsichtig. „Bist du das?"

„Ja", haucht sie mehr, als dass sie spricht. „Du musst mir helfen, Tante Thekla."

„Natürlich, mein Kind. Komm erst mal herein, ich geh schon mal vor." Ihre Tante steigt die Treppe zum ersten Stock hinauf, ihre Nichte folgt ihr. In der Wohnung sieht ihr die Tante ins Gesicht. „Gabriele, du siehst furchtbar aus! Leg doch ab und setz dich zu mir in die Stube."

Gabi hängt ihren Mantel auf und zieht die Schuhe von den schmerzenden Füßen. Ihre Tante blickt kurz an ihr hinunter, ihr Blick verweilt einen Moment auf Gabis kurzem Rock. Dann geht sie voran in die Stube. Dort ist es gemütlich, ein Ofen in der Ecke verbreitet eine wohlige Wärme, über einem breiten Sofa hängt ein Bild, das mit viel Blau und Grün eine Marschlandschaft zeigt. Ein Esstisch steht vor dem Fenster, vor das jetzt eine hellbraune, gemusterte Gardine gezogen ist. Ihre Tante weist auf das Sofa. „Setz dich doch, Mädchen. Möchtest du etwas trinken, einen Kaffee vielleicht, oder soll ich dir einen Tee machen?"

Gabi nickt und lässt sich erleichtert auf das Sofa fallen. „Ein Kaffee wäre schön."

Ihre Tante verschwindet in einer kleinen Küche und kommt nach ein paar Minuten zurück. „So, das Wasser ist schon mal aufgesetzt. Wie sieht es eigentlich mit Essen aus? Ich wollte mir eigentlich gleich ein paar Brote schmieren."

Ihre Tante sorgt sich um sie, bedrängt sie aber nicht mit Fragen, das fand Gabi schon früher so sympathisch an ihr. Dankbar antwortet sie: „Wenn du für mich auch etwas hast, das wäre toll. Ich habe heute Morgen zuletzt gegessen." Das war zwar sehr spät am Morgen, um elf Uhr, der Hunger meldet sich jedoch seit einer Weile, vor allem seit dem Gewaltmarsch hierher. Der Flötenkessel pfeift, Tante Thekla geht in die Küche und brüht den Kaffee auf. „Wie trinkst du deinen Kaffee? Zucker? Milch?", hört sie aus der Küche.

„Tante Thekla, du bist ein Schatz. Ich trinke ihn schwarz."

Ihre Tante stellt ihr den Becher hin und setzt sich ihr gegenüber auf einen der beiden Stühle. „Nun erzähl mal, was ist dir passiert?"

Gabriele holt tief Luft und erzählt, sie lässt nichts aus. Sie berichtet von dem Mann, der ihr eine Arbeit als Kellnerin versprochen hat, dann von der Tätigkeit als Striptease-Tänzerin. An dieser Stelle blickt ihre Tante sie für einen Moment entsetzt an, fängt sich aber sofort und streicht Gabriele über den Arm. Die senkt ihren Blick und blickt auf die bestickte Tischdecke, ohne sie wahrzunehmen. Jetzt beginnt der unangenehmste Teil.

Ihre Tante legt ihre Hand auf ihre. „Du musst es nicht erzählen, wenn du nicht möchtest, ich helfe dir, so oder so!"

Gabriele ringt sich ein schwaches Lächeln ab. „Das ist lieb von dir. Ich möchte es aber loswerden, und du sollst es wissen." Sie blickt wieder hoch und ihrer Tante in die freundlichen Augen. „Dann wurde ich zur Prostitution gezwungen." Sie bricht ab und beginnt leise zu weinen.

„Das ist ja furchtbar! Mein armes Kind!" Ihre Tante sieht sie mit aufgerissenen Augen an.

Dankbar spürt Gabi den sanften Druck einer Hand auf der ihren. Das ehrliche Entsetzen ihrer Tante tröstet sie, es ist weder Abscheu noch Ablehnung zu erkennen. Die kluge, ältere

Frau hält Gabi keine Vorträge, sie kann sich vorstellen, wie schnell man in diesem Milieu in Schwierigkeiten geraten kann. Gabi nimmt noch einmal allen Mut zusammen und erzählt der Tante von dem Mord ihres Zuhälters an dem polnischen Konkurrenten.

„Mein Gott, Gabi! Jetzt steckst du tief in der Klemme", sie springt auf und läuft in der kleinen Stube auf und ab. „Die Frage ist, ob du hier bei mir sicher genug bist." Sie gibt ihrer Nichte ein Taschentuch. „Hier bitte, trockne erst einmal die Tränen. Ich mach jetzt Abendbrot für uns beide. Mit leerem Magen kann man nicht klar denken, wenn du magst, kannst du mir helfen."

„Ja!" Gabriele springt auf. Sie ist froh, dass sie den Kummer und die Angst nicht mehr alleine tragen muss. Ihre Tante wird es schon richten, sie ist gewitzt und steht mit beiden Beinen im Leben. In der Küche mustert sie ihre Nichte von oben bis unten. „Hast du nichts anderes anzuziehen?"

„Äh, nein, ich wäre gerne in einer anderen Aufmachung bei dir aufgetaucht, aber ich habe nichts Normales mehr zum Anziehen, außerdem eilte es sehr, da wegzukommen."

„Natürlich, das seh ich ein, aber so kannst du nicht rumlaufen, es ist auch viel zu kalt draußen, du würdest dir auf Dauer den Tod holen. Zuerst müssen wir dir etwas zum Anziehen besorgen. Ich sehe gleich in meinen Sachen nach, vielleicht passt ja das ein oder andere." Sie überlegt und sieht dann Gabriele an. „Was kannst du eigentlich?" Sie bemerkt das Erschrecken in den Augen ihrer Nichte. „Entschuldige bitte, so wollte ich das nicht sagen. Was ich meine, ist: Was hast du eigentlich gelernt?"

Gabriele räuspert sich. „Ich habe mal Kaufmannsgehilfin gelernt, das ist jetzt vier Jahre her."

„Guck, das ist doch was! Weißt du, ich arbeite seit sechs Jahren in der Personalabteilung der Hemmoor Cement. Der

Betrieb läuft seit Jahren wie geschmiert, da werden wir vielleicht auch für dich eine Stelle finden."

„Meinst du?", die Stimme der jungen Frau klingt jetzt wieder zuversichtlicher.

„Wahrscheinlich, in der Maschinenbuchhaltung sind wir unterbesetzt. Du kannst schon mal über eine Bewerbung nachdenken."

Die Nichte legt ihre Arme um ihre Tante und drückt sie. „Tante Thekla, was würde ich bloß machen, wenn ich dich nicht hätte? Ich mag mir das gar nicht ausmalen."

„Das ist doch selbstverständlich, Kind! Seitdem es Frauen und Männer gibt, gibt es Prostitution. Ich frage mich nur, was wir mit deiner Mutter machen. Was soll sie wissen, was sollten wir ihr verschweigen?"

„Müssen wir ihr denn überhaupt sagen, dass ich hier bin?"

„Auf jeden Fall. Stell dir vor, sie erfährt es eines Tages zufällig. So weit sind Neuhaus und Oberndorf auch nicht voneinander entfernt."

„Gut, du hast sicher recht. Ich fühle mich auch wohler, wenn ich meiner Mutter nicht aus dem Weg gehen muss. Aber sag ihr bitte niemals, dass ich als Prostituierte gearbeitet habe, das bringt sie um."

Thekla von Borstel lächelt jetzt. „Ich kenne meine Schwester, bei dem Thema ist sie doch sehr provinziell. Nein, keine Sorge, von mir wird sie nichts erfahren."

Zum ersten Mal seit langer Zeit fühlt die junge Frau so etwas wie Wärme. Sie ist froh, dass sie diesen Schritt gegangen ist. Noch ist sie nicht wirklich außer Gefahr, es muss erst etwas Gras darüber wachsen.

Die Treppe des Hauses führt in ein zweites Stockwerk, es ist eigentlich mehr ein Dachboden. Hier ist es zu niedrig, um zu wohnen, es ist gerade einmal zwei Meter an der höchsten Stelle. Die Treppe mündet in einen kleinen dunklen Flur mit zwei Türen. Die Tür nach links führt auf den Dachboden, der hier über zehn Meter lang ist. Er steht voll mit Kartons und ein paar alten Möbeln, ein Paradies für Spinnen und Mäuse. Die Tür zur rechten mündet in eine kleine Kammer, sie ist lang und schmal und ebenso niedrig wie der ganze Bodenraum. Dafür steht dort sogar ein altes Bett, es liegt eine Matratze darauf, jedoch ohne Laken und Bettzeug. „Hier kannst du schlafen, wenn du möchtest. Oder auf dem Sofa in der Stube?"

„Hier oben störe ich niemanden. Wenn es dir nichts ausmacht, würde ich mich gerne hier einrichten."

Ihre Tante nickt. „Das habe ich erwartet." Sie wendet sich wieder zur Treppe. „Lass uns etwas essen, dann sehe ich mal nach, was ich für dich zum Anziehen habe."

Eine Stunde später stehen die beiden Frauen vor dem Kleiderschrank. Dank ähnlicher Größen finden sich ein langer Rock, ein beinahe passendes Kleid und zwei Blusen.

„Das ist schon sehr schön, wir zwei Hübschen werden in den nächsten Tagen noch zu Schröder in Basbeck fahren und dort etwas anderes kaufen, du bist ein junges Mädchen und willst sicher nicht wie eine alte Tante herumlaufen."

Das Bett wird bezogen, eine Wolldecke muss das fehlende Federbett ersetzen. „Schlaf schön und träum was Schönes!", ruft die Tante ihr noch zu, dann ist sie allein. Ganz allein, entspannt und zufrieden. Der Druck, immer wieder Freiern zu Willen sein zu müssen, ist von ihr abgefallen. Sie kuschelt sich wohlig unter die Decke.

Ein neuer Anfang

Am nächsten Morgen geht es früh los. Ihre Tante muss zur Arbeit, und Gabriele leistet ihr beim Frühstück Gesellschaft. Thekla hat zum Klönen nicht viel Zeit, sie muss rechtzeitig in der Firma sein. „Bis heute Abend, Gabi. Wenn alles klappt, werde ich etwa um fünf zu Hause sein. Hast du auch keine Langeweile?"

„Nein, Ich lege mich wieder ins Bett." Sie lacht entspannt. „Ich finde sicher etwas zu tun, ich werde sonst putzen. Und nochmals recht vielen Dank für alles!"

Ihre Tante verschwindet und sie bleibt zurück. Sie sitzt am Frühstückstisch vor einer Tasse Kaffee und überlegt. Ihr Tagesrhythmus ist ganz durcheinander, an normalen Tagen hat sie bis mindestens zehn Uhr geschlafen und war mit einer Zigarette aufgestanden. Ihre Tante hat einen Nichtraucherhaushalt, deshalb hat sie die letzte Schachtel, die sie mitgenommen hat, noch nicht geöffnet. So stark wie Susi hat sie nie geraucht, vielleicht wird sie ganz damit aufhören. Wie es ihrer Freundin wohl geht? Ob Gerd sie fragen wird, wo sie steckt?

Der Tag vergeht, sie hat sich noch eine Weile hingelegt, dann ist sie wieder aufgestanden. Ihre Tante hat eine saubere und ordentliche Wohnung, sodass es nicht viel zum Putzen gibt. Sie geht die Treppe zum Dachboden hinauf und fegt und wischt den unebenen Holzboden in ihrem kleinen Zimmer. Es ist karg, aber ihr fast eigenes neues Zuhause, niemand belästigt sie hier. An der Stirnseite ist ein kleines Fenster, von dort aus kann man an der Kirche vorbei über den Ostedeich sehen. An den Ufern sieht man etwas Eis, der Deich ist weiß von Schnee.

Mit der Einkaufstasche bewaffnet verlässt sie das Haus gegenüber der Kirche. Sie hat etwas Geld mitgebracht, damit kann sie nun zum Haushalt beitragen. Direkt neben der Kirche ist der Lebensmittelladen der Geschwister Grefe, dort kauft sie etwas Käse und Wurst. Ein paar Häuser weiter, Bei der Kirche 5, befindet sich ein Papiergeschäft. Bei der freundlichen Verkäuferin ersteht sie eine Bild-Zeitung. Zurück in der Wohnung ihrer Tante liest sie die Zeitung von vorne bis hinten durch. Von einem ungeklärten Todesfall an der Reeperbahn ist nichts zu finden, es wäre jedoch auch Zufall gewesen, wenn ausgerechnet heute darüber berichtet worden wäre.

Am Abend kommt die Tante wieder nach Hause. „Hast du heute Mittag zu essen gehabt?"

„Ich habe mir zwei Scheiben Brot geschmiert."

„Na weißt du, das reicht kaum aus. Du willst doch nicht, dass die Nachbarn sagen, ich lasse dich hungern?" Sie lacht. „Für die nächsten Tage müssen wir uns etwas einfallen lassen. Dann"- sie hebt bedeutungsvoll einen Finger – „dann hast du eventuell Arbeit."

„Ehrlich? Das wäre ja traumhaft!"

„Ja, das war Glück. In der Buchhaltung suchen sie jemanden, eine abgeschlossene Lehre genügt, du musst nur geschickt mit Zahlen sein. Am Sonnabend kaufen wir dir noch etwas Frisches zum Anziehen, am Montag nehme ich dich mit und stelle dich vor."

„Tante Thekla, ich weiß nicht, was ich sagen soll!"

„Geschenkt, nun lass uns das Abendbrot vorbereiten.

Am Montagmorgen steigt Gabi zu ihrer Tante in den alten, beigefarbenen Volkswagen. Gut sieht sie heute aus, ihre roten Haare sind sorgfältig gekämmt. Eine Viertelstunde lang hat sie versucht, in ihre rote Mähne so etwas wie Ordnung zu bringen. Sie trägt ein neues Kleid, das hat sie am Sonnabend in Basbeck gekauft, ihre Tante hat noch etwas dazu gelegt. Es ist dunkelgrün und reicht bis zum Knie, es schmiegt sich um ihren schlanken Körper. Ein so langes Kleid hat sie seit zwei Jahren nicht mehr getragen. Sie hatte sich mit einem Lächeln vor dem Spiegel gedreht. Über dem Kleid trägt sie ihren Mantel, das Kleid sieht unten etwas hervor, das lässt sich im Moment nicht ändern.

Es ist noch dunkel, die Sechs-Volt Funzeln des alten Käfers werfen einen gelblichen Schein in die Finsternis. Der Motor brummt im typischen Boxertakt, fast noch übertönt vom Heulen des Lüfterrades. Es ist viel Verkehr in Richtung des Zementwerkes. Tante Thekla stellt ihren Wagen auf dem Parkplatz der Mitarbeiter an der Bundesstraße ab. Eilig läuft sie über die Straße, ihre Nichte folgt ihr dichtauf, eifrig bemüht, alles richtig zu machen. Im Verwaltungsgebäude an der Hauptstraße brennt überall Licht. Weißer Schein von Leuchtstoffröhren wirft helle Streifen auf die schneebedeckten Bäume und auf den Rasen, der das fast neue Gebäude umgibt. Mit vielen anderen betreten die beiden Frauen die Verwaltung durch die Glastür an der Vorderseite. Gabriele Husemann hat Herzklopfen, nervös folgt sie ihrer Tante, die wie jeden Tag die Treppe zum ersten Stock hinaufsteigt und zielsicher auf eine Bürotür zusteuert. Heute soll sich ihr Leben ändern, ein wenig Sorge schlägt ihr auf den Magen. Beunruhigt mustert sie die vielen Menschen, die geschäftig durch die Flure eilen. Ob es ihr gelingen wird, wieder eine von ihnen zu werden, eine normale Tätigkeit zu bekommen? Wird es Fragen zu ihrer Vergangenheit geben? Wilde Gedanken kreisen durch ihren Kopf, sie versucht, sich mögliche Antworten auszumalen.

„So, meine Kleine. Hier ist mein Büro. Nimm einfach mal Platz, ich werde sehen, ob mein Chef schon da ist."

Ihre Tante verschwindet im Nebenraum. Zwei Angestellte kommen herein und hängen ihre Jacken an eine Garderobe. „Hallo, ein neues Gesicht?", wird sie freundlich begrüßt. Die neugierigen und lächelnden Augen der Kollegen ihrer Tante wirken lindernd auf ihre Unruhe, die sie nur mit Mühe verbergen kann.

„Gabi, du kannst kommen!"

Mit Herzklopfen erhebt sie sich und betritt das Nachbarzimmer. Dort sitzt ein älterer Herr an einem Schreibtisch, vielleicht fünfzig Jahre alt, und erhebt sich jetzt.

„Guten Tag, Fräulein Husemann. Ich freue mich, Sie hier bei uns begrüßen zu können. Mein Name ist Dohrmann, ich bin der Personalchef der Portland Cement."

Schüchtern reicht sie ihre Hand dem Mann, der sie freundlich prüfend ansieht. „Guten Morgen, Herr Dohrmann."

„Setzen Sie sich doch und erzählen Sie mir, was Sie können, damit ich sehe, ob ich Sie hier einsetzen kann."

Verdammt! Das war das, was sie befürchtet hatte. Jetzt bloß nicht verhaspeln! Sie beginnt zu erzählen, von ihrer Lehre bei dem Kaufmann in Geversdorf, dann vier Jahre bei ihrer Mutter in dem Kolonialwarenladen in Neuhaus. Sie merkt, wie ihre Geschichte auf eine Katastrophe zusteuert. „1963 habe ich dann als Serviererin in einer Gaststätte in Hamburg angefangen. Dabei kam mir mein Geschick im Kopfrechnen zugute."

„Ihr Aussehen war wohl auch nicht ganz unwichtig, oder?" Der Personalchef lächelt und sieht sie aufmunternd an. Zaghaft erwidert sie sein Lächeln. Im Umgang mit normalen Männern ist sie aus der Übung. Es ist ihr zur Gewohnheit geworden, Männer in zwei Kategorien einzuteilen, in Freier und in Zuhälter. Herr Dohrmann passt natürlich nicht in dieses Schema, er will sie weder als Sklavin, noch muss sie, wie so viele tausend Male, die Beine breitmachen. Sie verdrängt die aufkommenden dunklen Erinnerungen und bemüht sich, unbekümmert auszusehen.

Es klopft an der Tür, ein Mann kommt herein. Er mustert kurz die junge Frau und sieht dann zu Herrn Dohrmann. „Guten Morgen, Klaus. Denkst du an die Sitzung in einer halben Stunde?"

„Oje, vielen Dank, dass du mich erinnerst. Bis gleich!" Dann wendet er sich wieder an seinen Gast. „Wo waren wir stehen geblieben? Ja, Zahlen. Sie sind also kaufmännisches Rechnen gewohnt? Das ist gut, ich beabsichtige, sie in unserer Maschinenbuchhaltung einzusetzen. Dort benötigen wir

Kräfte für die Eingabe der Rechnungen." Er sieht sie wohlwollend an. „Sie machen einen netten Eindruck und sind fachlich vorgebildet. Ich stelle sie meinem Kollegen von der Buchhaltung vor, dann werden wir uns beraten und über ihre Einstellung entscheiden." Er erhebt sich. „Kommen Sie bitte mit, die Buchhaltung befindet sich im Erdgeschoss."

Der Leiter der Buchhaltung ist sicher schon über sechzig. Wenige graue Haare bedecken einen fast kugelrunden Kopf. Er hat einen kleinen Bauch und trägt eine dunkle Hornbrille, die ihm jetzt auf die Nasenspitze gerutscht ist. Er schiebt die Brille hoch und mustert die junge Frau, die ihm eben vom Personalchef vorgestellt worden ist. „Mein Name ist Neumann, seien Sie willkommen." Er mustert die junge Frau wohlwollend. „Ich werde ihnen erklären, worin ihre Arbeit bestehen wird. Wenn Sie dann immer noch hier arbeiten mögen", er lächelt sie freundlich an, „dann sind sie zum Anfang März willkommen."

Gabriele Husemann ist bemüht, auf ihr Gesicht ein unverbindliches Lächeln zu zaubern. Die erste Hürde scheint sie genommen zu haben, wenn nun auch noch ihr möglicher späterer Chef von ihr überzeugt ist, dann sollte es mit der Anstellung wohl klappen.

Herr Neumann führt sie in einen Raum, in dem zwei Geräte stehen, die wie überdimensionale Schreibmaschinen aussehen. Große Bogen transparenten Papiers sind in die Maschinen eingespannt. „Hier müssen alle Beträge der Rechnungen, Kundennummern, Kostenstellen, die wir erstellt haben, eingegeben werden. Die Arbeit ist nicht kompliziert, dafür müssen Sie das laute Rattern der Maschinen ertragen. Sie werden eine Einführung von uns erhalten. Wichtig ist, dass Sie die Zahlen fehlerfrei eingeben, sonst stimmen am Ende die Abschlüsse nicht. Trauen Sie sich das zu?"

Gabi nickt eifrig. „Ich denke schon, das klingt nicht schwierig." Sie wirft einen Blick auf die Maschine. „Gibt es eine Möglichkeit, zu kontrollieren, ob man einen Fehler gemacht hat?"

„Allerdings. Die Maschine addiert alle Eingaben, jeweils die Sollbeträge und die bezahlten Beträge. Hat man alles richtig gemacht, steht am Ende auf dem »Journal«, so heißen die großen Bögen Papier, eine Null. Alle Journale werden von der betreffenden Kraft abgezeichnet und in großen Folianten abgelegt. Man kann dann noch nach Jahren erkennen, wer wann was abgerechnet hat, verstehen Sie?" Er blickt sie wohlwollend an. „Das war eine gescheite Frage, Sie machen einen ganz aufgeweckten Eindruck."

Gabi freut sich über das Lob und fühlt sich etwas sicherer.

„Ich werde Sie jetzt zu ihrer Tante zurückbringen. Sobald ich mit meinem Kollegen von der Personalabteilung gesprochen habe, werden wir Sie informieren, vielleicht schon Ende der Woche."

„Vielen Dank, Herr Neumann. Ich freue mich schon auf die Arbeit bei Ihnen." Das ist nicht nur so dahin gesagt, sie fühlt sich seit langer Zeit wieder als richtiger Mensch und Mitglied der Gesellschaft angenommen. Man hat ganz vernünftig mit ihr gesprochen, als wäre sie eine normale junge Frau.

Ihre Tante freut sich mit ihr. „Siehst du, die Hürde haben wir schon mal genommen." Sie blickt aus dem Fenster. „Wie kommst du jetzt wieder nach Hause? Mitten am Tag fährt kein Bus." Sie sieht ihre Nichte an. „Wenn du noch bis 14:00 Uhr warten kannst, könntest du mit einem Bekannten nach dessen Frühschicht mitfahren. Es sind allerdings noch zwei Stunden bis dahin."

Gabriele Husemann nickt. „Mache dir keine Gedanken, ich vertreibe mir die Zeit schon irgendwie."

„Du kannst im Besucherzimmer warten, ich suche etwas zu lesen für dich." Ihre Tante fummelt zwei Schlüssel von ihrem

Schlüsselbund los. „Du brauchst diese Schlüssel, um ins Haus zu kommen. Ich werde dir noch eigene Schlüssel besorgen."

Ein Mitarbeiter der Schicht, Ludwig Junge, meldet sich kurz nach 14:00 Uhr bei Gabriele Husemann. Er wohnt auch in Oberndorf und erklärt sich gerne bereit, die junge Frau mitzunehmen. Er hat einen grauen Volkswagen, bei ihm ist noch ein Lehrling, der ebenfalls froh ist, eine Mitfahrgelegenheit zu haben.

Der Lehrling heißt Kai Mahler, er ist ein hoch aufgeschossener Junge mit blonden, fast weißen Haaren. Er sitzt vorne neben dem Fahrer, Gabi hat sich nach Umlegen der Sitzlehne auf die Rückbank gedrängt. Laut hört man den Motor hinten brummen.

Der Lehrling Kai möchte etwas erzählen, seine blauen Augen leuchten vor Aufregung. „Hast du schon von dem Diebstahl des Buntmetalls gehört?", fragt er den Fahrer.

Ludwig Junge schüttelt den Kopf.

Der Lehrling rutscht unruhig auf seinem Sitz umher. „Das war gestern Abend, unser Meister hat uns das heute Morgen erzählt. Um halb sieben ging die Alarmglocke im Pförtnerhäuschen." Er dreht sich zu der hinten sitzenden Gabriele Husemann um. „Der Alarm kam aus der Sattlerei, die liegt im ersten Stock über der Schlosserei. Weil dort eine stabile Tür ist und durch die Fenster mit den kleinen Scheiben im Stahlrahmen ohnehin niemand eindringen kann, werden dort oben die Buntmetallteile aufbewahrt."

„Was ist denn Buntmetall?" Gabriele kennt diesen Begriff nicht.

„Buntmetall ist alles, was aus Bronze oder Messing hergestellt wird, wegen des Kupferanteils sind diese Gegenstände sehr teuer und bei Dieben beliebt. Es sind zum Beispiel Buchsen und Rohre, auch Bleche." Kai hat in der Schule aufgepasst

65

und gibt stolz sein Wissen weiter. „Dieses Buntmetall wird in der Sattlerei aufgehoben, deshalb ist die Tür nach Feierabend immer abgeschlossen und mit einem Alarm versehen."

Ludwig Junge muss jetzt nach Oberndorf abbiegen. Die Schranke vor dem Bahnübergang ist geschlossen, er muss einen Moment warten, leise tuckert der Motor im Leerlauf.

Kai Mahler erzählt munter weiter. „Der Pförtner schickte seinen Kollegen, um nachzusehen, was es mit dem Alarm auf sich hatte. Der ging zur Sattlerei hinauf, die Tür war zu. Er rüttelte daran, offenbar war sie abgeschlossen und er kehrte wieder um, zum Pförtnerhäuschen zurück. Sein Kollege dort kratzte sich am Kopf. Er wollte die Sache nicht auf sich beruhen lassen und ging zum technischen Direktor, um sich von ihm Rat zu holen."

Die Schranke wird geöffnet, Ludwig Junge setzt seine Fahrt fort.

„Wie ging es weiter?", möchte Gabi wissen.

„Ja, jetzt kommt das dicke Ende", erklärt der blonde Lehrling. „Der technische Direktor, ich glaube, er heißt Tielmann, wohnt in einer Villa an der Bundesstraße. Der Pförtner ging also dorthin und erzählte ihm von dem Alarm. Herr Tielmann gab klare Anweisungen, er sollte noch mal nachsehen, notfalls die Tür zur Sattlerei aufbrechen. Gut, er ging zum Pförtnerhäuschen zurück, und anschließend mit seinem Kollegen zur Sattlerei. Aus der Schlosserei nahmen sie einen Kuhfuß mit, damit gingen beide zur Sattlerei hinauf. Jetzt war die Tür immer noch geschlossen, aber nicht abgeschlossen und ließ sich ohne Problem öffnen. Der Pförtner und sein zweiter Mann betraten die Sattlerei."

„Ja, was war jetzt?", fragt Ludwig Junge. „Warum ging der Alarm?"

Kai Mahler lacht kurz auf und erzählt den Schluss. „Tja, das hat man nicht mehr herausgefunden. Wahrscheinlich wurde die Tür bei dem ersten Versuch, sie zu öffnen, von innen zugehalten. Aber das kann man jetzt nicht mehr nachvollziehen. Es fehlten die Bronzebuchsen aus der Kiste, wer das war und wo die Teile jetzt sind, weiß niemand. Ich habe gehört, dass heute die Polizei da war." Stolz lehnt sich Kai im Sitz zurück und freut sich über die nette Geschichte, die er zur Kurzweil zum Besten geben konnte.

Sie erreichen Oberndorf, Gabi muss als erste an der Kirche aussteigen. Der Lehrling steht kurz auf, klappt den Sitz nach vorne, sodass Gabi aussteigen kann, dann schwenkt er ihn zurück und steigt wieder ein. Gabi bedankt sich bei dem Fahrer und geht langsam zu dem Haus, in dem ihre Tante wohnt.

Die Sonne scheint und wirft ein mildes Licht auf den Deich und die Häuser, die sich dahinter ducken. Die Kirche streckt spitz den Kirchturm in die kalte und klare Luft. Gabi spürt den Frieden dieser ruhigen Gegend, es ist gerade die Einsamkeit, die ihr nach der Unrast in der Großstadt besonders gefällt und ihr geschundenes Nervenkostüm heilt.

Zwei Tage später kommt ihre Tante am Abend freudestrahlend nach Hause. „Meinen Glückwunsch, Gabi, du bist einstimmig angenommen worden!"

Die junge Frau herzt ihre Verwandte. „Vielen Dank, Tante Thekla! Was hätte ich bloß ohne dich gemacht?"

„Es freut mich, dass ich dir helfen konnte. Lass uns bald deine Mutter anrufen, ich fühle mich wohler, wenn sie Bescheid weiß." Sie blickt in die angstvoll geweiteten Augen ihrer Nichte. „Nun guck nicht so ängstlich! Meine Schwester erfährt nur das Nötigste."

Am 24. Februar kommt ihre Mutter mit dem alten und schon recht rostigen Renault R4, den sie auch für gelegentliche

Transporte verwendet, nach Oberndorf zu Besuch. Ihre Tochter hat einen Kuchen gebacken, sie ist wegen des Besuches der Mutter in einem gespaltenen Gefühlszustand. Auf der einen Seite würde sie ihre Mutter gerne wiedersehen, auf der anderen Seite hat sie Angst vor möglicherweise peinlichen Fragen. Doch es wird entgegen ihren Befürchtungen sehr harmonisch. Tante Thekla erzählt ihrer Schwester, dass die Firma, bei der ihre Nichte gearbeitet hatte, in Konkurs gegangen ist. Da sie wusste, dass es eine freie Stelle in der Verwaltung der Zementfabrik gab, hatte sie ihr angeblich geschrieben.

Ihre Mutter nimmt die Geschichte offenbar arglos auf, schöne Dinge glauben Menschen eben leichter als unerfreuliche. Sie ist froh, ihre Tochter wieder in der Nähe zu haben.

„Ich werde dir in Zukunft keine einhundert Mark mehr im Monat überweisen können", erklärt Gabi ihrer Mutter bedrückt.

„Kindchen, das ist nicht so schlimm. Ich bin schon froh, wenn du dich selbstständig ernähren kannst."

Am 1. März, es ist ein Montag, ist Gabrieles erster Arbeitstag. Es ist fast dunkel, als sie mit ihrer Tante die Verwaltung betritt. Ein erster Schein des Morgens ist im Osten hinter der großen Kreidegrube zu sehen, das zarte Rosa des Himmels färbt die weißen Kanten märchenhaft ein. Große Schatten bewegen sich langsam am Boden der fast einhundert Meter tiefen Grube, es sind die Löffelbagger und die Muldenkipper, die seit einer Stunde im Schein von starken Scheinwerfern die Kreide abbauen.

Ihre Tante begleitet sie zur Maschinenbuchhaltung. „Viel Glück, ich drücke dir die Daumen."

Noch am Vormittag muss Gabi in die Personalabteilung. Herr Dohrmann begrüßt sie freundlich. „Es freut mich sehr,

Sie bei uns willkommen heißen zu können. Ich habe hier zwei Ausfertigungen ihres Arbeitsvertrages, einen unterschreiben wir, den erhalten Sie gleich ausgehändigt, den anderen bitte ich Sie, zu unterschreiben, der verbleibt bei uns in den Akten".

Im Laufe des Tages muss sie sich bei der Krankenkasse vorstellen. Es ist eine Betriebskrankenkasse, die Mitgliedschaft ist für alle Mitarbeiter bindend.

Eine ältere Dame hilft ihr beim Ausfüllen der Anmeldung. „Bei welchem Arbeitgeber sind Sie bisher tätig gewesen? Wir benötigen die Angabe für die Sozialversicherung."

Gabi wird auf der Stelle blass. Wird jetzt wegen so einer Kleinigkeit doch noch ihre Vergangenheit offenbart?

Sie stottert etwas. „Äh, ich habe gar keine Versicherung gehabt. Die Firma ist vor einem halben Jahr in Konkurs gegangen", erfindet sie dazu.

„Das ist Pech für sie, diese Zeit wird Ihnen später in der Rentenversicherung fehlen."

Gabi ist erleichtert, dann fehlt ihr etwas Versicherungszeit, das ist zwar ärgerlich, aber was später einmal sein wird, wenn sie in Rente gehen wird, ist ihr im Moment ziemlich egal. Für einen kurzen Moment hat sie die verrückte Vorstellung von einer Krankenkasse für Prostituierte.

In der Maschinenbuchhaltung hat sie zwei Kolleginnen. Beide sind deutlich älter als sie, sie geben sich große Mühe mit ihr. Sollte sie jetzt endlich auf der Sonnenseite des Lebens angekommen sein?

Die Schatten der Vergangenheit

Gut zwei Wochen sind seit dem Mord an dem polnischen Zuhälter vergangen. Niemand vermisst ihn. Gerhard Oppermann liegt mit seiner neuen Flamme, Gudrun, auf dem Bett im Schlafzimmer. Ein Stück grauer Himmel ist durch die halb geöffnete Gardine zu sehen. Neben dem Bett steht ein Glas mit einem Rest Whisky, eine halb volle Flasche steht daneben. Er liegt rücklings auf dem Lager, sieht an die Raufasertapete der Decke, zieht an seiner Zigarette und grübelt. Der Mord an diesem Polen geht ihm nicht aus dem Kopf. Den Toten findet man nicht so bald – wenn überhaupt. Er lacht leise, in der Deponie in Georgswerder wird man ihn in den nächsten hundert Jahren nicht entdecken. Ein Bekannter aus der Großen Freiheit hat ihm geholfen, die Leiche dahin zu schaffen. Das Einzige, was ihm immer mehr Kopfschmerzen bereitet, ist diese Hure. Sie hat alles mitbekommen, da ist er sich sicher. Die ganze Zeit hat sie im Keller gestanden und jedes Wort mitgehört. Zuletzt hat sie ihn dabei beobachtet, wie er den Polen abgestochen hat. „So eine Scheiße!" Wütend kickt er mit dem Fuß die Tüte Kartoffelchips aus dem Bett.

„Gerdilein, was hast du denn?", fragt Gudrun und dreht sich zu ihm um.

Doch seine Gedanken sind bei Gabriele Husemann. „Halt' die Klappe!", zischt er sie an. Sie zieht ein Gesicht und dreht sich von ihm weg. Seine Gedanken kreisen immer wieder um seine verschwundene Hure. Wenn sie hiergeblieben wäre, dann hätte er sie im Auge behalten und unter Druck setzen können, aber so? Die bringt es fertig und geht zur Polizei. Je länger er darüber nachdenkt, desto wahrscheinlicher erscheint ihm diese Möglichkeit. „Verdammt!" Mit einem Satz springt er aus dem Bett. Seine Gespielin sieht nur kurz zu ihm hin und sagt besser nichts. Sie nimmt sich eine Illustrierte vom Boden und blättert darin.

„Ich muss mal kurz weg!" Gerhard kleidet sich an und wendet sich zur Tür. „Du könntest aufräumen, solange ich weg bin."

„Ja, ja." Sie nickt kurz, ihre blonde Dauerwelle wippt, sie sieht wieder in ihr buntes Blatt.

Sein Weg führt ihn in die Talstraße. In der Nummer 18 wohnt jemand, der ihm noch etwas schuldet.

Eine Stunde später kommt er wieder auf die Straße, er reibt sich die Hände. Das hat schon mal geklappt. Sein Kumpel will sich um das rothaarige Miststück kümmern. ‚Du kannst mit ihr machen, was du willst,‘ hat er ihm gesagt. ‚Entweder du bläust ihr ein, dass sie die Klappe zu halten hat, oder bringst sie für immer zum Schweigen. Wie, ist mir egal. Die Hauptsache ist, dass die Spur nicht hierher zurückverfolgt werden kann.‘

Sein Kumpel hat gelacht. „Du kennst mich doch", hat er geantwortet. „Auf mich kannst du dich verlassen."

Am Ende hat er ihm noch einen Vorschuss gegeben, das ist zwar ärgerlich, aber gut angelegtes Geld. Lieber jetzt Geld investieren, als lange Jahre im Knast sitzen, schon gar nicht wegen eines dämlichen Polen.

An einem Montag, es ist der 8. März, trifft ein Auto mit Hamburger Kennzeichen in Neuhaus ein. Der schwarze Mercedes hält an dem kleinen Hafen. Der einzige Insasse ist ein Mann, er mag vielleicht Mitte dreißig sein, er trägt eine schwarze Jeans und eine schwarze Lederjacke. Das linke Handgelenk ziert eine schwere goldene Uhr. Mit gemächlichem Schritt geht er auf zwei Männer zu, die Kisten aus einem Ewer auf einen dreirädrigen Tempo-Matador laden. „Guten Tag! Können Sie mir sagen, wo ich den Krämer Husemann finde?"

Die beiden Männer sehen den Fremden misstrauisch an. Mit Hamburger Autokennzeichen kann er doch nur ein Tourist sein. Aber um diese Jahreszeit? Sie beäugen ihn noch argwöhnischer, nur zögernd kommt ihre Antwort. „Der Krämer ist eine Frau, sie heißt Emma Husemann und hat ihren Laden oben auf dem Deich. Das ist gleich hier vorn, vielleicht fünfzig Schritte zu gehen."

„Hm", ist alles, was der Fremde antwortet. Er wendet sich nach links und geht mit langen Schritten in die angegebene Richtung.

Die kleine Glocke oben an der Tür des Kolonialwarenladens gibt eine leises »Pimmelim« von sich. Aus dem Büro erklingt die Stimme einer Frau. „Komme sofort! Einen Moment bitte!" Kurz darauf kommt sie an die Ladentheke und sieht ihren Kunden an. „Sie wünschen, bitte?"

„Sind Sie Frau Husemann?"

„So wie es draußen an der Tür steht!"

Der Mann kraust verärgert die Stirn, gewöhnlich pflegt man nicht so respektlos mit ihm zu sprechen. „Ich suche ihre Tochter, wissen Sie, wo die ist?"

Emma Husemann mustert ihren Gast misstrauisch. „Warum wollen Sie das denn wissen?"

„Sie soll noch ausstehenden Lohn erhalten, den wollte ich ihr bringen."

Das klingt gut, doch die Krämersfrau bleibt argwöhnisch, seit wann tragen Arbeitgeber ihren ehemaligen Angestellten den Lohn hinterher? Sie hat vor kurzem ihre Tochter besucht, war die Firma nicht pleite gegangen? Dieser Kunde kommt ihr deshalb merkwürdig vor. So antwortet sie: „Ich habe meine Tochter seit zwei Jahren nicht mehr gesehen. Wenn Sie mir ihre Adresse geben, werde ich Sie informieren, sobald ich sie sehe."

Der Mann kraust die Stirn, seine Adresse will er schon gar nicht herausgeben. „Ich werde später noch einmal wiederkommen, Sie können bis dahin noch darüber nachdenken."

„Da gibt es nichts nachzudenken, junger Mann."

Der merkwürdige Unbekannte verlässt den kleinen Laden und lässt eine irritierte Frau zurück. Er hat einen unangenehmen, unfreundlichen Eindruck bei ihr hinterlassen. Beunruhigt sieht sie ihm hinterher, da bleibt er vor der Schaufensterscheibe stehen und sieht durch sie hindurch in den Laden, plötzlich begegnen sich ihre Blicke. Erschrocken sieht sie auf die Theke, der Fremde bereitet ihr Angst. Was soll sie jetzt machen? Sie entschließt sich, ihre Schwester und ihre Tochter zu informieren. Sie geht zum Telefon und wählt eine Nummer in Oberndorf.

„Tiedemann, guten Tag."

„Ich bin es, Husemann. Entschuldigen Sie bitte die Störung. Können Sie bitte meine Schwester oder meine Tochter an ihr Telefon holen? Es ist wichtig!"

Die alte Frau Tiedemann ist die Eigentümerin des Hauses in Oberndorf. Seit dem Tode ihres Mannes wohnt sie im Erdgeschoss und vermietet die Wohnung im oberen Teil. Sie ruft mit ihrer schwächlichen Stimme, so laut sie kann, die Treppe hinauf: „Frau von Borstel! Telefon!"

Tante Thekla kommt die Treppe herunter. Am Telefon erfährt sie von ihrer Schwester von dem merkwürdigen Hamburger Besuch. „Gut, dass du anrufst, ich werde Gabi Bescheid sagen. Nein, mach dir keine Sorgen, ich melde mich wieder."

Ihre Nichte wird kreideweiß, als sie von der Nachricht erfährt. „Ich habe befürchtet, dass das passieren würde", stößt sie atemlos hervor, „ich wusste es, er sucht mich."

„Das nehme ich auch an", stimmt ihre Tante zu. „Die Frage ist, was wir jetzt machen. Meine Schwester hat dem Mann gesagt, dass sie nicht weiß, wo du bist."

„Meinst du, dass er ihr das geglaubt hat? Es ist nur eine Frage der Zeit, irgendwann wird man mich finden." Sie blickt betrübt auf den Boden. Für ein paar Tage hatte sie sich beinahe glücklich gefühlt, fast sorglos und mit einer alltäglichen, bürgerlichen Arbeit, ein ganz normales Leben. Und nun hat sie ihre Vergangenheit eingeholt, es ist zum Verzweifeln!

„Ich werde Frau Tiedemann bitten, auf Fragen von Fremden mit Unwissenheit zu reagieren."

Der Besucher aus Hamburg, Josef Kastrup, gibt nicht so schnell auf. Er geht suchend durch den Ort und bleibt vor der Gaststätte »Osteblick« stehen. Einige Gäste sind drinnen und unterhalten sich, kurz entschlossen betritt er den Schankraum. Durch zwei kleine Fenster fällt etwas Licht in den kleinen Raum, an der Theke sitzen drei Männer auf Barhockern und unterhalten sich mit dem Wirt. Eine Leuchte mit der Aufschrift »Holsten-Pils« hängt darüber und wirft ein unfreundliches Licht auf die vier Männer, zum Teil gefüllte Biergläser stehen vor ihnen. Das Fenster neben der Bar lässt einen Blick zum Hinterhof zu, zwischen zwei grauen Wänden kann man über den Deich sehen.

„Guten Tag, meine Herren, darf ich mich zu Ihnen setzen?"
Die Gespräche verstummen, die Gäste an der Theke drehen sich zu dem Fremden um. Sie sehen ihn an, als hätte er ein rosa Kostüm an und einen Helm auf dem Kopf, keiner sagt ein Wort. Der Wirt spricht als erster: „Was möchten Sie trinken?"

„Geben Sie mir bitte ein Bier.", er setzt sich auf den letzten freien Hocker. „Ach nein - Herr Wirt, schenken Sie doch eine Runde auf meine Kosten aus."

Undeutliches Murmeln ist als Dank zu vernehmen.

„Prost!" Josef Kastrup hebt sein Glas. Wieder ertönt ein Murmeln, es soll wohl »Prost« heißen. Der Fremde stellt sein Glas auf die Theke. „Weiß jemand von euch, ob die Krämersfrau Husemann irgendwelche Verwandte in der Nähe hat?"

Lähmendes Schweigen. Dann meldet sich der ehemalige Schiffer Heini Jessen. Seitdem er im Krieg ein Bein verloren hat, ist er hier ein häufig gesehener Stammgast. „Warum wollen Sie das denn wissen?" Er ignoriert das vertrauliche Du.

„Sie erhält noch eine Restzahlung Lohn von ihrem letzten Arbeitgeber."

Wieder schweigt die Runde. Dass jemand in der Gegend herumfährt, um ausstehenden Lohn an ehemalige Angestellte zu zahlen, glaubt keiner der Männer, warum sollte er das tun? Dann meldet sich der Mann mit der Schiffermütze: „Geben Sie das doch bei Emma ab, sie kann es später ihrer Tochter zukommen lassen."

So kommt der Fremde nicht weiter. Dickköpfige Bande, denkt er. Er zieht einen Zwanzigmarkschein aus seinem Portemonnaie und legt ihn auf die Theke. „Den könnt ihr euch verdienen!"

Das Schweigen dauert an, der Fremde wird misstrauisch beäugt, die Männer blicken auf den Schein vor sich, keiner von ihnen reagiert. Am Ende steckt er den Schein wieder ein, bezahlt sein Bier und verlässt die Kneipe. Nun steht er oben auf der Deichkrone auf dem gepflasterten Weg und überlegt. Diese verdammten, verstockten Hadelner. Er wird noch viel Zeit investieren müssen, um diese verflixte Nutte zu finden. Die Tür zur Kneipe wird geöffnet, einer der Gäste kommt heraus. Er geht auf den Fremden zu. „Gilt das Angebot mit den zwanzig Mark noch?"

„Sicher. Wissen Sie etwas?"

Der Mann, er hat einen krummen Rücken und geht an einem Stock, richtet sich mühsam auf, soweit es sein Rücken zulässt, und flüstert. „In Oberndorf wohnt eine Schwester von Emma Husemann, sie heißt von Borstel."

„Wissen Sie vielleicht, wo die wohnt?"

Der Bucklige zuckt mit den Schultern. „Nein, tut mir leid. Oberndorf ist nicht groß, sie müssen sich dort mal umhören." Er streckt die Hand aus und sieht zu dem Fremden hoch.

Doch der schüttelt den Kopf. „Ich weiß jetzt, was ich wissen wollte, warum soll ich jetzt noch mein Geld verschwenden?"

Er wendet sich ab und verschwindet in Richtung des kleinen Hafens. Der giftige Blick, den ihm der alte, krumme Mann nachsendet, kümmert ihn nicht.

Am Hafen steigt er in seinen Ponton-Mercedes und fischt sich eine Straßenkarte aus dem Handschuhfach. Oberndorf hat er bald gefunden. Zehn Kilometer, immer am Deich der Oste entlang. Er startet den Wagen, brummend und etwas widerwillig nimmt der Motor seine Arbeit auf. Der Weg am Deich entlang ist gespickt mit zahllosen Kurven, behäbig folgt der schwerfällige Wagen dem Kurs. Oberndorf ist tatsächlich nicht sehr groß, hier kennt sicher noch jeder jeden. Auf halber Strecke der Hauptstraße passiert er einen kleinen Laden. »Thumann Gemischtwaren« kann er erkennen. Er wendet und hält vor dem Geschäft.

Er betritt den Laden, der rührige Inhaber bedient eine alte Dame, sie braucht Gardinenband und lässt sich verschiedene Ausführungen zeigen. Ungeduldig wartet er ab, bis die alte Frau gefunden hat, was sie sucht, Geduld ist nicht seine Stärke.

„Sie wünschen bitte?" Mit blauen, klaren Augen sieht Herr Thumann ihn an.

„Geben sie mir bitte zwei Schachteln Reemtsma gelbe Sorte."

Der Verkäufer legt ihm die gewünschten Zigaretten auf den Verkaufstisch. „Kann ich sonst noch etwas für Sie tun?"

„Ja, ich hätte gerne eine Auskunft. Können Sie mir sagen, wo Frau von Borstel wohnt?"

Herr Thumann zögert einen Moment. „Wir haben hier vier, die so heißen. Kennen Sie vielleicht den Vornamen?"

„Nein, leider. Sie dürfte so um die fünfzig sein."

„Das könnte Thekla sein, versuchen Sie es mal in der Straße »Bei der Kirche«, ich glaube, es ist Nummer zwei oder drei."

„Vielen Dank. Ich vermute, die Straße ist in der Nähe der Kirche?"

„Woher wissen Sie das?", feixt der Kaufmann. „Sie können es praktisch nicht verfehlen."

Josef Kastrup zückt das Portemonnaie. „Sagen Sie, kann es sein, das diese Thekla von Borstel vielleicht seit kurzem Besuch von einer jungen Frau hat?"

Herr Thumann nickt zustimmend. „Ja, das ist richtig. Sie kommt mitunter zum Einkaufen her. Ein hübsches Ding, mit auffallend rotem Haar."

Der Fremde nickt zufrieden, das war einfacher, als er vor einer Stunde noch erwartet hatte. Er verlässt ohne Gruß den Laden und fährt mit seinem Auto in Richtung Kirche. Die Adresse »Bei der Kirche 2« hat er schnell gefunden. Zwei Namensschilder sind neben den Klingelknöpfen befestigt, Tiedemann und von Borstel. Nun muss er nur noch warten, bis diese Nutte herauskommt. Wie soll er vorgehen? Erschießen geht am schnellsten, aber dann hat er die Last mit der Leiche. Vielleicht kann er sie auch einschüchtern, damit sie die Klappe hält? Gerd hatte es ihm freigestellt. Nein, es bleibt immer das Risiko, dass sie eines Tages doch nicht dichthält.

Es ist Dienstag, der 9. März 1965, es ist Feierabend. Die Tür zum Haus gegenüber der Kirche wird geöffnet, eine junge Frau mit auffallenden roten Haaren kommt heraus. Gabriele hat sich eine Jacke übergezogen, in einer der Taschen steckt eine Schachtel Zigaretten. Der Tag ist fast vorbei, es ist gerade 18:00 Uhr, sie will sich vor dem Abendbrot einen Moment auf den Deich setzen und eine Zigarette rauchen. Ihre Tante hat einen Nichtraucherhaushalt, den möchte sie nicht vollräuchern. Die Abendsonne steht tief, letzte Strahlen scheinen an der Kirche vorbei und lassen den Schnee auf dem Deich rosa glitzern. Gabriele geht an der Kirche vorbei und steigt die steinerne Treppe am Deich hinauf. Dort oben steht eine kleine hölzerne Bank, auf die sie sich setzt. Sie kuschelt sich in ihre warme Jacke, die glimmende Zigarette in der Hand. Die Oste strömt träge vorbei, jetzt in Richtung Elbe, später wird die Flut die Strömungsrichtung wieder umkehren. Einige kleinere Eisschollen schwimmen langsam vorbei, sie sind nicht groß genug, um die Arbeit des Fährmanns zu behindern. Jetzt hat er seine Fähre drüben auf der Bentwischer Seite der Oste liegen. Ein Mopedfahrer fährt vorsichtig, mit den Stiefeln am Boden, den Stecken hinunter, auf die Fähre hinauf. Eine Gruppe Fußgänger, drei oder vier Personen, kommt dazu. Sie begrüßen den Fährmann, sie kennen sich alle. Es sind keine weiteren Passagiere zu erkennen, der Fährmann verlässt die Fähre und stellt sich mit seinen Gummistiefeln in das Wasser der Oste. Er schiebt den Prahm an und löst ihn so vom Boden, er steigt zurück auf die Fähre und kurbelt ein außen angebrachtes Schwert hinunter.

Gabi sitzt auf der Bank, sie hat die Zigarette aufgeraucht und beobachtet entspannt die Arbeiten des Fährmannes. Der nimmt jetzt einen hölzernen Fährknüppel und hängt ihn in das Stahlseil ein, das über Rollen auf dem Rand des Prahms entlanggeführt wird. Wenige Meter zieht er daran die Fähre in die Strömung der Oste hinein. Die erfasst die Fähre und führt sie langsam in einem stromabwärts gerichteten Bogen auf ihre Seite der Oste, dort kurbelt er das Schwert wieder hoch und zieht die Fähre die letzten Meter von Hand weiter, bis sie auf dem Stecken, der mit Schotter bedeckten Zufahrt, aufliegt. Die Fahrgäste verabschieden sich und verlassen die Fähre in Richtung der Bahnhofstraße. Der Mopedfahrer startet seine kleine Zündapp, knatternd, mit einer blauen Fahne aus dem Auspuff, verschwindet er durch die Lücke im Deich. Dann ist wieder völlige Ruhe, Gabriele Husemann genießt die Stille und den Frieden, den sie so lange missen musste. Jetzt, im Nachhinein, wird ihr erst bewusst, wie schön es hier ist. Die Ruhe ist Balsam für ihre geplagte Seele.

Josef Kastrup hält sich in der Nähe der Kirche auf, er hat die junge Frau mit den roten Haaren beobachtet, wie sie auf den Deich gestiegen ist. Er löscht seine Zigarette und schnippt sie auf die Straße, dann geht er zum Deich. Er steigt die Treppe hinauf, die Bank wackelt etwas, als er sich darauf niederlässt. „Gabi?"

Das Mädchen dreht sich um und wird auf der Stelle kreideweiß. „Was wollen Sie von mir?" Sie kann es sich denken, es muss der Mann aus Hamburg sein, wahrscheinlich von ihrem Zuhälter Gerhard geschickt. Wer sollte sie hier sonst mit ihrem Namen ansprechen?

„Folge mir jetzt, und keine Mätzchen, sonst gibt es Ärger!" Sein Blick lässt keinen Zweifel an seinen Absichten. Gabi kennt diese Sorte Leute zur Genüge, man tut besser, was sie wollen. Er greift nach ihrer Hand und zieht sie hinter sich her, sie folgt ihm ohne Widerstreben.

Neben der Kirche ist der schwarze Mercedes geparkt. „Los, einsteigen! Und keinen Mucks!"

Gabi ist zu keinem Wort fähig. Alles umsonst! Das Versteck bei der Tante, die neue Arbeit, das neue Leben. Sollte jetzt alles mit einem Schlag vorbei sein? Steif und blass sitzt sie neben dem Fahrer. Der startet seinen Wagen und fährt in Richtung Bundesstraße. „Kennst du hier einen Gasthof, in dem man übernachten kann?"

Sie schüttelt den Kopf und antwortet leise. „Ich kenne mich hier nicht aus." Das ist nicht einmal gelogen. Mit ihrem Fahrrad ist sie früher von Neuhaus aus nur bis zu ihrer Tante hier in Oberndorf gefahren, oder auch mal nach Otterndorf in die entgegengesetzte Richtung.

„Auch gut, wir werden schon etwas finden." Am Abzweig nach Westersode biegt er ab. „Mal sehen, ob in diesem Nest ein Gasthof ist."

„Warum brauchen wir denn eine Übernachtung?", quetscht sie leise hervor.

Ihr Fahrer lacht. „Kannst du dir das nicht denken? Glaubst du, ich lasse die heißeste Nutte von Sankt Pauli ungeschoren davon kommen?" Er sieht sie mit einem gemeinen Grinsen an. „Nein, ich will vorher noch meinen Spaß haben!"

Hat der Kerl denn gar nichts anderes im Sinn? Selbst jetzt, wo er sie töten soll? Kann es nicht einfach so zu Ende gehen? Tot und Schluss? Nein, vorher muss sie sich ein letztes Mal demütigen lassen.

Ecke Dorfstraße mit der Nordhoopstraße ist eine Gaststätte. »Schinkenklause« steht über der Tür an der Straßenecke. „Ich frage hier mal. Du bleibst hier sitzen! Wage es nicht, wegzulaufen, ich kriege dich sowieso." Dann beugt er sich nach unten und fummelt unter dem Sitz herum. Grinsend holt er ein paar Handschellen unter dem Fahrersitz hervor. „Damit du nicht auf die Idee kommst, abzuhauen!" Er verbindet ein Handgelenk von ihr mit dem Lenkrad und verschwindet.

Josef Kastrup kommt wieder zurück, er freut sich bereits auf das spätere Vergnügen. Er öffnet die Handschellen und legt sie vor sich in den Fußraum. „So, das ist perfekt. Ich habe ein Zimmer für eine Nacht bezahlt. Es gibt auch einen Hintereingang, dort lasse ich dich später herein." Er grinst sie an, die Vorfreude auf das spätere Vergnügen leuchtet aus seinen Augen.

Wie kann er nur so eine unerträglich gute Laune haben!

„Wir werden vorher noch etwas essen. Aber nicht hier, ich will nicht mit dir gesehen werden." Er startet den Wagen und fährt zur Hauptstraße zurück. Die Fahrt führt ihn in Richtung Stade, das Gasthaus Ohl taucht an der linken Seite auf. „Das sieht gut aus, das ist auch weit genug entfernt. Komm mit, jetzt werden wir uns stärken."

Es ist bereits dunkel, als er mit seiner Begleiterin gesättigt den Weg nach Westersode zurück antritt. Gabi hat kaum etwas gegessen, die Angst liegt ihr wie ein Stein im Magen. Was wird mit ihr passieren? Soll sie getötet werden, oder nur nach Hamburg zurückkommen? Zuerst einmal muss sie die Nacht überstehen. Sie hatte sich innerlich schon von ihrer Tätigkeit als Prostituierte entfernt, nun holt sie ihre Vergangenheit mit brutaler Gewalt wieder ein. Josef Kastrup stellt seinen Wagen in der Nordhoopstraße ab. Er nimmt die Handschellen wieder aus dem Fußraum hervor. „Ich will kein Risiko eingehen, außerdem brauche ich dich noch!", er grinst anzüglich, verbindet wieder ein Handgelenk mit dem Lenkrad und verschwindet.

Ein paar Minuten später öffnet er wieder die Tür. Sie hatte ihn im Dunkeln nicht kommen sehen und schreckt hoch. Er löst die Handschellen, ergreift ihre Hand und zieht sie hinter sich her. Die Hintertür hatte er geöffnet, jetzt dirigiert er sie hindurch und schließt die Tür von innen. „Los, geh vor. Das Zimmer hat die Nummer 4, im ersten Stock."

Gabi geht langsam nach oben, leise knarren die Stufen. Angst umklammert sie und schnürt ihr fast den Atem ab.

Im Zimmer verschließt er die Tür und steckt den Schlüssel ein. „Damit du nicht auf dumme Gedanken kommst. Los jetzt, runter mit den Klamotten!"

Das Zimmer ist klein und einfach eingerichtet. Immerhin gibt es ein Handwaschbecken und eine Toilette, die in einer winzigen Abseite untergebracht ist. Das Bett ist für eine Person gedacht, ihr Entführer hat das Zimmer für sich für eine Nacht bezahlt. Auf dem Nachttisch steht eine kleine Lampe mit einem gelben Schirm, auf dem Boden liegt ein einfach gewebter Läufer.

Aus alter Gewohnheit, beinahe automatisch, beobachtet sie seine Handgriffe. Sie hat es sich zur Gewohnheit gemacht, die Freier aus dem Augenwinkel zu beobachten. Manche stahlen ihr das Geld, das sie im Nachtschränkchen aufbewahrte, andere brachten Fesseln oder Handschellen mit. Überrascht bemerkt sie eine Pistole, die ihr Entführer vor ihr zu verbergen sucht, er nimmt offenbar an, dass sie es nicht bemerkt hat. Neben ihrer Angst entwickeln sich einige wenig geordnete Gedanken. Ob sie vielleicht in einem unbeobachteten Moment....? Und wenn es schiefgehen sollte? Sie muss auf jeden Fall etwas unternehmen, sie hat ohnehin nichts zu verlieren.

Den Geschlechtsakt lässt sie wie immer über sich ergehen, dieses Mal ohne die halbherzige Schauspielerei, innerlich unbeteiligt, wie tausende Male vorher. In ihrem Kopf bewegt sie dabei die vorhin entstandene Idee.

Hinterher sitzt Josef Kastrup auf dem Bett, mit den Füßen auf dem Boden und raucht eine Zigarette. „Ich war doch gut, oder? Das muss so jemand wie du doch beurteilen können."

Wenn sie nicht genug damit zu tun hätte, ihre Angst zu bekämpfen, hätte sie ihn jetzt zurechtgestutzt. Das sind genau die Sprüche, die sie immer zu hören bekam, sie hängen ihr buchstäblich zum Hals heraus. „Du warst gut, jedenfalls besser als die meisten." Das ist die Antwort, die sie immer auf so eine Frage gibt.

Er drückt die Zigarette aus und geht zur Toilette. Jetzt! Denkt sie, jetzt oder nie! Ihr Herz beginnt kräftig zu schlagen, sie kann die pochenden Schläge bis in den Hals fühlen. Sie steht auf und durchsucht in Windeseile seine Kleidung auf dem Stuhl. Ganz unten liegt die Pistole. Es ist eine Walther P1, sie nimmt sie in die Hand. O Gott, ist die schwer! Beinahe wäre sie ihr aus der Hand gefallen. Sie hat noch nie geschossen, aber schon ein paar Mal beobachtet, wie andere mit so einer Pistole gespielt haben, Gerhard Oppermann hat auch so eine Waffe. Mit vor Aufregung zitternden Händen hält sie die Pistole, sie drückt auf den Entriegelungsknopf für das Magazin. Bei Gerd sah das immer so einfach aus, bei ihr flutscht das Magazin aus seiner Führung und fällt polternd auf den Boden. Beinahe bleibt ihr vor Schreck das Herz stehen. Sie horcht kurz in Richtung Toilette, ihr Entführer hat offenbar nichts bemerkt. Sie bückt sich, hebt das Magazin auf und sieht hinein. Es ist gefüllt, es kommt wieder in die Aufnahme zurück und zuletzt legt sie den Sicherungshebel um. Ein Zug am Schlitten, ritsch-ratsch, eine Patrone wird aus dem Magazin in das Patronenlager befördert. Nun sollte es funktionieren, sie muss jetzt nur den Lauf auf das Ziel richten und abdrücken. Wird sie es fertigbringen, einen Menschen zu erschießen? Egal, sie muss es auf jeden Fall versuchen, vielleicht ergibt sich auch eine Gelegenheit zur Flucht.

Das Wasser rauscht im Klo, gleich wird ihr Peiniger herauskommen, sie hebt schon mal die Waffe. Nichts Böses ahnend, kommt Josef aus der Toilette. Er dreht sich von der Tür fort und sieht die auf ihn gerichtete Waffe. Aber er erschrickt nicht, wie sie erwartet hatte.

„Was machst du denn für Mätzchen? Gib lieber die Waffe her, sonst passiert noch etwas."

„Eine Bewegung und ich erschieße dich."

„Rede nicht, das bringst du doch nicht fertig." Er streckt seine Hand aus und greift nach der Waffe, schon hat er mit der Hand den Lauf gefasst und zieht daran. Gabis Herz schlägt ihr bis zum Hals hinauf, lange wird sie diese Anspannung nicht aushalten. Joe dagegen ist die Ruhe selbst, überheblich grinst er sie an. Was denken die Männer eigentlich immer, wer sie sind? Sie sind alles und die Frauen sind gar nichts? Ganz unten in der Rangordnung der Frauen vegetieren die Prostituierten. Sie spürt aufkommende Angst, bloß jetzt nicht versagen. Nein! Sie rafft ihre letzten Kräfte zusammen und hält die Waffe fest am Griff, doch irgendwann wird sie nachgeben müssen. Sie sollte jetzt den Auslöser betätigen, sie stellt zu ihrer Überraschung fest, dass sie dazu nicht in der Lage ist. Es ist nicht so einfach, einen Menschen zu erschießen.

Er ist der Stärkere und dreht die Pistole hin und her, um sie ihr zu entwinden, gleich wird er sie wieder besitzen. Der Hahn ist gespannt, die Sicherung ist noch deaktiviert.

„Nun lass endlich los, sonst gibt es noch ein Unglück." Heftig zieht er an der Waffe und drückt dadurch ihren Zeigefinger gegen den Auslöser.

Peng!

Ein Schuss löst sich mit lautem Knall, die Kugel schlägt ihm in die Brust. Ungläubiges Erschrecken breitet sich auf seinem Gesicht aus. Er stolpert und fällt auf die Knie, er stürzt unvermittelt nach vorne, ihr entgegen.

Ihr Peiniger ist tot. Für ein paar Sekunden kann sie es gar nicht fassen. Sie starrt auf die Waffe in ihrer Hand, erschrocken lässt sie die Pistole fallen. Für einen Moment muss sie sich setzen, schwer keuchend fällt sie auf das Bett.

Was soll sie jetzt machen? Der erste Gedanke gilt der Polizei. Dann lässt sie die Idee wieder fallen, es sieht so aus, als ob sie ihren Freier absichtlich erschossen hat. Wer würde einer Prostituierten Glauben schenken? Als Nächstes fällt ihr Tante Thekla ein, sie kann ihr bestimmt helfen. Würde sie wieder für sie in die Bresche springen?

Sie zieht sich vollständig an und läuft nach unten. In der Gaststube ist Hochbetrieb, die Musikbox versucht vergeblich, die lauten Gespräche zu übertönen. Ihr Verstand arbeitet langsam, nur mit Mühe bekommt sie ein paar klare Gedanken zusammen. Es ist vielleicht besser, wenn sie nicht von hier aus telefoniert, bisher hat niemand mitbekommen, dass sie überhaupt hier ist. Sie eilt zur Hintertür, der Schlüssel steckt. Sie öffnet die Tür und tritt ins Freie, kalt schlägt ihr die eisige Winterluft entgegen. Wo ist hier eine Telefonzelle? Hektisch läuft sie umher und findet schließlich eine. Wieder wird die alte Frau Tiedemann bemüht.

Zwei Minuten später hat sie ihre Tante in der Leitung. „Tante Thekla, mir ist etwas Furchtbares passiert! Du musst mir helfen!" In kurzen Worten beschreibt sie das Drama der letzten Stunden. Als Gabi fertig ist, ist es für einen Moment still in der Leitung. „Hallo? Bist du noch da? Tante Thekla?"

„Ich bin hier, ich komme sofort. Du gehst am besten auf das Zimmer und versuchst schon mal, Spuren zu beseitigen."

Nur mit Widerwillen geht sie in das Zimmer zurück. Ihr Entführer liegt bäuchlings auf dem Teppich und hat dort einen großen, roten Fleck hinterlassen. Außer dem Lärm der Musik unten aus der Gaststube, ist nichts zu hören. Sie sucht nach seinem Schlüsselbund, zusammen mit der Pistole legt sie ihn auf das kleine Schränkchen neben dem Bett.

Eine Viertelstunde später klopft ihre Tante an die Tür. Sie blickt sich im Zimmer um, sieht entsetzt den Toten am Boden liegen. „Du meine Güte, Gabi, was ist denn hier passiert! Hast du ihn absichtlich erschossen?"

„Natürlich nicht, Tante Thekla! Er wollte mir die Waffe entreißen, dabei ist es passiert. Es ist im Übrigen die Waffe, mit der er eigentlich mich erschießen wollte", fügt sie niedergeschlagen hinzu.

„Also gut, nur keine Panik, wir müssen mit Bedacht vorgehen." Tante Thekla überlegt, geht in dem kleinen Raum auf und ab, blickt ein ums andere Mal zur Leiche des Mannes hinüber. Dann überzieht ein schelmisches Lächeln ihr Gesicht. „Ich kenne hier jemanden, der ist genau der Richtige für so einen Fall. Warte einen Moment auf mich, ich bin gleich wieder da."

Bevor Gabi fragen kann, wohin die Tante gehen will, ist sie wieder allein, allein mit dem Toten. Tot ist er ihr jedoch tausendmal lieber als lebendig. Zwanzig Minuten später poltert es auf der Treppe. Die Tür wird geöffnet und Tante Thekla kommt herein, ein riesiger Kerl folgt ihr. Er ist bestimmt 1,90

Meter groß und hat ein Kreuz wie ein Scheunentor. Er blickt auf den Toten.

„Das hast du ja sauber hinbekommen, Mädel." Er sieht wieder hoch, ihr ins Gesicht. „Nun erzähl mal, aber lass nichts aus."

Gabi erzählt. Sie beginnt mit dem Moment, wo der Mann sie in Oberndorf am Deich erwischt und mitgenommen hat, bis zu dem versehentlichen Schuss aus der Pistole. Der Hüne, er hat sich inzwischen als Dieter Hagenah vorgestellt, nickt bedächtig. „Ich glaube dir Mädchen, so eine Geschichte kann man sich unmöglich ausdenken, wo sind wir denn hier? In Chicago? Schickt dir einen Killer hinterher, ich glaub es nicht!" Er schüttelt den Kopf. „Ich habe auch schon eine Idee, wie ich den Toten unauffällig verschwinden lassen kann. Das ist nicht ganz legal, aber falls wir erwischt werden, gibt es nur eine kleine Strafe."

Gabi bewundert die Ruhe und Gelassenheit des Riesen. Der Mann hat Nerven! Aber sie fühlt sich wieder etwas besser, der besonnene Mann hat ihr mit seinen klaren Worten Zuversicht eingeflößt.

Dieter Hagenah wendet sich an seine Freundin. „Ihr Zwei seht jetzt wohl besser zu, dass ihr hier verschwindet, bevor noch jemand drauf kommt, was hier los ist."

Minuten später sitzen die beiden Frauen in dem kalten Volkswagen und fahren nach Oberndorf. „Meinst du, dass dein Bekannter das in Ordnung bringen kann?", fragt Gabi mit Sorge in der Stimme.

„Ich bin ganz sicher, es ist nicht immer legal, was er macht, aber er arbeitet überlegt."

„Es tut mir leid, dass ich dich in mein verkorkstes Leben hineingezogen habe", sagt Gabi und fängt unvermittelt an zu weinen.

„Hör schon auf Kind, Blut ist dicker als Wasser! Die Familie muss zusammenhalten, vor allem gegen solche .....solche .... Verbrecher!"

Ihre Nichte nickt langsam, dann fällt ihr etwas ein: „Sag mal, was dieser Dieter Hagenah da für dich, beziehungsweise für mich tut, ist nicht so ohne. Wieso macht er das?"

Tante Thekla versucht in dem schlechten Scheinwerferlicht, der kurvigen Straße über Hemm nach Oberndorf zu folgen, sie lächelt spitzbübisch. „Tja, meine Liebe. Du bist nicht die Einzige, die dunkle Geheimnisse in ihrer Vergangenheit hat." Sie lacht leise.

Gabi fragt nicht nach, was ihre Tante mit »dunklen Geheimnissen« gemeint hat, vielleicht erzählt sie ihr eines Tages davon.

Laut brummt der Motor im Heck des Volkswagens, aus den Heizungsdüsen im Fußraum sickert ein dünner warmer Strahl heraus, der nicht reicht, den Innenraum und seine Insassen zu wärmen.

Dieter Hagenah geht überlegt vor. Er entkleidet den Toten vollständig und wickelt ihn in den dünnen Teppich, die Beine sehen allerdings heraus. Er geht in den Schankraum hinunter und sucht nach dem Wirt. „Ulli, hast du noch den Handwagen, den ich mir mal bei dir geliehen habe?"

Der Wirt nickt. „Brauchst du ihn gleich?"

Der Riese nickt. „Hast du eine Taschenlampe, die du mir leihen könntest?"

„Aber gucken kannst du noch selbst?" Beide lachen. „Der Handwagen steht hinten vor dem Hühnerstall, die Lampe bringe ich dir gleich." Das Gute an Ulli ist, dass er keine dummen Fragen stellt, zum Beispiel, was sein Kumpel am späten Abend im Dunkeln mit dem Handwagen vorhat.

Eine Viertelstunde später, es ist inzwischen fast Mitternacht, ist Dieter Hagenah mit dem kleinen Wagen auf der Dorfstraße unterwegs, darauf liegt der Tote. Im Auto des Toten hat er noch eine Decke gefunden, die die Leiche auf dem Handwagen nun vollständig verbirgt. Nach wenigen Metern biegt er ungesehen in einen kleinen Feldweg ein. Der Boden ist uneben und hart gefroren, der Wagen lässt sich nicht mehr so leicht ziehen. Der tanzende Schein der Taschenlampe weist ihm den Weg. Er kennt sich hier aus, seit zwanzig Jahren arbeitet er in der Schlosserei des Zementwerkes. Mit diesem Weg ist er vertraut, so manches Mal hat er ihn als Abkürzung zur Arbeit verwendet. Sein Ziel ist eine schon vor sechs Jahren stillgelegte Tongrube, die inzwischen mit Wasser vollgelaufen ist. Jetzt hat er sie erreicht, eine dünne Eisschicht bedeckt das dunkle Wasser. Die Grube, die er im Sinn hat, ist eine Kuhle neben der eigentlichen Tongrube, sie ist etwa sieben Meter tief, zwanzig Meter im Durchmesser und liegt direkt am Weg.

Fünfzig Schritte hinter der Tongrube befindet sich der »Eiserne Himmel«. Als Mitarbeiter der Schlosserei kennt er das Lager gut, jedes Metallteil, das nicht in den Schrott wandert, wird dort für eine spätere mögliche Verwendung aufgehoben. Mit der Taschenlampe in der Hand geht er zu der mit Wellblech gedeckten Halle. Die Schiebetür ist wie üblich nicht abgeschlossen, für die Eisenteile besteht unter Dieben kein großes Interesse. Mit der Lampe leuchtet er in das Durcheinander, der Schein fällt auf Reste von Geländern, Rohren und anderen großen Teilen, die auf dem Boden liegen. Neben ihm quiekt es, ein kleines Tier verschwindet hinter einem Schrank. Sein Interesse gilt den Regalen, dort werden die kleineren Teile aufgehoben. Sein Blick fällt auf einen Blinddeckel, ja, das wäre jetzt das Richtige. Es sind dort verschiedene Größen, er nimmt sich einen mit 200 Millimeter Durchmesser, der ist ausreichend schwer. Die Schiebetür ist rasch wieder geschlossen, dann eilt er mit dem Blinddeckel zurück zu seiner Handkarre. Mit einen Stück Band bindet er den schweren Deckel an den Beinen fest. Nach wenigen Minuten ist Josef Kastrup verschwunden, das Eis zerbarst leise und nun verschlingt schwarzes Wasser den Toten. Ein paar Eisschollen dümpeln noch aufgeregt herum, dann kehrt Ruhe ein.

Dieter Hagenah nimmt den Handwagen und kehrt zur Schinkenklause zurück. „Ulli, die Karre steht wieder vor dem Hühnerstall!" Er legt die Taschenlampe auf die Theke und verschwindet.

Ulli nickt abwesend, er muss sich um die vielen Gäste kümmern.

Wieder draußen auf der Straße, sieht er den schwarzen Mercedes. Verdammt, den hätte er beinahe vergessen. Den Schlüsselbund des Toten hat er bei sich, er nimmt den Wagenschlüssel und fährt erst zu sich nach Hause. Morgen muss er früh zur Arbeit, er wird diese Nacht nicht viel Schlaf bekommen. Seine Frau hilft ihm, sie bereitet wie jeden Abend Essen für ihn zu. Es ist dieses Mal ein schmackhafter Eintopf, der anschließend in einen Henkelmann gefüllt wird. Noch ist die Suppe warm, bis morgen wird sie abgekühlt sein. Extra zum Erhitzen der Henkelmänner gibt es Wärmeschränke in der Werkstatt. Für die rechtzeitige Erwärmung der Mahlzeiten ist der Gehilfe zuständig.

„Du hast dir wieder etwas aufschwatzen lassen, wie?" Sie kennt ihren Mann und fragt nicht nach. Er kommt mit seinen merkwürdigen Hilfsaktionen irgendwann noch mal in Teufels Küche. Sie ahnt vage, dass die Dinge, die ihr Mann tut, nicht immer legal sind. Was soll's, unter anderem hat sie ihn wegen seiner bedingungslosen Hilfsbereitschaft geheiratet. „Pass auf dich auf!", verabschiedet sie sich von ihm.

Seine Fahrt mit dem schwarzen Wagen führt ihn nach Hamburg, er sitzt mit Handschuhen am Lenkrad, um keine Fingerabdrücke zu hinterlassen. In der Nacht ist der Verkehr schwach, er kommt gut durch. Mit dem Zündschlüssel im Schloss stellt er den Wagen in der Nähe der Reeperbahn ab. Der erste Zug am Morgen bringt ihn zum Bahnhof Warstade zurück, ein Fußweg von einem knappen Kilometer führt ihn schließlich zu der Portland Cementfabrik. Beinahe pünktlich, aber unendlich müde, betritt er das Werkstor.

Die durchwachte Nacht macht sich nun bemerkbar. Das kurze Nickerchen in der Bahn konnte man kaum Erholung nennen. Mit dickem Kopf und mühsam offen gehaltenen Augen beginnt er seinen Dienst. Bloß nicht rumhängen, sondern arbeiten, das ist jetzt seine Devise, nur so bringt er diesen Tag herum.

Sein Meister, August Schlieker, kommt zu ihm. „Wie siehst du denn aus?" Er lacht ihn an.

„Tut mir leid, ich habe schlecht geschlafen."

Der Vorarbeiter klopft ihm auf die Schulter. „Das kommt mal vor, da musst du jetzt durch." Er zeigt auf den Tisch vor dem Fenster. „Kümmere dich bitte um die Zähne für die Löffelbagger, die müssen unbedingt geschweißt werden, man hat schon wegen neuer Zähne nachgefragt."

Dieter Hagenah nickt und geht zum Tisch. Dort werden die verschlissenen Zähne der Löffelbagger abgelegt, die Baggerfahrer bauen sie aus und lassen sie dann von dem Fahrer des Unimogs aus der Kreidegrube zur Schlosserei bringen. Der Verschleiß der Zähne beim Abbau der Kreide geht schnell, die harte Beschichtung muss alle paar Tage mittels Auftragsschweißung erneuert werden. Er nimmt sich einen der Schweißerschirme und holt sich einen der Zähne. Er zieht den schwarzen Schirm über die Augen, startet die automatische Schweißdrahtnachführung und tupft den Zahn mit dem Schweißdraht an.

Funken sprühen, mit der Übung vieler Jahre zieht er sauber die erste Schweißnaht. Nach einer Viertelstunde ist der erste Zahn fertig, er legt ihn zu den bereits überarbeiteten Teilen auf den Tisch und nimmt sich den Nächsten. Wieder sprühen die Funken, langsam kriecht der Schweißdraht aus der Führung, angetrieben von einem kleinen Motor. Doch jetzt fordert die lange Nacht ihren Tribut, Dieter Hagenah fallen die Augen zu. Er sackt etwas nach vorne, die Unterarme stützen sich auf den Tisch. Der Schweißdraht verliert den Kontakt mit dem Zahn des Löffelbaggers, der Funke verlöscht. Leise summt der Motor der Schweißdrahtnachführung, unermüdlich schiebt er den Draht aus seiner Führung, Zentimeter für Zentimeter. Dieter Hagenah schläft tief und fest.

Einige Kollegen kommen von der Reparatur des Krählwerkes eines der Mischbecken zurück. Ihr erster Blick fällt auf ihren Kollegen am Elektro-Schweißgerät. „Dieter, Hallo! Aufwachen!“, jemand rüttelt an seiner Schulter. Das ist gar nicht so einfach, mehrere Meter Schweißdraht haben ihren Kollegen Dieter wie mit überdimensionalen Spinnweben eingesponnen. Ein anderer schaltet den Schweißapparat ab, der kleine Motor hört auf zu summen.

Dieter Hagenah schlägt jetzt die Augen auf, er sieht in die lachenden Gesichter seiner Kollegen.

„Was hast du letzte Nacht eigentlich angestellt?“

O Gott, ja, die letzte Nacht. Er erinnert sich an die lange, nicht enden wollende Fahrt in der Dunkelheit nach Hamburg. Er grinst seine Schlosserkollegen an. „Das möchtet ihr wohl wissen, was? Nichts da, der Kavalier genießt und schweigt!“

Ein anderer nimmt sich eine Kneifzange und beginnt, den Schweißdraht auseinanderzuschneiden. „So, mein lieber Dieter, jetzt werde ich dich befreien, oder hast du gedacht, du könntest hier in aller Ruhe weiter pennen?“

Dieter Hagenah schüttelt den Kopf, um die Müdigkeit zu vertreiben. Das genügt jedoch nicht, er muss jetzt schwerere Geschütze auffahren. Er geht zum Telefon im Büro der Werkstatt und ruft seine Freundin in der Personalabteilung an. Bei Thekla wollte er sich ohnehin melden, sie sollte Bescheid wissen.

„Bist du das, Thekla?"

„Klar, ist alles gut gegangen?"

„Doch, es lief wie geschmiert", spricht er leise in den Apparat und blickt sich um. „Der Tote ist in der alten Tongrube, da findet ihn niemand mehr. Seinen Mercedes habe ich an der Reeperbahn abgestellt, den wird sich irgendeiner nehmen und damit auf Nimmerwiedersehen verschwinden."

„Mein Gott! Du warst letzte Nacht noch ganz in Hamburg?"

„Das sag ich dir, darum rufe ich jetzt auch an. Kannst du mir einen Kaffee kochen, so einen richtig starken, einen, um Tote aufzuwecken?"

„Mach jetzt keine Witze mit Toten!", sie lacht leise in die Sprechmuschel. „Das ist doch wohl das Mindeste, was ich für dich tun kann. In einer Viertelstunde bekommst du deinen Wachmacher."

Thekla von Borstel betritt die kleine Tee- und Kaffeeküche, in jedem Stockwerk der Verwaltung ist eine kleine Nische mit einer Kochplatte, einem Wasserkocher und einem Kaffeefilter. Das Kaffeepulver muss sich jeder mitbringen, es hat sich nicht bewährt, es für jeden zugänglich zu machen, die Kaffeedosen waren immer im Nu leer. Das Wasser im Kocher siedet und sie beginnt, den Kaffee aufzubrühen.

Eine junge Frau mit roter Mähne kommt zu ihr, es ist Gabi Husemann. „Hallo, Tante, ich habe dich eben gesehen." Sie senkt ihre Stimme zu einem Flüstern. „Gibt es etwas Neues?"

Thekla von Borstel gießt geschickt das dampfende Wasser über das braune Pulver, in einer kreisförmigen Bewegung benetzt sie den Kaffee und wartet immer wieder ab, bis die Flüssigkeit durch das Filter gelaufen ist. Sie hebt die Augen zu ihrer Nichte. „Bisher haben wir mehr Glück als Verstand. Der Tote ist für alle Zeiten verschwunden und auch das Auto wird wohl niemand mehr wiederfinden."

Die Augen der jungen Frau strahlen, sie ist unendlich erleichtert.

Ihre Tante stellt den Wasserkocher ab, wirft den Kaffeefilter in den Abfalleimer unter der Spüle und füllt den dampfenden Kaffee in eine Porzellankanne. „Hier, wenn du einen Moment Zeit hast, kannst du die Kanne zu Dieter in die Werkstatt bringen. Sage ihm, dass es ein besonders starker Kaffee ist, der arme Kerl ist todmüde."

Gabriele Husemann nickt eifrig. „Natürlich, wenn es weiter nichts ist. Ich bin froh, wenn ich etwas gut machen kann!" Sie holt ihren Mantel, lässt sich den Weg zu der Schlosserei beschreiben und geht mit der Kanne los. Den heißen Behälter hat sie mit einem Handtuch umwickelt, damit der Kaffee schön heiß bleibt. Sie betritt die Schlosserei, es ist ein zweistöckiges Gebäude am Rande der Kreidegrube, vielleicht zwanzig Meter breit und vierzig Meter lang. Innen befinden sich dünne Trennwände, die die einzelnen Abteilungen, wie Schweißerei und die Drehbänke, voneinander trennen. Sie muss herumfragen, um ihren nächtlichen Helfer zu finden. Gerne beantworten die Männer aus der Schlosserei die Fragen der jungen, attraktiven Frau. Schließlich hat sie ihn gefunden, er steht mit zwei Kollegen an einer Werkbank. „Hallo, Dieter. Hier ist der starke Kaffee, den du dir gewünscht hast." Er trennt sich von seinen Arbeitskameraden, kommt zu ihr und nimmt die Kanne entgegen. Er sieht wirklich sehr müde aus.

„Ich stehe tief in deiner Schuld. Das kann ich nie wieder gut machen", flüstert Gabi, zerknirscht sieht sie ihn an.

Dieter Hagenah lächelt und sagt ebenso leise: „Wenn du nicht noch mehr Leute erschießt, ist das in Ordnung." Er lacht sie fröhlich mit seinem tiefen Bass an. „Obwohl der Tod dieses Knaben wohl kein Verlust für die Menschheit ist, oder?"

Die junge Frau wird kurz blass. „Mensch, Dieter, erinnere mich nicht daran. So eine Nacht möchte ich nie wieder durchmachen."

„Das kann ich verstehen. Ich hoffe auch, dass ich nie wieder bei so etwas helfen muss." Er kneift ihr ein Auge. „Vielen Dank für den Kaffee."

Die Portland Cementfabrik

Gabriele lächelt zaghaft, sie verdrängt die dunklen Gedanken und verlässt das braun gestrichene Gebäude. Sie steht vor der Schlosserei und sieht sich um. Wo war sie hergekommen? Es sieht alles so fremd aus.

„Was machen Sie denn hier?"

Sie dreht sich erschrocken um, mit weit aufgerissenen Augen blickt sie den Mann neben sich an. Er trägt einen grauen Anzug unter einem hellbraunen Schutzumhang, seinen Kopf bedeckt ein silberner Schutzhelm, graue Augen mustern sie durch eine Brille mit einer schwarzen Fassung.

„Ich, äh, ich habe einem Bekannten eine Kanne Kaffee gebracht und nun weiß ich nicht genau, wie ich zurück zur Verwaltung gehen muss."

Der ältere Herr mustert sie wohlwollend. „Sie sind wohl neu hier?"

„Ja, es sind jetzt zehn Tage."

Der Mann nickt mit seinem helmbedeckten Kopf. „Gut, dann will ich mal nicht so sein. Mein Name ist Vollmers, ich bin verantwortlich für den Trocknerbereich, nebenbei bin ich für die Sicherheit zuständig." Er reicht ihr die Hand und sieht dabei mit einem Lächeln in ihre grünen Augen. „Wissen Sie, was wir jetzt machen?"

„Nein?" Ängstlich sieht sie den Betriebsingenieur an. Hoffentlich sieht man ihr die Furcht nicht an, das Abenteuer der letzten Nacht zerrt noch an ihren Nerven. Mit etwas Anstrengung bringt sie ein flüchtiges Lächeln zustande.

„Ich besorge Ihnen einen Helm, führe Sie ein wenig herum und erkläre Ihnen, was wir hier machen. Einen Moment bitte, ich bin gleich wieder zurück." Herr Vollmers verschwindet in der Werkstatt und lässt eine nervöse junge Frau zurück. Sie hat zu der angekündigten Führung gar keine Lust, sie ist jetzt nicht in der Verfassung, ein freundliches Interesse zu zeigen. Was soll sie machen, sie kann es schlecht ablehnen, sie darf jetzt nicht auffallen.

Die Tür zur Werkstatt öffnet sich und der Betriebsingenieur kommt mit einem weißen Helm in der Hand heraus. „Hier bitte, der ist für Sie." Er zeigt seiner Begleiterin, wie sie die Weite einstellen muss, und setzt ihr den Helm auf. „Es ist schade um ihr schönes Haar, dass es jetzt unter dem Helm verschwinden muss."

Gabriele Husemann ringt sich ein Lächeln ab, der Ingenieur hat Gefallen an der hübschen Mitarbeiterin gefunden und freut sich schon auf die Führung mit ihr.

Zuerst lotst er sie neben die Schlosserei, die hier direkt am Rand der großen Kreidegrube steht. Fräulein Husemann erschrickt, als sie dort hinunter sieht, was für ein riesiges Loch! Ein schwaches Schwindelgefühl meldet sich beim Blick in die gewaltige Kuhle.

„Vor einhundert Jahren hat es hier angefangen. Man hatte gehofft, bei Probebohrungen Braunkohle zu finden, stattdessen fand man ein großes Kreidelager und Tonvorräte in unmittelbarer Nachbarschaft. Der Initiator der Probebohrungen, ein Herr Hagenah, erkannte das Potenzial der beiden Rohstoffe und hat nach dem Vorbild des englischen Portland Cement eine Zementfabrik, die »Portland Cementfabrik Hemmoor« ins Leben gerufen, da der hier gefertigte Baustoff dem englischen Portland Cement in der Fertigungsmethode und auch farblich sehr ähnlich ist." Der Ingenieur zeigt mit der Hand in die Grube hinunter. „Sehen Sie, dort unten wird mit den Löffelbaggern die Kreide gebrochen, die Muldenkipper fahren den Kreidebruch zu einer Aufgabestelle für ein Förderband, das die Kreide aus der einhundert Meter tiefen Grube nach oben transportiert." Er mustert freundlich seine junge Begleiterin. „Das ist nicht so einfach, wie es sich jetzt anhört. Zwischen der Kreide befinden sich immer wieder Flintsteine, die in einem Schubscheider von der Kreide getrennt werden. Ohne Handarbeit kommt man leider nicht aus, mit elektrischen Aufbruchhämmern werden dort unten zu große Kreidebrocken zerkleinert." Er blickt zu seiner Zuhörerin. „Folgen Sie mir jetzt bitte zur Schlämmerei."

Die Schlämmerei ist ein großes Gebäude direkt neben der Schlosserei, wo der Ton, der mit Lastwagen aus dem benachbarten Heeßel gebracht wird, und die Kreide aus der Kreidegrube gemeinsam mit Wasser zu einer dickflüssigen Pampe gemischt werden.

„Die Kreide und der Ton werden im Verhältnis von etwa drei zu eins gemischt, die Förderbänder, die das Gemisch in den Mischbottich geben, sind dazu mit Bandwaagen ausgerüstet."

Zu jeder anderen Zeit hätte Gabriele Husemann diese Führung wahrscheinlich interessant gefunden, schließlich arbeitet sie in dem Betrieb. Heute hat sie Mühe, den Erklärungen zu folgen, immer wieder taucht der tote Verbrecher der letzten

Nacht vor ihren Augen auf. Besonders der Moment, in dem er ihr mit dem Blutfleck auf der Brust entgegen gefallen ist, spielt sich in ihren Gedanken immer wieder ab. Nur mühsam ringt sie sich ein gelegentliches Lächeln und auch mal eine Frage ab. „Wie viel Zement wird denn hier hergestellt?"

Bereitwillig antwortet Ingenieur Vollmers seiner Begleiterin. „Wir sind zurzeit sehr gut ausgelastet und stellen jeden Tag mit 420 Mitarbeitern über zweitausend Tonnen Zement her."

In der Halle der Schlämmerei drehen sich mehrere zylindrische Mühlen mit einem ohrenbetäubenden Lärm. „Sehen Sie?", ruft er gegen den Lärm an, „hier wird aus dem groben Brei ein feiner, gleichmäßiger Schlamm hergestellt. Die Mühlen sind Kugelmühlen mit jeweils drei Kammern, in denen sich drei verschieden große Zerkleinerer befinden."

„Was sind denn das für Zerkleinerer?", fragt Gabi ebenso laut, sie ist froh, dass ihr eine Frage eingefallen ist, und sie ihre Gedanken einen Moment von den Ereignissen der letzten Nacht ablenken kann.

„Das sind Stahlkugeln. In der ersten Kammer sind sie 100 bis 80 Millimeter im Durchmesser, in der zweiten 70 bis 50 Millimeter und in der letzten Kammer sind es 40 und 30 Millimeter und Stangenabschnitte. Später, bei der Vermahlung des Klinkers zum Zement, sind es ähnliche Verhältnisse."

Er verlässt mit seiner hübschen Begleiterin die Halle und zeigt auf ein großes Becken, in dem sich langsam ein Krählwerk dreht. „Sehen Sie, dort hinten ist ein Ausgleichsbecken mit 15.000 Kubikmeter Inhalt, dort wird das fertige Gemisch aus Kreide- und Tonschlamm vorgehalten und mit einem Eimerschöpfrad in die Drehrohrtrockner aufgegeben."

„Aha." Gabriele Husemann ist einen Moment nicht bei der Sache, sie fragt sich gerade, ob der Tote auch wirklich nicht entdeckt werden kann. „Sagen Sie, es gibt hier doch eine alte Tongrube, ist die noch in Benutzung?"

„Nein, die ist erschöpft und wurde 1959 zuletzt verwendet. Jetzt wird der Ton in Heeßel mit Eimerkettenbaggern abgebaut und mit Lastwagen hierher gebracht. Warum fragen Sie?"

„Ach, nur so." Verdammt, sie hätte diese Frage lieber für sich behalten sollen, nachher zieht ihr Führer noch irgendwelche Schlüsse.

Herr Vollmers schöpft keinen Verdacht, warum auch. Ihm gefällt seine junge und hübsche Begleiterin, der er niemals etwas Verwerfliches zutrauen würde. „Wir kommen jetzt in den Trocknerbereich, das ist mein eigentlicher Zuständigkeitsbereich. Hier draußen steht ein Drehrohrtrockner mit 165 Meter Länge und 5 Meter Durchmesser, der schafft alleine über eintausend Tonnen pro Tag." Er zeigt auf eine Halle hinter dem gewaltigen, sich langsam drehenden Rohr. „Dort hinten in der Halle sind noch zwei weitere, kleinere Trockner, die gemeinsam die Leistung dieses großen Trockners aufbringen."

Gabi spürt deutlich die Wärme, die das große Rohr abstrahlt. „Womit werden die Trockner denn beheizt?"

Ingenieur Vollmers ist hier in seinem Element. „Wir blasen entweder gemahlene Kohle oder Schweröl an der unteren Stelle der Drehrohre ein. Das Schlammgemisch wandert durch die Drehung langsam nach unten, der Flamme entgegen und wird dabei getrocknet. Im unteren Bereich, in der Nähe der Flamme, wird das Kreide-Tongemisch auf etwa 1300 Grad erhitzt, dabei entsteht durch Sinterung der sogenannte Klinker." Er sieht in das fragende Gesicht seiner Begleiterin. „Dieser Klinker hat jetzt nichts mit den Klinkern im Hausbau zu tun. Er ist ein Gemisch aus Krümeln und etwa zentimetergroßen Klümpchen, die im nächsten Schritt zu Portland Zement vermahlen werden." An der tiefsten Stelle der Drehrohröfen fällt der heiße Klinker auf einen Rostkühler und wird dann in einer großen Halle, dem Klinkerlager, aufgehoben.

„Wir haben gleich den Rundgang beendet." Herr Vollmers lächelt seine Begleiterin an. Sie ist nicht immer bei der Sache, ist ihr sein Vortrag vielleicht zu langweilig? Gottlob kennt er den wahren Grund für den gelegentlich abwesenden Blick des Fräuleins aus der Verwaltung nicht. Er führt sie gut gelaunt in die Halle mit den Klinkermühlen. Hier drehen sich zwei kleinere und eine große Kugelmühle. „Sehen, Sie, hier wird der Klinker zu dem Endprodukt, dem Zement, gemahlen. Vorher werden nach Bedarf noch Zuschlagstoffe, wie Gips, Hochofenschlacke oder Ähnliches, zugegeben. Die Mühlen sind im Übrigen ähnlich aufgebaut wie die Nassmühlen zu Beginn. Hier sind die Zylinder mit Stahlplatten statt mit Gummiplatten ausgestattet."

„Warum ist denn in den Nassmühlen eine Gummiauskleidung?" Gleich hat sie es geschafft, und sie braucht sich nicht mehr zu verstellen. Hoffentlich sind dieser Tag und die Führung bald vorbei.

„Es hat sich gezeigt, dass der nasse Schlamm sehr abrasiv ist, Stahlplatten verschleißen in Nullkommanix." Er lacht. „Sehen Sie, jetzt sind wir beinahe fertig. Der letzte Schritt ist das Verpacken in Papiersäcke oder die Abfüllung in Silofahrzeuge." Er führt sie an der Verladestation für die Lastwagen vorbei. „Passen Sie bitte auf die Fahrzeuge auf, nicht dass Sie zu guter Letzt noch unter die Räder kommen. Das wäre doch schade!" Er lacht sie wieder an, auch Gabriele Husemann gelingt ein scheues Lächeln. Eigentlich ist Herr Vollmers doch ganz nett, er hat sich Mühe gegeben, ihr den Ablauf in dem Werk, für das sie nun seit zehn Tagen arbeitet, zu erklären. Dass sie ausgerechnet jetzt so eine schlimme Nacht hinter sich hatte, konnte er nicht wissen.

„Ich bringe Sie noch zur Verwaltung hinüber, dann befreie ich Sie von dem Helm." Am Labor, nur wenige Schritte von der Verwaltung entfernt, verabschiedet er sich von ihr. Er kneift ihr ein Auge. „Sie waren eine nette Begleiterin. Das nächste Mal bitte immer mit Helm, sonst geschieht ihrem hübschen Köpfchen noch etwas. Auf Wiedersehen und viel Freude bei ihrer Arbeit!"

„Vielen Dank für die Führung, es war sehr aufschlussreich", verabschiedet sich Gabi höflich.

Nun steht sie da, endlich braucht sie sich nicht mehr zu verstellen. Eilig läuft sie in die Verwaltung zurück und geht zur Maschinenbuchhaltung, dort wird man sie sicher schon vermissen.

Der verschwundene Schlosser

Seit Anfang März sind über fünfzig zusätzliche Arbeitskräfte im Werk. Es sind Arbeiter einer Hamburger Stahlbaufirma, die im Rahmen der Werkserweiterung eine große Halle für die Erweiterung der Kugelmühlen aufstellen. Mit Hilfe von zwei Kränen nimmt die neue Halle schnell Gestalt an.

Einige Arbeiter der Gruppe übernachten in der Schinkenklause in Westersode. Die Männer treffen sich häufig an den Abenden im Schankraum des Gasthofs und zechen gemeinsam. Einer der Männer ist Heinrich Müller, er bedient sich gerne am Bier und Korn.

Es ist der nächste Morgen, der 16. März, sieben Uhr. Jetzt tut es ihm leid, dass er am Vorabend nicht früher Schluss gemacht und ins Bett gegangen ist. Arbeitsbeginn ist im Winter um 7:30. „Beeil dich, Heini, du kommst sonst zu spät", treibt ihn sein Kollege an, der sich mit ihm ein Zimmer teilt.

„Keine Sorge, dass schaff ich leicht, es gibt eine Abkürzung direkt über die Wiese an der alten Tongrube vorbei."

„Dann bis gleich", der Kollege schwingt sich auf sein Fahrrad und fährt los, die Dorfstraße in Richtung Nordosten hinunter.

Heinrich Müller macht sich mit seiner Tasche in der Hand auf den Weg, sie enthält belegte Brote, sein Mittagessen. Er kennt den Pfad, er benutzt die Abkürzung nicht zum ersten Mal.

Es ist der Vormittag, die Arbeiter der Montagefirma legen eine kleine Frühstückspause ein, da bemerkt der erste, dass der Kollege fehlt. „Wo ist Heinrich eigentlich, ich hab ihn noch gar nicht gesehen." Die Arbeiter sehen sich fragend an. Einer der Männer, ein kleiner, drahtiger Holsteiner, steht auf, läuft über die Baustelle und fragt jeden nach seinem Kollegen. Niemand hat ihn heute gesehen. Sein Fehlen wird den anderen langsam unheimlich. „Er wird sich doch nicht verlaufen haben?", vermutet einer.

„Nein, kann nicht sein, es war schon fast hell, als er losgegangen ist."

„Trotzdem, wir müssen etwas unternehmen, vielleicht ist er irgendwo im Moor versunken!"

„Mensch! Mach nix in Gange!"

Der Vorarbeiter wird ins Vertrauen gezogen. „Heinrich Müller ist verschwunden."

„Was meint ihr mit »verschwunden«?"

„Er ist nicht hier." Die Männer erzählen von Heinrichs Plan, die Abkürzung an der alten Tongrube entlang zu gehen.

„Gut, ich spreche mit dem Baustellenleiter, wir müssen vielleicht eine Suche organisieren."

Kurz nach Mittag, am Übergang von der Frühschicht zur Spätschicht, geht es los. Die freiwilligen Feuerwehren von Warstade, Hemmoor und Westersode werden alarmiert, unterstützt von freigestellten Mitgliedern aus dem Zementwerk.

Neun Leute der Feuerwehren machen sich auf die Suche nach dem verschwundenen Schlosser. Immer wieder wird der Weg von Westersode bis in das Werk weiträumig abgesucht, ohne Erfolg. Heinrich Müller bleibt verschwunden. Jedes Loch wird untersucht, hinter jeden Strauch wird geschaut.

Udo Thalmeier steht an der alten Tongrube und sieht auf die Eisschicht, die mit der dünnen Schneedecke wie mit Puderzucker bestäubt, aussieht. „Ey, Jungs, könnte er nicht hier hineingefallen sein?"

Zwei Kollegen gesellen sich zu ihm. „Ich weiß nicht so recht", äußert sich einer der beiden skeptisch. „Die Eisdecke sieht unbeschädigt aus."

„Das muss nichts heißen, die Eisdecke ist sehr dünn, die friert im Nu wieder zu."

„Aber wie wollen wir rauskriegen, ob Heinrich eingebrochen ist? Wir können doch bei dieser Kälte nicht hinein tauchen?"

„Ich spreche mit unserem Gruppenführer, zur Not müssen wir das Wasser abpumpen."

Eine halbe Stunde später steht der Leiter der freiwilligen Feuerwehr von Westersode, Friedrich Stechmann, vor der Grube und mustert skeptisch die weiße Oberfläche. „Meint ihr wirklich, Jungs, dass dort jemand drin liegt?"

„Wir müssen nachsehen, Fiete, erst dann haben wir Gewissheit."

„Also gut, ich werde meine Leute mit einer Pumpe herschicken. Wir können aber unmöglich die alte Grube mit ihren acht Hektar entleeren, wir werden uns daher auf dieses kleine Loch am Rand beschränken, das liegt auch direkt an dem Pfad. Wenn er vom Weg abgekommen ist, dann hier."

Eine weitere halbe Stunde später ist eine leichte Motorpumpe auf einem Gestell mit Rädern an den Rand der Grube gezogen worden. Schwitzend und schimpfend haben sechs Männer den Wagen über den unebenen, hart gefrorenen Weg zu der Tongrube gezogen. Die mit einem Benzinmotor betriebene Pumpe schafft etwa eintausend Liter pro Minute. Laut brummt der Motor, das Fahrgestell der Pumpe vibriert, langsam sinkt der Wasserspiegel. Jemand kommt mit einer Thermoskanne Kaffee und zwei Bechern, die nun rundum gehen. Der heiße Kaffee wärmt die Männer ein bisschen auf.

Am frühen Abend, es beginnt dunkel zu werden, ist die Grube fast leergepumpt. Immer wieder blickt einer der Männer hinunter, leuchtet mit einer Taschenlampe den Grund ab, und versucht, in dem dunklen Wasser und dem Schlick etwas zu erkennen. „Da! Da ist was! Lasst die Pumpe noch einen Moment laufen, Jungs, ich glaub', da liegt er!"

Eine Viertelstunde später können es alle erkennen: Da liegt tatsächlich jemand fast am Grunde der Grube, in der Nähe des Randes. Fiete, der Gruppenführer, lässt sich ein Seil aus der Schlosserei bringen und wird von seinen Leuten langsam in die Grube hinabgelassen. Mit Gummistiefeln steht er im kalten Wasser und mustert den Körper. „Schnell, Jungs! Zieht mich hoch!" Kräftig ziehen vier Mann an dem kalten und nassen Seil, Friedrich Stechmann versucht mehr oder weniger geschickt, sich mit den Stiefeln an der Böschung der Grube abzustützen. „Wir müssen die Polizei benachrichtigen!", ruft er schon auf halber Strecke seinen Leuten zu. Oben angekommen, löst er das Seil von seinem Körper.

Die Männer blicken ihn fragend an: „Sag schon Fiete, was ist da unten?"

Friedrich Stechmann holt kurz Luft. „Der Mann dort unten ist ganz bestimmt nicht der verschwundene Schlosser. Diesem ist ein Blinddeckel ans Bein gebunden worden, wir müssen das sofort der Polizei melden." Er wirft einen Blick in die Runde. „Aufräumen können wir morgen, gleich ist ohnehin nichts mehr zu sehen. Außerdem will sich die Kripo hier sicher noch umsehen."

Im Häuschen des Torwärters stürzt Fiete ans Telefon, die Nummer der Polizeiwache hat er im Kopf. „Heinzi, bist du das? Hör mal zu. Wir haben in der alten Tongrube des Zementwerkes einen Toten gefunden, ich fress einen Besen, wenn das kein Mord ist."

„Mensch Fiete, mach keinen Quatsch!" Heinzi glaubt, sich verhört zu haben.

„Mit so was mach ich keinen Quatsch! Da liegt einer in der Tongrube!"

Der Polizist überlegt einen Moment. „Heute werden wir da draußen nichts mehr, lass uns das auf Morgen verschieben, jetzt ist es stockfinster. Ich werde gleich morgen früh die Kriminalpolizei in Stade benachrichtigen."

„Was ist mit dem Pathologen? Was sollen wir mit dem Toten machen?"

„Da kümmert sich die Kripo drum. Lass den Toten liegen, wo er ist. Wenn du noch den Fundort absperren könntest, das wäre gut."

Friedrich Stechmann legt auf. Der Platz vor der Tongrube ist zertrampelt von seinen Leuten, die Räder der Pumpe haben tiefe Spuren in den harten Boden gegraben, das wird den Kriminalen nicht gefallen. Trotzdem, wer weiß, was morgen noch alles passiert. „Helmut!", ruft er einen seiner Leute zu sich. „Nimm dir jemanden mit und sperr das Gelände an der Tongrube ab."

Der Fund des Toten hat sich in Windeseile im Werk verbreitet. Auch Dieter Hagenah hat mitbekommen, dass die

Tongrube leergepumpt wird. Heute Morgen gilt sein erster Gedanke dem Toten, den er dort versenkt hat. Was für ein idiotischer Zufall! In hundert Jahren hätte niemand in diese Grube gesehen, und nun verschwindet so ein vermaledeiter Schlosser ausgerechnet dort. Das gibt's doch gar nicht! Er zermartert sich den Kopf. Der Weg zu ihm ist praktisch nicht zurückzuverfolgen. Vor ein paar Tagen hat es noch geschneit, alle Spuren sind verdeckt, die Feuerwehr hat an der Grube keinen Stein auf dem anderen gelassen. Es bleibt ihm nichts anderes übrig, als abzuwarten, im Moment kann er nichts weiter tun.

Kurz nach sieben am Morgen erscheint Hauptwachtmeister Günther Petschull im Werk. Jeder weiß, warum er gekommen ist, er wird ohne lange Anmeldeformalitäten zum Schichtleiter geführt. „Bevor ich mir die Fundstelle ansehe, eine Information für Euch. Ich habe eben die Kriminalpolizei in Stade informiert, die wollen noch im Laufe des Vormittages zwei Beamte hierher schicken."

An der Tongrube hat sich nichts verändert, eventuell ist der Wasserstand ein paar Zentimeter gestiegen. Die Pumpe steht noch an ihrem Platz, rundherum ist ein Seil an ein paar Stangen befestigt und sichert den Fundort ab. Günther Petschull sieht skeptisch zu den Wagenspuren und den vielen Fußabdrücken hin. „Es sieht aus, als hätte dort eine Schlacht stattgefunden." Er blickt mit zusammengekniffenen Augen zum Himmel hoch. „Das Wetter ändert sich, es wird Tauwetter geben. Wenn die Jungs von der Spurensicherung Pech haben, wird es heute noch regnen, dann ist das da draußen eine einzige Schlammwüste."

Der Polizist sollte recht behalten. Eine Stunde später setzt Nieselregen ein, der immer stärker wird und in Regen übergeht, einem stetigen Landregen, einer von der Sorte, die stundenlang andauert.

Laut dröhnt der Motor des Volkswagens, der sich auf der Bundesstraße 73 in Richtung Cuxhaven abmüht. Vorne sitzen zwei Kriminalbeamte und sehen trübsinnig nach vorne durch die Windschutzscheibe, der Scheibenwischer bewegt sich tapfer hin und her. Am Steuer sitzt Jürgen Krüsmann, er ist jetzt 59 Jahre und nähert sich dem Pensionsalter. Er hat silbergraues, noch fast volles Haar, eine Brille in einem chromglänzenden Gestell sitzt auf seiner Nase. „Wieso können wir, wenn Tote gefunden werden, nicht einmal Sonnenschein haben?" Er brummelt etwas Unverständliches und konzentriert sich auf die Straße. Vor ihm fährt mit sechzig Sachen ein Lastwagen, ein Überholmanöver könnte mit den dreißig PS des Käfers in einem riskanten Abenteuer enden.

Jürgen Krüsmann ist ein alter Hase, schon 1924 hat er die Polizeischule in Köln besucht. Später hat er viele Jahre als Kommissar am Rhein gearbeitet. 1944, er war schon fast vierzig Jahre, hat ihn der beginnende Zweite Weltkrieg doch noch vom Schreibtisch geholt. Nur ein Jahr später wurde er mit einem durchschossenen Bein aus Straßburg schwer verletzt von der Front abgezogen. Als er endlich nach Hause kam, fand er seine Familie nicht mehr vor: Seine Frau und sein älterer Sohn waren bei einem Bombenangriff umgekommen, der jüngere Sohn hatte überlebt, er hatte später geheiratet und lebt jetzt in Osnabrück. Zwei Jahre später fand Jürgen Krüsmann Arbeit bei der Kripo in Bremen, seit sieben Jahren ist er nun Hauptkommissar bei der Kriminalpolizei in Stade. Er seufzt, mit seinem Witwerdasein hat er sich abgefunden, was ihm geblieben ist, sind die gelegentlichen Schmerzen im Bein, der schlecht verheilte Oberschenkel meldet sich bei feuchtem Wetter immer mal wieder, zum Beispiel an so einem Tag wie heute.

Sein Beifahrer und Kollege ist ein junger Mann. Werner Hansen ist vor zwei Wochen nach Abschluss der Polizeischule in Hannover hierher nach Stade versetzt worden, dieser Tote könnte sein erster echter Fall werden. Blaue Augen sehen aufmerksam unter einem blonden Haarschopf hervor, aufgeregt blickt er durch die langsam laufenden Scheibenwischer auf die Straße. „Was hat man Ihnen denn erzählt?"

Sein Kollege weicht gerade einem Fahrradfahrer aus. „Na ja, viel weiß ich auch nicht. Am Grund einer alten Tongrube ist ein Toter gefunden worden. Ein Blinddeckel ist anscheinend an ihm befestigt worden, deshalb muss es Mord sein."

„Könnte es nicht ein Selbstmörder gewesen sein, der sich oben an der Grube den Deckel angebunden hat und dann reingesprungen ist?"

Jürgen Krüsmann sieht kurz zu seinem Kollegen hinüber. „Das hat man Ihnen auf der Polizeischule beigebracht, oder? Glauben Sie im Ernst, der schleppt den schweren Stahldeckel hunderte von Metern mit sich, nur um sich umzubringen? Meinem Gefühl nach sollte dort jemand versenkt werden."

Er erreicht den Ortsausgang Hechthausen, der Polizist gibt Gas, laut quält sich der Motor, dann schaltet er in den vierten Gang. „Jetzt sind wir bald da. Ihren Versuch in allen Ehren, einen Fall immer von allen Seiten beleuchten zu wollen, aber ich verlasse mich lieber auf meine Nase."

Werner Hansen sieht wieder aus dem Fenster auf die vorbeiziehende Landschaft hinaus. Es regnet seit einer Weile, auf den Wiesen zu beiden Seiten der Straße sind noch große Flecken Schnee. Wenn der Regen so anhält, wird der Schmuck des Winters bald einem schmutzigen Grau gewichen sein.

„Warum hat man Sie nach Stade versetzt?", fragt Jürgen Krüsmann seinen jungen Kollegen.

„Sie wissen doch, wie das geht: Mein Wunsch wäre Hamburg gewesen, aber in Stade war eine Planstelle frei geworden."

„Mal ganz was Anderes: Haben Sie sich für ein oder zwei Übernachtungen eingerichtet? Kann durchaus sein, dass wir ein paar Tage bleiben müssen."

„Ich habe ein paar Sachen bei mir, meine Tasche liegt vorne im Kofferraum."

Zunächst erreichen sie Basbeck. „So, mein Junge, nun dauert es nur noch ein paar Minuten." Es folgt Warstade, dann haben sie ihr Ziel erreicht. Jürgen Krüsmann parkt den Wagen auf dem Mitarbeiterparkplatz an der rechten Seite der Bundesstraße. „So, wir sind da. Nehmen Sie sich etwas mit, um sich Notizen zu machen."

Werner Hansen zeigt auf eine Aktentasche. „Alles dabei, Chef."

Jürgen Krüsmann angelt sich einen Schirm von der Rückbank, er sieht noch kurz in den grauen Himmel. „So, jetzt los!" Die beiden Polizisten eilen über die Straße, notdürftig unter dem Schirm Schutz vor dem Regen suchend. Kommissar Krüsmann zieht, so schnell er kann, sein lädiertes Bein hinter sich her. Sie betreten durch die Glastür die Eingangshalle der Verwaltung, treten vor die Anmeldung und stellen sich vor. Der ältere Beamte fummelt seinen Ausweis hervor. „Krüsmann, Kriminalhauptkommissar, das ist mein Kollege, Kommissar Hansen."

Sein junger Kollege lässt seine Augen umherschweifen und nimmt die Details auf. Hinter ihnen ist die Treppe, die in die beiden oberen Stockwerke führt. An der Wand in der Eingangshalle hängt ein großes Bild. Werner Hansen sieht genau hin, es ist ein Stich der Zementfabrik um die Jahrhundertwende, deutlich sind die dicken Schornsteine der Schachtöfen zu erkennen.

Sie werden in das Besprechungszimmer der Verwaltung geführt. Der Ingenieur, der auch für die Werkssicherheit verantwortlich ist, erwartet sie bereits. Er ist etwa vierzig, schlank und trägt eine Brille, durch die er seine Besucher mit grauen Augen mustert. „Setzen Sie sich meine Herren, mein Name ist Vollmers, ich bin hier unter anderem für die Sicherheit zuständig." Er wirft einen Blick aus dem Fenster. „Vielleicht sollten Sie sich zuerst die Fundstelle der Leiche ansehen, solange noch etwas zu erkennen ist, und die verdammte Grube nicht wieder vollgelaufen ist."

„Ja, das denke ich auch. Können Sie uns Gummistiefel und Regenumhänge besorgen? Wir sind für so ein Sauwetter nicht ausgerüstet."

„Sicher doch." Er steht auf. „Folgen Sie mir bitte, auf der Schicht wird man Regenzeug für Sie haben. Der Schichtleiter wird Sie dann begleiten. Es ist Herr Stechmann, er war gestern dabei, als die Leiche gefunden wurde. Nun ist er extra früh gekommen, um Sie zu informieren."

Der Weg zur Zentrale der Schicht führt die Männer ein kurzes Stück durch den Regen, dann durch die Ofenhalle in die benachbarte Schaltzentrale. In der Ofenhalle ist es warm, fast zu warm, aber wenigstens ist es trocken. Langsam drehen sich die langen Drehrohrtrockner und brennen das Gemisch aus Ton und Kreide zu Klinker.

Im Umkleideraum der Schicht erhalten sie passende Gummistiefel und einen regenfesten Umhang. Während sie sich umziehen, berichtet Friedrich Stechmann den Kriminalbeamten, was am Vortag passiert ist. „Der Tote ist völlig nackt, es ist lediglich ein Blinddeckel an beiden Beinen befestigt."

„Ist Ihnen sonst noch etwas aufgefallen? Vielleicht ein Schussloch, oder eine Verletzung?"

„Nein. Dafür war es nicht mehr hell genug, außerdem ist der Körper mit Resten von Ton verschmutzt."

„Gibt es inzwischen Erkenntnisse über die Identität der Person?", möchte Werner Hansen wissen.

„Nein, tut mir leid, wir haben keine Ahnung, wer der Mann ist. Auf jeden Fall ist es nicht der Schlosser, den wir eigentlich zu finden gehofft hatten, oder vielmehr nicht zu finden gehofft......" Er bricht ab.

Der Hauptkommissar nickt. „Ich weiß, was Sie meinen."

Es regnet immer noch, gleichmäßig und unerbittlich fällt der Regen vom Himmel. Die beiden Kriminalbeamten stapfen hinter dem Schichtleiter her. Die Gummistiefel sind wasserdicht, dafür bleiben sie bei fast jedem Schritt in dem nassen Boden stecken und müssen mühsam und mit einem schmatzenden Geräusch aus dem Schlick gezogen werden. Die Stiefel von Kommissar Krüsmann sind etwas groß geraten, nach jedem zweiten Schritt zieht er fluchend die hinuntergerutschten Strümpfe wieder hoch. Im Verein mit seinem schmerzenden Bein sind es etwas mehr Strapazen, als er ertragen mag.

An der Tongrube verschafft sich der erfahrene Kommissar zuerst einen Überblick. Missmutig sieht er in die Grube hinunter. Der Kopf des Toten und eine Schulter, ist alles, was zu sehen ist. „Hm. Die Grube muss noch weiter entleert werden, damit unser Pathologe etwas sehen kann." Sein Blick mustert skeptisch die aufgeweichte und zertrampelte Umgebung. „Ich fürchte, dass die Spurensicherung nichts Verwertbares mehr finden wird. Trotzdem, wir dürfen das nicht leichtfertig außer Acht lassen."

Der junge Kommissar saugt aufmerksam jede Bemerkung seines Chefs auf. Besonders interessieren ihn die Gedankengänge des alten Hasen. „Schon eine Idee wegen der Todesursache?"

Er erntet einen vorwurfsvollen Blick. „Wenn ich das von hier aus könnte, müsste ich nicht mit einem alten Dienstwagen fahren und in dieser verschlafenen Gegend bei diesem Scheißwetter herumirren."

Für die verschlafene Gegend erntet er einen strengen Blick
des Schichtleiters.

„Jetzt ist noch alles möglich, vielleicht wurde er lebendig
versenkt und ist ertrunken. Oder er war bereits tot und sollte
hier verschwinden." Er sieht seinen Kollegen an. „Gehen Sie
doch bitte in die Verwaltung zurück und kümmern Sie sich um
den Pathologen und die Spurensicherung. Haben Sie die Telefonnummern?"

„Ja, Chef!"

Wohlwollend sieht er seinem jungen Kollegen hinterher.
Werner Hansen ist eifrig und gewissenhaft, er soll einer der
besten seines Jahrgangs gewesen sein. Er schüttelt weise den
Kopf. Theorie ist ja gut und wichtig, am Ende benötigt man
jedoch ein gerüttelt Maß an Erfahrung, das wird sein junger
Kollege noch merken. Er blickt zum Gruppenführer der Feuerwehr. „Pumpen Sie mit ihren Leuten inzwischen das Wasser
aus der Grube? Der Pathologe wird bald kommen, bis dahin
sollte die Leiche vollständig sichtbar sein." Er sieht auf den
Trampelplatz am Grubenrand. „Sagen Sie, Herr Stechmann,
können Sie so etwas wie ein provisorisches Zelt über den Spuren anbringen lassen? Die Spurrillen der Pumpe und die vielen
Fußabdrücke haben mit dem Mord zwar nichts zu tun, aber
wer weiß schon, was da noch so verborgen ist."

Eine halbe Stunde später, es geht auf Mittag zu, erscheint
der Pathologe Doktor Möllmann aus Wanna in der Anmeldung der Zementfabrik. Nachdem er sein Anliegen vorgetragen hat, wird er ebenfalls zur Schaltzentrale geführt. Werner
Hansen erwartet ihn dort. „Guten Tag, ich bin Kommissar
Hansen, mein Chef ist noch vor Ort."

Der Arzt ist ein dürrer Mann im undefinierbaren Alter, irgendwo zwischen vierzig und sechzig. Er hat ein kleines, braunes Köfferchen dabei. „Ist es Jürgen Krüsmann?"

„Ja, kennen Sie ihn?"

„Ja, wir hatten schon oft miteinander zu tun. Er ist ein alter Fuchs, von ihm können Sie noch viel lernen."

„Das versuche ich auch. Dies ist mein erster richtiger Fall."

„Dann passen Sie nur gut auf. So, los jetzt, sonst hört es noch auf zu regnen!"

Die Leiche liegt inzwischen ganz frei. Der Arzt sieht zu dem toten Körper hinunter. Er wendet sich an den Leiter der Feuerwehr. „Können Sie eine Leiter anstellen, damit ich halbwegs sauber den Toten erreichen kann?"

Eben treffen mehrere Mitarbeiter mit Stangen und Persenning ein. Jürgen Krüsmann gibt noch Hinweise, wo sie die Zeltstangen einstecken können. Als er den Pathologen erkennt, ruft er: „Hallo Doktor! Lange nicht gesehen! Kannst Du auch schwimmen?"

Doktor Möllmann blickt ihn düster an, „Wenn ich noch mal zu so einer Leiche gerufen werde, sattle ich um und werde Milchmann."

Der Kripomann lacht: „Was dich nicht umbringt, macht dich nur stärker!" Sein Nietzsche-Zitat wird mit einem säuerlichen Lächeln von dem Mediziner quittiert.

Eine weitere halbe Stunde später steht eine lange Leiter aus der Schlosserei am Rand der Grube. Der Pathologe setzt einen Fuß auf die oberste Sprosse. Er fixiert die beiden Feuerwehrleute, die die Leiter halten. „Wenn Sie jetzt nicht richtig festhalten, werden Sie mich persönlich aus dem Loch holen müssen!"

Die beiden Männer nicken, sie werden schon aufpassen.

Mehrere Augenpaare verfolgen den Arzt, schließlich hat er den Toten erreicht. Er mustert jedes Stück des Körpers. Mit einer Hand schöpft er Wasser aus dem Grund der Grube und lässt es über den Rücken der Leiche laufen. Er hebt den Toten etwas an und blickt auf die Brust. Den Männern an der Leiter gibt er ein Zeichen, die vorläufige Untersuchung ist abgeschlossen, sorgfältig klettert er, Schritt vor Schritt setzend, die Leiter wieder hoch.

„Tja, meine Herren. Das ist ganz sicher Mord, der Mann hat einen Einschuss in der Brust."

„Was ist mit ertrinken?", möchte der junge Kommissar wissen.

Der Pathologe grinst ihn an. „Gut, wenn er zuerst in das Wasser geworfen wurde, und dann, bereits unter Wasser, auf ihn geschossen wurde, dann wäre das eine Möglichkeit. Ich halte das eher für unwahrscheinlich."

Werner Hansen steigt etwas Röte in sein junges Gesicht. „Ich meine, vielleicht war der Schuss nicht tödlich?"

„Ein sehr guter Einwand. Das kann ich Ihnen jedoch erst beantworten, wenn ich die Leiche auf dem Tisch gehabt habe." Er wendet sich an den Mann von der Feuerwehr. „Können Sie den Toten jetzt bergen? Ich werde mich darum kümmern, dass er abgeholt wird." Er verabschiedet sich von den beiden Kommissaren. „Das wär's fürs Erste, ab morgen hören Sie von mir."

Der Kommissar sieht dem Pathologen hinterher, wie er mehr oder weniger ungelenk versucht, den Pfützen auszuweichen. „Wir werden noch auf die Spurensicherung warten. Haben Sie von denen schon etwas gehört?"

„Nein, Chef. Soll ich da mal nachhaken?"

„Das ist nicht nötig. Wenn nicht bald jemand kommt, können wir das sowieso vergessen." Er sieht an der Leiter entlang in die Grube hinunter. „Haben Sie einen Fotoapparat dabei?"

„Äh, ja, Chef. Hier in meiner Aktentasche."

„Großartig! Ich möchte, dass ein Bild vom Gesicht des Toten aufgenommen wird, bevor er abgeholt wird."

Mit vereinten Kräften haben die Männer der Feuerwehr den Leichnam geborgen, er hat noch das Seil um die Brust, an dem man ihn hochgezogen hat.

Zwei Männer der Spätschicht kommen mit einem Handwagen, um den Toten zum Tor zu schaffen. Als er auf dem Wagen liegt, nimmt Kommissar Hansen ein Foto seines Gesichtes auf.

„Können Sie es noch heute entwickeln lassen?", fragt sein älterer Kollege.

„Ich habe mich erkundigt, in Westersode ist ein Kolonialwarengeschäft von einem…" er blickt in seine Notizen, „Carsten Tiedemann, die können solche Arbeiten erledigen."

„Sehr schön, kümmern Sie sich bitte darum."

Die Leute von der Spurensicherung sind inzwischen angekommen, es sind zwei Herren, die eine Kiste mit Gerätschaften mit sich schleppen. Am Tatort werfen sie einen entsetzten Blick auf das Durcheinander der Spuren am Grubenrand. „Du mutest uns aber allerhand zu, mein lieber Jürgen."

„Es tut mir leid, die Feuerwehr hat hier ihre Pumpe laufen gehabt, die haben ja nicht gewusst, dass das mal ein Tatort werden würde. Versucht das Beste daraus zu machen, ja?"

Die beiden rühren Gips an und füllen die vielen Spuren mit der weißen Masse. Nach der Aushärtezeit sammeln sie sorgfältig die Proben ein und beschriften jede Tüte mit einer Nummer. Eine grobe Skizze dient als Lageplan, dort werden die Nummern der Gipsabdrücke eingetragen.

Der Hauptkommissar wendet sich an seinen jungen Mitarbeiter. „Alles klar bis jetzt?"

„Klar wie Kloßbrühe, Chef. Ich denke, dass der schwierige Teil erst beginnt."

„Das ist völlig korrekt. Übrigens, wir werden ein paar Tage hier im Ort zubringen müssen. Haben Sie eine Frau oder Freundin, die sie informieren möchten?"

Der junge Kommissar sieht auf den Boden und schüttelt den Kopf. „Nein, ich bin noch ungebunden."

„Das macht nichts, dafür haben Sie noch Zeit genug. Jetzt müssen wir uns um eine Übernachtungsmöglichkeit kümmern. Ich frage mal den netten Herrn von der Feuerwehr, der hat vielleicht eine Idee."

Es gibt mehrere Gasthöfe in der Umgebung. Zum Beispiel die Schinkenklause in Westersode, in Warstade sind noch zwei weitere Pensionen. „Wir können keine großen Ansprüche stellen, wir müssen nehmen, was frei ist."

„Mir ist alles recht."

„Gut, dann beginnen wir mit der dichtesten Möglichkeit, das ist die Schinkenklause in Westersode."

Die Bilder von dem Kolonialwarenhändler beziehungsweise dem Fotolabor, sind nicht mehr fertig geworden. „Wir müssen noch bis morgen warten", vertröstet der junge Mann seinen Chef.

Die Schinkenklause entpuppt sich als gute Wahl. Die wenigen Zimmer sind klein, aber ordentlich, jetzt nehmen die beiden ein reichliches Abendbrot zu sich. Nach der Nässe und der Kälte der letzten Stunden, kommt ihnen der gemütliche Gastraum wie das Paradies vor. Nach dem Essen bestellen sie sich ein Bier, der alte Kommissar hebt sein Glas. „So, mein Junge, ab sofort sagen wir »du« zueinander, ich bin Jürgen."

Werner Hansen willigt gerne ein, er versteht es als Kompliment. „Danke, Herr - äh, Jürgen."

Der nickt beiläufig, er fasst in eine mitgebrachte Tasche und holt einen großen Schreibblock heraus. „Jetzt hast du die Chance zu zeigen, was du kannst. Wir zwei werden jetzt einen Plan für die nächsten Tage entwerfen, diese Skizze wird je nach Erkenntnisgewinn immer wieder überarbeitet." Er sucht nach einem Bleistift. „Schon eine Idee? Jetzt zeige mal, wofür du deine guten Zensuren erhalten hast."

Beide lächeln gelöst, die Suche nach Zusammenhängen ist schwierig, aber interessant, und fordert die Phantasie.

„Wir müssen zuerst die Identität des Toten bestimmen. Ich hoffe, dass sich noch Fingerabdrücke abnehmen lassen."

„Sehr gut, weiter so", feuert ihn sein erfahrener Kollege an.

„Wenn es mit den Fingerabdrücken nicht klappen sollte, müssen wir sehen, ob wir mit dem Foto weiter kommen. Vielleicht ist es jemand aus dem Ort oder er ist hier bekannt."

„Vielleicht ist es ein Mitarbeiter des Zementwerkes", gibt Jürgen zu bedenken. „Du kannst morgen in die Personalabteilung gehen und fragen, ob jemand vermisst wird."

Als sie sich erheben, fällt dem jungen Kommissar auf, wie sein älterer Kollege humpelt. „Dein Bein ist heute wieder schlimm, oder?"

„Das kannst du laut sagen, bei dieser Scheißwitterung gibt es keine Ruhe."

Der nächste Morgen führt sie beide in die Verwaltung des Zementwerks. „Wir sollten versuchen, für ein paar Tage hier ein Büro zu bekommen, jedenfalls so lange, bis geklärt ist, ob der Tote mit dem Zementwerk zusammenhängt."

Die Zusammenarbeit mit der Geschäftsleitung geht problemlos vonstatten, man sichert den beiden Kommissaren jede erdenkliche Unterstützung zu. Der Neubau der Verwaltung ist großzügig ausgeführt worden, deshalb ist bald ein freies Büro gefunden. Es ist ein kleiner Raum, der Maschinenbuchhaltung benachbart. Kommissar Krüsmann hängt sich an das Telefon, sein erster Anruf gilt dem Pathologen. „Friedhelm? Gibt es schon etwas Neues? Nein? Erst im Laufe des Tages, aha. Herr Hansen und ich haben ein Büro in der Verwaltung der Portland bekommen." Er blickt auf das kleine Kärtchen, das in einer Aussparung des Telefons steckt. „Ich gebe dir mal unsere Nummer, dann kannst du hier direkt anrufen." Der zweite Anruf geht an die Spurensicherung. „Ich wollte Ihnen unsere Telefonnummer in der Zementfabrik angeben, falls Sie etwas für uns haben." Er legt den Hörer wieder auf und wendet sich an seinen jungen Kollegen, der gerade den ersten Plan von gestern ergänzt. „Die Spurensicherung kommt heute noch hierher. Sie wollen sich die Stiefel von allen Personen zeigen lassen, die gestern an der Grube waren."

Die Tür wird geöffnet und die Frau von der Anmeldung kommt herein. Sie gibt einen braunen Umschlag ab. „Hier bitte, das wurde eben für Sie abgegeben."

Kommissar Hansen öffnet neugierig den Umschlag und holt zwei Fotos des Toten heraus. „Sehen Sie mal, Chef, die sind gar nicht so schlecht geworden." Die Bilder sind gelungen, fast wie lebendig sieht Josef Kastrup in den Himmel. In dem Umschlag liegt noch eine Rechnung mit dem Hinweis, dass bei Bedarf noch mehr Abzüge angefertigt werden können.

Das Telefon klingelt, Werner Hansen nimmt ab. Es ist der Pathologe Doktor Möllmann, er lauscht eine Weile in den Hörer. „Ja, werd ich ausrichten, danke schön." Er wendet sich an seinen Kollegen. „Der Pathologie ist es gelungen, Fingerabdrücke zu konservieren. Die werden heute noch per Fernschreiber zum Landeskriminalamt nach Hannover geschickt. Und noch was, Chef."

„Ja?"

„Der Mann ist seit neun bis zehn Tagen tot. Die Schussverletzung war eindeutig die Todesursache."

Der Personalchef kommt herein. „Guten Tag, meine Herren." Er hat eine interessante Nachricht für die beiden Kommissare. „Der verschwundene Schlosser ist wieder aufgetaucht." Er weidet sich an den überraschten Blicken der beiden

Männer. „Ja, heute Morgen war er wieder da. Er hat uns erzählt, dass er vorgestern, wie beabsichtigt, die Abkürzung zum Werk nehmen wollte. Auf dem Weg ist ihm die Idee gekommen, dass er viel lieber seine Freundin in Itzehoe besuchen möchte. Eine Stunde später saß er im Bus von Bremen nach Itzehoe."

„Es hat alles sein Gutes", bemerkt Jürgen Krüsmann. „Wäre er nicht gesucht worden, hätte man den Toten in der Tongrube niemals entdeckt."

„Was passiert jetzt mit dem Mann?", möchte Werner Hansen wissen.

Der Personalchef zuckt mit den Schultern. „Das ist niemand von uns, das fällt in die Verantwortung der Montagefirma. Wir würden ihn fristlos entlassen."

Kommissar Krüsmann erhebt sich. „Ich werde mal los und mit dem Foto von dem Toten die Gasthäuser abklappern. Du kannst dich mit der Personalabteilung kurzschließen, vielleicht war der Tote ein Mitarbeiter des Zementwerkes."

Der ältere Kollege hat gerade das Büro verlassen, da wird die Tür zum Nebenraum geöffnet. Eine junge Frau mit roten Haaren steht dort und blickt den Kriminalbeamten überrascht an. „Oh, tut mir leid, ich habe nicht gewusst, dass dieses Büro belegt ist."

Werner Hansen sieht verblüfft zu der jungen Frau hin. Sie hat ein hübsches Gesicht, umrahmt von einer kaum zu bändigenden roten Mähne. „Bleiben sie doch noch!", ruft er ihr nach, als sie sich anschickt, den Raum zu verlassen.

Sie kommt wieder zurück. „Was machen Sie denn hier bei uns?"

Werner Hansen freut sich über ihr Interesse, so kann er sich noch einen Moment mit ihr unterhalten. „Wir sind hier, um den Mord an der Leiche aus der Tongrube aufzuklären."

Die junge Frau wird unerwartet blass, sie räuspert sich nervös. „Woher weiß man denn, dass es ein Mord war, könnte es nicht auch ein Unglücksfall gewesen sein?"

Werner Hansen wundert sich einen Moment über ihr konkretes Interesse an diesem Fall. „Es sind die Umstände, die uns das glauben lassen. Warum sollte man einen Toten aufwendig in einer Tongrube versenken, wenn es ein Unglücksfall war? In so einem Fall würde man die Polizei rufen."

Gabriele Husemann steht erschrocken da, ihr Herz klopft. Sie sollte jetzt besser gehen, sonst fällt dem Kommissar noch ihr merkwürdig verstörter Zustand auf. Am Ende wird er noch misstrauisch, das könnte sie gar nicht gebrauchen. Sie ruft sich zur Ruhe, bisher gibt es keinen Grund zur Panik. Trotzdem, so wohltuend sie den Blick aus seinen blauen Augen empfindet, es ist wohl besser, jetzt zu gehen. Am Ende würde sie noch ein unbedachtes Wort von sich geben. „Es hat mich gefreut, sie kennengelernt zu haben, ich wünsche Ihnen noch viel Erfolg." Besser nicht, denkt sie im Hinausgehen, sie muss heute noch unbedingt mit ihrer Tante sprechen und mit ihr überlegen, wie sie auf die neue Gefahr reagieren können.

Kommissar Hansen nimmt das Bild des Toten, das ihm sein Chef gelassen hat, und geht damit in die Personalabteilung. Völlig unerwartet trifft er dort die Rothaarige wieder. Sie steht neben dem Schreibtisch einer älteren Dame und unterhält sich leise mit ihr. „Oh! Wie nett, Sie wiederzutreffen!"

Die junge Frau reagiert zurückhaltend, verlegen blickt sie auf den Boden. Eigentlich sollte sie dem Polizisten aus dem Weg gehen, und nun laufen sie sich schon zum zweiten Mal über den Weg.

Ihre Tante sieht die Not ihrer Nichte, die muss sich jetzt ganz normal verhalten, sonst fällt sie wirklich noch auf. Sie steht auf und stellt die junge Frau vor. „Gestatten Sie, dass ich Ihnen meine Nichte Gabriele Husemann vorstelle?"

Die junge Frau ergreift etwas abwesend die Hand des Kommissars, dann läuft sie schnell hinaus.

„Was hat ihre Nichte denn? Sie war vorhin schon so merkwürdig."

„Sie hat Sorgen, sie ist sonst nicht so."

„Hm." Kommissar Hansen blickt der jungen Frau hinterher, bis sie auf dem Flur verschwindet und legt dann Thekla von Borstel das Bild vor. „Kennen Sie diesen Mann?"

Erschrocken sieht die Tante auf das erstaunlich gute Foto. Sie erkennt den Mann auf der Stelle wieder. „Nein, ich habe ihn noch nie gesehen", antwortet sie mit fester Stimme. „Ich könnte mit dem Bild durch den Betrieb gehen und fragen, ich kenne nicht alle Mitarbeiter vom Ansehen her."

„Das würden Sie machen? Damit würden Sie mir viel Arbeit abnehmen."

Thekla von Borstel sieht dem jungen Mann hinterher, als er das Büro verlässt. Wenn das jetzt bloß gut geht! Es war schon ein Glück, dass ihre Nichte das Foto nicht gesehen hat, den Schrecken hätte sie vor dem Kommissar bestimmt nicht verbergen können.

Wenige Minuten später ist Kommissar Hansen wieder zurück in seinem Büro. Er studiert wieder den Aufgabenplan, der gestern in der Gaststätte entstanden ist. Das Telefon klingelt. „Hansen, guten Tag." Er kennt die Person am anderen Ende, es ist ein Mitarbeiter der Kriminaltechnik von der Dienststelle in Stade.

„Haben Sie etwas zu schreiben da?"

„Klar, schießen Sie los."

„Wir haben eben ein Fernschreiben aus Hannover erhalten. Der Tote heißt Josef Kastrup, er ist ein alter Bekannter, der mehrfach wegen schwerer Delikte vorbestraft ist. Die letzte Verurteilung war wegen Totschlag zu fünf Jahren Gefängnis, die hat er in der Strafanstalt Fuhlsbüttel abgesessen. Die Entlassung ist drei Monate her, ein Wohnsitz ist uns angegeben worden, der ist jedoch nicht wahrgenommen worden."

Kommissar Hansen schreibt fleißig mit. „Sehr gut, das ist doch schon was, da wird sich mein Chef freuen."

Es ist kurz vor fünf, fast alle Mitarbeiter der Verwaltung haben ihren Arbeitsplatz verlassen und sind auf dem Weg nach Hause. Hauptkommissar Krüsmann kommt herein, auf seinem Gesicht liegt ein zufriedenes Lächeln. Er bemerkt, dass auch sein Kollege eine Neuigkeit hat. „Erzähl du zuerst", fordert er ihn auf.

Werner Hansen holt seine Notiz hervor. „Der Tote konnte identifiziert werden. Er heißt Josef Kastrup und ist vor drei Monaten aus der JVA Fuhlsbüttel entlassen worden. Mehr ist leider nicht bekannt, kein Wohnsitz, kein Arbeitgeber. In der ihm zugewiesenen Wohnung in Altona ist er offenbar nie aufgetaucht."

Jürgen Krüsmann nickt. „Vielleicht gibt es eine Verbindung zur Rotlicht-Szene in Hamburg, das halte ich für möglich. Je nachdem, wie wir hier weiterkommen, sollten wir versuchen, dort eine Spur zu finden.

Kommissar Hansen schreibt die neuesten Erkenntnisse in ihren Arbeitsplan.

Doch jetzt ist sein Chef dran, grinsend zieht er seinen Notizblock heraus. „Ich weiß, wo er abgestiegen ist! So wie wir in der Schinkenklause, dort hat er sich am Dienstag vor einer Woche ein Zimmer genommen. Das Merkwürdige ist, dass er im Voraus bezahlt hat. Na ja, er hatte kein Gepäck dabei, dann kassiert der Wirt schon mal vorher. Am nächsten Morgen ist er nicht mehr gesehen worden." Er steckt die Notizen in seine Aktentasche. „So, jetzt lass uns verschwinden, mich hält hier nichts mehr."

Am Abend in der Schinkenklause hocken die beiden Kommissare seit dem Abendbrot wieder zusammen. „Ich fürchte", sagt Hauptkommissar Krüsmann, „wir werden mit diesem Fall noch unsere liebe Not haben, das sagt mir meine Nase." Er holt den großen Notizblock hervor. „Lass uns mal zusammenfassen, wo wir stehen. Also, wir kennen den Toten, wissen aber nicht, was er hier wollte."

„Die Spurensicherung an der Grube hat nichts Verwertbares gefunden", wirft Werner Hansen ein.

„Ja, es ist wie verhext. Da waren entweder Profis oder Glückspilze am Werk." Kommissar Krüsmann rümpft die Nase. „Die Schnur, mit der der Blinddeckel am Bein befestigt war, ist eine Standardschnur, die jeder Bauer in seiner Scheune hat, damit wird das Getreide beim Mähen zu Garben gebunden. Was hast du mit dem Blinddeckel herausbekommen?"

„Wie du sagst, es ist wie verhext. Der Deckel stammt wahrscheinlich aus dem Eisenlager in der Nähe der Tongrube, die Mitarbeiter nennen es den »eisernen Himmel«."

„Eiserner Himmel?", Kommissar Krüsmann zieht eine Augenbraue hoch.

„Ja, so heißt es hier. Das Problem ist jetzt, dass es für die Stücke kein Verzeichnis gibt, es werden Teile hingebracht und auch entnommen, wie man es gerade benötigt. Es ist bestenfalls ein Indiz dafür, dass der Mörder sich in der Zementfabrik auskennt."

„Wenn ich an die vielen Saisonarbeiter und Montagehelfer denke, ist das keine große Hilfe", Kommissar Krüsmann nickt resigniert mit dem Kopf.

„Leider, das hatte ich auch schon vermutet", ergänzt sein junger Kollege.

„Ich befürchte, wir werden uns hier morgen verabschieden müssen. Wir können hier nicht noch mehr Zeit verschwenden." Er blickt schmunzelnd zu seinem jungen Kollegen. „Was wird dann mit deiner rothaarigen »Freundin«?"

Werner Hansen blickt traurig in sein Bierglas. „Sie geht mir aus dem Weg, ich weiß nicht warum. Sie schleppt etwas mit sich herum. Sorgen, ein Problem, ein dunkles Geheimnis, ich weiß es nicht."

„Sie ist doch niedlich, oder? Wenn ich das als älterer Herr mal sagen darf."

„Ja, unbedingt", fügt der junge Kommissar mit einem Aufleuchten seiner blauen Augen hinzu. „Ich werde mich morgen von ihr verabschieden und ihr meine Telefonnummer auf der Dienststelle in Stade geben. Noch habe ich die Hoffnung nicht aufgegeben."

Kommissar Krüsmann hat noch ein As im Ärmel. „Hättest du Lust, für ein paar Tage nach Hamburg zu fahren, um herauszufinden, ob dieser Josef Kastrup dort irgendwelche Spuren hinterlassen hat? Vielleicht können wir das Problem von der Seite lösen."

Der junge Mann strahlt. „Ganz alleine? Mensch, Chef, das verstehe ich als Kompliment für meine Arbeit."

Jürgen Krüsmann schmunzelt. „Nun musst du nicht gleich übermütig werden. Ich möchte meinem Bein die Lauferei nicht zumuten, es ist zurzeit etwas empfindlich."

„Das tut mir leid zu hören, ich springe gerne für dich ein."

„Siehst du, so habe ich es mir gedacht, du wirst das schon machen. Ich werde dich gleich morgen bei unseren Kollegen in Hamburg am Berliner Tor ankündigen."

Am nächsten Vormittag betritt Thekla von Borstel das provisorische Büro der beiden Kriminalbeamten. Werner Hansen sitzt auf seinem Stuhl und schreibt eine vorläufige Zusammenfassung.

„Sind Sie heute alleine?", fragt sie den jungen Mann.

„Ja, mein Kollege ist in dem Gasthof, in dem der Tote abgestiegen war, dort sind jetzt die Kollegen von der Spurensicherung."

Die Frau wird blass, mit so etwas hatte sie nicht gerechnet. „Meinen Sie, dass man dort noch etwas finden kann?"

„Mein Chef glaubt es nicht, weil die Tat über zehn Tage her ist, und inzwischen viele Personen ihre Spuren hinterlassen haben, aber versuchen muss man es auf jeden Fall. Aber zu Ihnen, haben Sie etwas für mich?"

Thekla von Borstel hat beinahe den Anlass für ihren Besuch vergessen. „Äh, ja. Ich bringe Ihnen Ihr Foto zurück. Aus unserer Firma ist es niemand."

Werner Hansen ist betroffen. „Oje, das müssen Sie entschuldigen, ich habe Ihnen gar nicht Bescheid gesagt, wir wissen inzwischen, wer der Tote ist."

„Sie wissen, wer das ist?" Seine Besucherin ist sichtbar entsetzt. Sie ringt kurz nach Luft, dann hat sie sich wieder in der Gewalt.

„Ja, wir konnten ihn anhand der Fingerabdrücke identifizieren." Kommissar Hansen ist sichtlich stolz. „Es ist jemand aus Hamburg, wir wissen nur noch nicht, was er hier wollte."

Thekla von Borstel räuspert sich. „Das werden Sie schon herausfinden, ich wünsche Ihnen Glück", sie wendet sich zur Tür.

„Danke, das können wir gebrauchen." Er besinnt sich einen Moment. „Frau von Borstel, warten Sie doch einen Moment."

Sie dreht sich nervös zu ihm um. „Was möchten Sie denn noch?"

Werner Hansen ist etwas verlegen, aber es gibt einen Punkt, den er gerne mit der Tante der Gabriele Husemann besprechen möchte. „Nehmen Sie doch bitte Platz, ich habe noch eine ganz andere Frage."

Die Frau setzt sich an den Tisch und sieht ihn aufmerksam an.

Der Kommissar ist sichtlich verlegen, er räuspert sich. „Ihre Nichte ist mir sehr sympathisch. Ich würde Sie gerne näher kennenlernen, deshalb habe ich eine Frage." Er blickt kurz auf den Tisch, dann sieht er wieder seinen Gast an. „Das ist mir sehr wichtig."

Thekla von Borstel lächelt zum ersten Mal, seit sie in dieses Büro gekommen ist. Sie ahnt, was er sie fragen möchte, und ist erleichtert, dass es offenbar nichts mit diesem unseligen Toten zu tun hat. „Nur zu, wenn es nicht zu privat ist."

„Äh, ja, vielleicht. Hat Fräulein Husemann einen Freund?"

Jetzt ist es raus, Thekla von Borstel schmunzelt, genau diese Frage hatte sie vermutet. „Ich kann sie beruhigen, sie ist ungebunden. Wissen Sie, sie hat in der Vergangenheit eine Menge Ärger mit einem Mann gehabt, seitdem hat sie von den Männern genug", sie macht eine Pause, „mehr als genug. Das hat gar nichts mit Ihnen zu tun."

Werner Hansen fällt ein Stein vom Herzen. „Sie meinen, ich darf mir noch Hoffnung machen?"

„Versprechen kann ich natürlich nichts, das liegt ganz bei meiner Nichte. Deshalb schlage ich vor, Sie versuchen es, wenn dieser Fall abgeschlossen ist, wieder. Ich werde bis dahin ein gutes Wort für Sie einlegen." Der Fall muss erst beendet sein, vorher kann sich ihre Nichte nicht mit ausgerechnet dem Polizisten einlassen, der diesen Fall bearbeitet, auch wenn er noch so nett ist.

Werner Hansen strahlt sie an. „Das würden Sie für mich tun?"

„Sicher, warten Sie nur etwas ab, so etwas kann man nicht erzwingen. So, jetzt muss ich wieder an meine Arbeit." Sie steht auf und verlässt den Raum.

Später, nach dem Feierabend auf dem Weg nach Hause, spricht sie ihre Nichte auf den jungen Polizeibeamten an. „Der junge Kriminalkommissar ist doch entzückend, oder?"

Laut brummt der Motor des Volkswagens und erschwert das Gespräch. Gabriele Husemann seufzt vernehmlich. „Ja, irgendwie schon. Aber ich möchte vorerst nichts mehr mit Männern zu tun haben. Das größte Problem für mich ist die Verbindung des Falles mit mir. Immer, wenn er mich ansieht, denke ich, dass er alles in meinen Augen ablesen kann."

Freitag, der 19. März 1965, die beiden Kommissare räumen ihr provisorisches Büro auf. Anschließend sucht Jürgen Krüsmann den Personalchef auf. „Herr Dohrmann, nach unseren bisherigen Ermittlungen gibt es keine Verbindung zwischen dem Toten und ihrem Zementwerk."

Der Personalchef nickt, „darüber sind wir froh, obwohl es uns lieber gewesen wäre, Sie hätten den Fall lösen können."

„Mit diesem Wunsch stehen Sie nicht alleine, gleichwohl, ganz umsonst war der Aufenthalt hier nicht, einiges haben wir schon erfahren, wir werden Sie heute verlassen, auch im Namen meines Kollegen bedanke ich mich für die freundliche und kooperative Aufnahme."

„Bitte, das war doch selbstverständlich."

„Dann bis zum nächsten Mal!"

Die beiden Männer sehen sich verblüfft an und beginnen zu lachen. „Um Gotteswillen, nein!"

Kommissar Hansen möchte sich von Fräulein Husemann in der Maschinenbuchhaltung verabschieden. Sie sitzt gerade vor einem der beiden Buchungsmaschinen, und gibt geschickt und schnell Zahlen und Buchstaben ein. Die Maschine ist laut, sie bemerkt zunächst nicht, dass der junge Mann hinter ihr steht.

Doch plötzlich nimmt sie ihn wahr und zuckt zusammen. „Um Gotteswillen, Herr Hansen! Sie haben mich aber erschreckt!"

„Das wollte ich nicht, entschuldigen Sie bitte. Ich wollte mich nur verabschieden, wir sind hier jetzt fertig."

„Einen kleinen Moment, warten Sie bitte draußen, bis ich diese Seite fertig habe."

Wenn es weiter nichts ist, denkt Werner Hansen, er verlässt den Raum und setzt sich auf den Stuhl, der für ein paar Tage sein Arbeitsplatz gewesen ist. Nach wenigen Minuten kommt Fräulein Husemann herein. Ihre grünen Augen taxieren ihn vorsichtig, als versuche sie, in seiner Mimik irgendetwas zu erkennen.

„Setzen Sie sich doch, mein Kollege ist unterwegs."

Sie nickt und nimmt auf dem Stuhl ihm gegenüber Platz.

„Fräulein Husemann, mein Kollege und ich werden uns heute nach Stade verabschieden. Unsere Ermittlungen sind, was das Zementwerk und die nähere Umgebung betrifft, in jeder Hinsicht ins Leere gelaufen. Ich hoffe, dass Sie mich in Erinnerung behalten und würde mich freuen, wenn Sie und ich Kontakt halten könnten." Er reicht ihr den Zettel mit seiner Telefonnummer auf der Dienststelle.

Gabriele Husemann glaubt für einen Moment, sie hätte sich verhört. „Heißt das, dass Sie den Mörder nicht finden können?" Sie spürt ein erstes Glücksgefühl, hoffentlich ist es nicht so deutlich, dass es dem Kommissar auffällt.

„Das kann man so nicht sagen. Wenn wir so schnell aufgeben würden, hätten die Verbrecher leichtes Spiel. Nein, wir fangen gerade erst an. Ich werde vielleicht schon nächste Woche nach Sankt Pauli fahren, vielleicht können wir dort eine Spur aufnehmen."

Das eben bei Gabi aufgeflammte Glücksgefühl verlöscht auf der Stelle, als hätte man ein Glas Eiswasser darüber gekippt. Dann ist also immer noch nicht Entwarnung, diese ständige Anspannung wird sie nicht mehr lange aushalten. Am Ende erinnert sich in Hamburg jemand an sie, ihre roten Haare sind doch sehr auffällig. „Wie schön für Sie", haucht sie mit letzter Kraft.

Was hat dieses Mädchen nur, wundert sich Kommissar Hansen, für einen Moment glaubte er so etwas wie Freude erkannt zu haben, jetzt ist es wieder vorbei. Er blickt ihr prüfend in die Augen. „Versprechen Sie mir, dass Sie sich an mich wenden, wenn Sie Schwierigkeiten haben?"

Gabi nickt und sieht auf den Zettel. Sie räuspert sich. „Das werde ich tun, bestimmt." Sie steht auf. „Entschuldigen Sie, ich muss wieder an meine Arbeit."

Kommissar Hansen greift nach ihrer Hand und hält sie fest. „Ich wünsche mir sehr, Sie bald wiederzusehen."

Sie nickt zaghaft und eilt dann rasch aus dem Zimmer.

Der junge Mann sieht ihr nachdenklich hinterher. Was ist das nur mit diesem Mädchen? Aber immerhin ist sie nicht sofort davon gestürzt, so wie am ersten Tag.

Der Ausflug nach Sankt Pauli

Zehn Tage nach der Rückkehr nach Stade, sitzt Kommissar Hansen in der Regionalbahn nach Hamburg. Den Abschlussbericht, den er und Hauptkommissar Krüsmann ausgearbeitet haben, hat er bei sich, das Bild des Toten ist Teil der Unterlagen. Der Besuch ist von seinem Kollegen bei der Hamburger Kriminalpolizei schon angekündigt worden. Bis eben hat er noch in der Akte gestöbert, nun steckt er sie in seine Tasche und sieht aus dem Fenster. Gleich wird der Zug den Hamburger Hauptbahnhof erreichen, dort muss er umsteigen. Das Gewirr der Menschen auf dem riesigen Bahnhof ist erdrückend, von allen Seiten ertönen Lautsprecherdurchsagen, Kommissar Hansen muss seine fünf Sinne beisammen halten und sich auf die Anzeigen konzentrieren. Bis Berliner Tor ist nur eine Station zu fahren, dann steht er vor dem erst vor drei Jahren erbauten Hochhaus der Polizei in der Straße »Beim Strohhause«. Beeindruckt sieht er an dem achtzehnstöckigen Gebäude hinauf, das ist schon etwas Anderes, als bei der Polizei in Hannover oder gar in Stade.

Kriminalhauptkommissar Tönnsmeyer ist sein Gesprächspartner. „Guten Tag, junger Mann. Wie gefällt es Ihnen in unserem neuen Gebäude?"

Werner Hansen ist immer noch beeindruckt, große Fenster erlauben einen weiten Blick über die Stadt. „Sehr gut! Ich kann mich gar nicht sattsehen an dem Ausblick."

„Dabei sind wir hier erst im zehnten Stock. Ja, das ist etwas anderes als in dem alten DAG Haus am Karl-Muck Platz." Er mustert seinen Besucher wohlwollend. „Ich hatte nicht mit so einem jungen Mann gerechnet. Wenn ich an die Ankündigung von Kommissar Krüsmann denke, hatte ich einen alten Haudegen mit mindestens zwanzig Jahren Erfahrung erwartet."

Dieses offensichtliche Lob ist dem jungen Kommissar etwas unangenehm. Der erfahrene Hamburger Beamte bemerkt es. „Das muss Ihnen nicht peinlich sein, das spricht doch für einen guten Eindruck, den sie bei Ihrem Kollegen hinterlassen haben." Er zieht eine Schublade auf und legt eine Kopie des Berichtes, den Kommissar Hansen bei sich führt, auf den Tisch.

„Das kam gestern mit der Post, ich bin noch nicht dazu gekommen, reinzugucken. Bringen Sie mich bitte auf den neuesten Stand, was haben Sie bisher herausgefunden?"

Kommissar Hansen berichtet, er beschreibt den Fund der Leiche und die schwierige Spurenlage. Wegen der Herkunft des Toten aus Hamburg geht Kommissar Krüsmann von einer Verbindung zum Rotlichtmilieu aus. „Darum bin ich hier. Wir wollen versuchen, den Fall vielleicht zu klären, indem wir den Weg des Josef Kastrup von Hamburg aus bis in unsere Gegend nachvollziehen."

Kommissar Tönnsmeyer blättert in dem Bericht. „Ich werde mal heraussuchen lassen, was wir über diesen Kastrup in den Akten haben, einen Moment, bitte." Er steht auf und verschwindet kurz im Vorzimmer. Er kommt zurück - „das werden wir gleich haben - was haben Sie denn bisher in Hannover gemacht?"

„Ich habe nach meinem Abitur bei der Polizei in Hannover angefangen. Nach zwei Jahren Ausbildung zum Streifenpolizisten und einem Jahr praktischer Tätigkeit habe ich mich entschlossen, doch die Laufbahn zum Kriminalbeamten einzuschlagen und habe jetzt drei Jahre an der Polizeischule hinter mir."

Kommissar Tönnsmeyer grinst ihn an. „Etwa zu der Zeit hat auch die Serie »Stahlnetz« angefangen, nicht wahr?"

Werner Hansen nickt und lächelt. „Kann sein, dass das eine Rolle gespielt hat."

„Und, haben Sie Ihre Entscheidung schon bereut?"

„Nein, keine Minute, das ist genau das Richtige für mich. Ich mag die Arbeit und die Kollegen sind sehr nett und hilfsbereit."

Eine Sekretärin kommt herein und legt dem Kommissar einen dicken Ordner auf den Schreibtisch. „Bitte sehr, Herr Tönnsmeyer!"

„Danke!", ruft er ihr hinterher. Er schlägt den Ordner auf. „Alle Wetter, der Mann ist beileibe kein unbeschriebenes Blatt." Er blättert die Seiten rasch durch. „Mehrere Gefängnisstrafen bis hin zum Totschlag, der Mann hat allerlei auf dem Kerbholz. Ich sehe beim ersten Überblick auch, dass mehrere Adressen in Sankt Pauli vermerkt wurden. Ihr Chef liegt mit seiner Vermutung also genau richtig. Er ist eben ein alter Hase, das kann man merken." Er klappt den Ordner wieder zu und sieht seinen Besucher an. „Ich schlage vor, Sie besuchen das Polizeirevier 15 in der Davidstraße. Das wird Sie bestimmt interessieren, ich nehme an, Sie erinnern den Film von Jürgen Roland?"

Werner Hansen strahlt. „Natürlich! Den habe ich mir kurz nach dem Erscheinen vor einem Jahr im Kino angesehen."

„Wenn jemand weiß, was dieser Kastrup zuletzt getrieben hat, dann sind es unsere Kollegen von der Davidwache", Kommissar Tönnsmeyer nickt zu seinen Worten.

So kommt es, dass Kommissar Werner Hansen nun die Treppe der U-Bahnhaltestelle St. Pauli nach oben steigt. Nach der Beschreibung von Kommissar Tönnsmeyer hat er nun zwei Möglichkeiten, entweder zu Fuß zu gehen, oder die Straßenbahn bis zur Davidstraße zu benutzen. Er beschließt, die sechshundert Meter zu gehen, um sich einen Eindruck von der bekanntesten Amüsiermeile der Welt zu verschaffen. Es beginnt mit einer Bowlingbahn zur Linken, es folgt das Operettenhaus. Hinter dem Panoptikum, einem Wachsfigurenkabinett, beginnt der Spielbudenplatz, die Parallelstraße zur Reeperbahn trennt einen schmalen Streifen ab. Hier geht es anscheinend gemütlicher zu. Einige Damen stehen herum und sehen ihm hinterher, etwas unbedarft kreuzt er ihre Blicke. Verdammt, schießt ihm durch den Kopf, das sind Prostituierte vom Straßenstrich! Er versucht den Blicken der Damen, die ihm jetzt auch etwas spärlich bekleidet vorkommen, auszuweichen. Es kommt ihm vor, als wenn er mindestens rote Ohren bekommen hat. Er greift seine Tasche fester und geht mit flottem Schritt vorwärts. Das wäre ja jetzt eine Möglichkeit, seine Unschuld zu verlieren, denkt er. Er ohrfeigt sich innerlich für diesen Ausrutscher. Niemals mit einer Prostituierten, es muss so klappen!

Es gibt ganz normale Geschäfte, ein großer Tanzsaal mit Cabaret - das Zillertal, ein Hallenbad, das Sankt Pauli Theater, dahinter erkennt er das Gebäude der Davidwache, wie er es aus dem Film erinnert. Der dunkelrote Backsteinbau mit dem spitzen Giebel und den Schmuckkeramiken ist unverkennbar. Mit klopfendem Herzen betritt er den Wunschtraum seiner jungen Jahre.

Im Wachraum ist heute am frühen Nachmittag nicht viel los. Zwei Paare und ein einzelner Mann stehen vor dem Tresen aus weiß gestrichenem Holz. Ein Polizist in dunkelblauer Uniformhose und weißem Hemd tritt auf ihn zu.

„Ich bin Kommissar Werner Hansen, ich bin hier verabredet", stellt er sich vor.

„Ach, Sie sind das. Unser Chef erwartet Sie schon, kommen Sie mit."

Er führt den jungen Mann in das Büro des Schichtführers. „Hier, Wolfgang, das ist der Besucher, der uns angekündigt worden ist."

Wolfgang stellt sich als Polizeihauptwachtmeister Frenzen heraus, ein stämmiger Mann Mitte vierzig, der seinen jungen Besucher mit seinen dunklen Augen neugierig mustert. „Ich bin versucht zu fragen, ob Sie jetzt nicht eigentlich zu Hause Schulaufgaben machen sollten." Er lacht ihn laut und fröhlich an. „Ich freue mich, Sie in der berühmtesten Polizeiwache Deutschlands begrüßen zu dürfen, lieber Kollege!" Ein kräftiger Händedruck beendet die Zeremonie, er zeigt auf den Besucherstuhl. „Setzen Sie sich. Soll ich Ihnen einen Kaffee bringen lassen?"

Eine Dame in mittlerem Alter erscheint aus der Schreibstube und bringt in einem Porzellanbecher einen heißen, aber etwas dünnen Kaffee.

„Einen Moment, Gisela!", ruft ihr der Revierführer zu und mustert dann seinen Besucher. „Wollen Sie heute wieder nach Hause fahren? Das wird zeitlich kaum klappen, deshalb empfehle ich, dass wir für Sie ein Hotelzimmer buchen." Er sieht zu seiner Mitarbeiterin hoch. „Bist du so nett und buchst du ein Zimmer im Esplanade an der Holstenstraße? Ja? Du bist ein Schatz." Er blickt wieder zu seinem Besucher. „Das ist doch in Ihrem Sinne, oder?"

Werner Hansen schmunzelt. „Natürlich, ich fühle mich im Moment nur etwas überrumpelt."

„Glauben Sie mir, sie brauchen die Zeit. Erstens sind wir noch nicht fertig, außerdem empfehle ich Ihnen einen Besuch der Reeperbahn heute Abend. Ein junger Mann und dazu noch Polizist, das muss doch sein."

„Ich, äh…" Werner Hansen geht es jetzt doch etwas schnell.

Der Revierführer lacht lauthals mit tiefer Stimme. „Sie sind ja schüchtern, mein lieber Junge. Wissen Sie was, Sie können nachher mit der Spätschicht Streife gehen. Dann haben Sie für alle Fälle einen Schutz, und Polizeioberwachtmeister Dierksen wird Ihnen sicher einiges über den Kiez erzählen wollen."

Der junge Kommissar möchte nicht als schüchtern gelten, allein wäre ihm jedoch am Abend auf der Reeperbahn etwas unwohl gewesen. Er ist froh, dass er die Gelegenheit erhält, sich der Streife anschließen zu können.

Wachtmeister Frenzen unterbricht seinen Gedankengang. „So, nun lassen Sie mal hören, was Sie auf dem Herzen haben."

Werner Hansen holt den Berichtsordner aus seiner Tasche und zeigt das Bild von Josef Kastrup dem Revierführer. Der sieht sich das Bild an. „Das ist allerdings kein Unbekannter für uns. Wir haben hier jemanden, der hatte vor Kurzem mit ihm zu tun." Er blickt zur Tür und ruft mit lauter Stimme: „Norbert, kommst du mal?"

Norbert Steffens ist Polizeiwachtmeister, ein drahtiger Mann in mittleren Jahren mit kurzen schwarzen Haaren.

„Hol dir einen Stuhl und setz dich zu uns."

Der Wachtmeister wirft einen Blick auf das Bild. „Natürlich, das ist Joe. Früher oder später musste es ihn erwischen." Er berichtet ausführlich von einer Schlägerei, die er vor ein paar Wochen schlichten musste. „Dieser Kastrup war nicht zum ersten Mal der Rädelsführer. Ich halte ihn für einen der gefährlichsten Männer in diesem Revier, der kannte überhaupt keine Skrupel."

„Haben Sie eine Erklärung dafür, warum er ausgerechnet in einer Tongrube im Land Hadeln versenkt worden ist? Ich suche nach einer Verbindung zwischen dem Kiez und unserer eher ruhigen Gegend." Werner Hansen sieht den Polizisten hoffnungsvoll an.

„Tja. So direkt habe ich keine Idee. Vielleicht ist er geflüchtet und es war ihm jemand auf den Fersen." Er überlegt einen Moment. „Ich kenne jemanden, der könnte uns vielleicht weiterhelfen. Es ist Jakob, oder auch Jacko Dräger, er arbeitet als Informant für uns." Er sieht ihren Besucher an. „Ich werde dafür sorgen, dass er von der nächsten Schicht befragt wird, bis heute Abend werden wir sicher etwas in Erfahrung bringen können."

Der Revierführer wendet sich an Werner Hansen:„Das könnte Sie doch weiterbringen, oder? Übrigens, in einer Viertelstunde ist Wachwechsel. Ich werde Sie der neuen Schicht vorstellen, dann können Sie Sankt Pauli von ganz unten kennenlernen."

Die Polizisten von der nächsten Schicht trudeln nach und nach in Zivil ein und verschwinden im Umkleideraum. Für die Dauer der Übergabe befinden sich fast doppelt so viele Beamte auf der Wache, wie sonst. Alle Informationen des Tages werden an die Kollegen der Folgeschicht übergeben. Dann lichten sich die Reihen, die Frühschicht verschwindet in den Duschen und dem Umkleideraum, Kommissar Hansen verfolgt die Vorgänge mit großem Interesse. Eine halbe Stunde später kommt ein Polizist zu ihm, komplett mit dunkler Uniformjacke und umgeschnalltem weißem Koppel, mit Pistole in einem weißen Holster. „Sie wollen mit uns auf Streife gehen, habe ich gehört?"

Der junge Mann ist jetzt spürbar aufgeregt. Er nickt. „Ich freue mich, dass Sie mir Ihr Revier zeigen wollen."

„Kein Problem, das ist doch Ehrensache."

Es ist 15:30 Uhr, Kommissar Hansen schließt sich der Streife an. Es sind Polizeiwachtmeister Hintelmann und sein Streifenführer, Polizeioberwachtmeister Dierksen, der ihn eben beim Revierführer abgeholt hatte. Die beiden Polizisten setzen noch ihre weiße Uniformmütze auf, dann geht es los.

„Unser Revier ist das kleinste in Europa", erläutert ihm sein Begleiter. „Es misst knapp einen Quadratkilometer und hat 14000 Einwohner, die müssen wir mit knapp einhundert Beamten in Schach halten." Er spricht kurz mit seinem zweiten Mann und wendet sich dann wieder zu dem jungen Kommissar. „Wir gehen mal eine Runde und Sie kommen einfach mit. Wenn Sie Pech oder Glück haben, je nach Betrachtungsweise, passiert auch etwas. Kennen Sie die Herbertstraße?"

„Äh, ich habe davon gehört, bin aber noch nie da gewesen."

„Gut, dann werden wir dort heute Streife gehen. Normalerweise suchen wir die Straße nur auf, wenn wir gerufen werden, um den Damen das Geschäft nicht zu verderben, aber heute machen wir mal eine Ausnahme."

Nach einem kurzen Fußweg biegen die beiden Uniformierten rechts ab und treten seitlich durch eine grün angestrichene Sichtblende. „Die steht seit 1933 hier", informiert ihn der Streifenführer. „Die Nazis wollten die Prostitution ganz abschaffen, aber leider sind zu viele von ihren eigenen Leuten Stammkunden gewesen! Da haben sie die Herbertstraße eben versteckt." Er lacht laut. „ '45 sind die Nazis verschwunden, aber die Blenden sind geblieben." Er weist mit einem Nicken des Kopfes zu den Fenstern. „Sehen Sie die Frauen dort? Um diese Zeit ist nicht viel los, insgesamt sind etwa zweihundertfünfzig Frauen nur in dieser hundert Meter langen Straße mit Prostitution beschäftigt."

Werner Hansen wäre beinahe der Mund offengeblieben. Längs der Straße haben die Häuser viele Fenster, hinter denen die Damen mehr oder wenig unvollständig angezogen sitzen und durch Klopfen an der Scheibe auf sich aufmerksam machen. Er fühlt sich in keiner Weise angezogen, die ganze Situation ist mehr beklemmend und erniedrigend, als erotisch oder frivol.

Eines der Fenster wird gerade geöffnet. Es gibt einen kurzen Wortwechsel zwischen einem Mann und der Frau hinter der Scheibe. Sie werden sich offenbar handelseinig, der Mann verschwindet einen Moment später in einer Haustür.

Der Polizist bemerkt die erstaunten Blicke seines Kollegen. „Prostitution gibt es hier seit über hundert Jahren, seitdem diese Gegend bebaut ist. Früher war sie zwischen die Tore der Städte Hamburg und Altona verdammt, jetzt, einhundert Jahre später, liegt sie mitten in der Stadt. Bedenken Sie auch, dass die Frauen in den seltensten Fällen ihren Verdienst behalten dürfen. Die allermeisten sind von irgendwelchen Zuhältern abhängig, die ihnen fast alles wieder abknöpfen."

Kommissar Hansen hat zwar gewusst, dass das System so funktioniert, aber dass die Polizei das alles weiß und so laufen lässt.… „Können Sie nicht dagegen vorgehen?"

„Das würden wir gerne, nur können wir die Frauen nicht zur Aussage bewegen, in fast allen Fällen haben sie zu viel Angst vor ihren Zuhältern. So verläuft dieses Gewerbe wie seit dem Beginn aller Zeiten, es sind die Männer, die sich daran bereichern, nie die Frauen – von wenigen Ausnahmen einmal abgesehen."

Mit einem unbehaglichen Gefühl im Bauch sieht der Kommissar in die Fenster mit den zur Schau gestellten Frauen, dann verlassen sie diese merkwürdige Straße. Die Streife führt sie nun zum Hans Albers Platz. „Dieser Platz heißt erst seit Kurzem so, bis vor einem Jahr hieß er einfach Wilhelm-Platz. Und zwar nicht wie ein bestimmter Wilhelm, lediglich wie ein männlicher Vorname. Es ist dasselbe System, nach dem auch die Herbertstraße oder die Davidstraße benannt worden sind."

Aha, wieder etwas dazu gelernt. Aufmerksam verfolgt Kommissar Hansen das zunehmende Treiben auf den Straßen. Allmählich setzt die Dämmerung ein, der Schein der Leuchtreklamen und der Schaufenster wirft erste Lichtreflexe auf die Straßen. Die Tour führt sie mit einem Abstecher in die Große Freiheit und wieder zurück auf die Reeperbahn. Beim Café Keese wechseln sie die Straßenseite und gehen am Spielbudenplatz zur Wache zurück. Auf dem Straßenstrich am Spielbudenplatz herrscht Hochbetrieb. Selbst die Anwesenheit der beiden Polizisten scheint das Werben der Frauen um die Freier nicht zu beinträchtigen.

Aus einer der Türen dringt Geschrei, eine gellende Frauenstimme dringt laut auf den Bürgersteig. Die beiden Begleiter von Werner Hansen reagieren schnell, mit einem Mal halten sie ihren weißen Knüppel in der Hand und laufen in den Hauseingang. Der junge Kommissar bleibt zurück und verfolgt das Geschehen vom Bürgersteig aus. Eine Frau tritt zu ihm, sie ist vielleicht dreißig Jahre alt, hat eine wasserstoffblonde Dauerwelle und ein stark geschminktes Gesicht. „Hallo Süßer, wartest du auf jemanden?", fragt sie ihn mit kratziger Stimme.

Erschrocken sieht er sie an, ihr Gesicht ist verlebt, ihre Augen haben ihren Glanz verloren. „Nein, nein. Ich will alleine bleiben!"

Die Nutte sieht ihn kurz an, zuckt mit den Schultern und geht weiter, langsam entfernen sich klackernd ihre hohen Absätze auf dem Gehsteig. Werner Hansen fühlt plötzlich so etwas wie Mitleid mit der Frau, jeden verdammten Tag diesen entwürdigenden Job auszuüben, und dann noch nicht mal auf eigene Rechnung, es ist schwer zu verdauen.

Seine beiden Stadtführer kommen aus dem Haus. Sie führen einen Mann an Handschellen mit, eine Prostituierte begleitet die drei. Auf seinen fragenden Blick antwortet der Streifenführer: „Wir werden den Mann wegen Beischlafdiebstahl anzeigen. Bärbel hier", er zeigt auf die Langbeinige mit dem kurzen Rock, „ist unsere Zeugin."

Der Betrieb auf der Wache hat deutlich zugenommen. Die fünf Polizisten, die den Innendienst bewältigen, haben gut zu tun. Der Mann, den seine beiden Führer festgenommen haben, wird jetzt in eine der Zellen in den Keller gesperrt. Die Prostituierte scheint den Ablauf zu kennen, sie setzt sich in ein Nebenzimmer und erhält Besuch von einem Wachmann, der die Anzeige aufnimmt.

Ein Polizist tritt auf den jungen Mann zu. „Kommissar Hansen?"

„Ja, das bin ich." Er kommt sich zwischen all den erfahrenen Polizisten wie ein Anfänger vor und ist überrascht, mit seinem Dienstgrad angesprochen zu werden.

„Mein Name ist Klaus Borcholte. Ich habe eine Nachricht von Norbert Steffens erhalten, dass ich Jacko Dräger nach Joe Kastrup ausfragen soll."

Über all dem Trubel hatte Kommissar Hansen beinahe seinen eigentlichen Auftrag vergessen. Plötzlich fällt ihm alles wieder ein. „Oh, das ist gut, haben Sie etwas für mich?"

„Ja, das wird Sie interessieren, kommen Sie doch kurz mit, hier versteht man ja sein eigenes Wort nicht."

Werner Hansen verschwindet für einen Moment, holt seine Tasche aus dem Büro des Revierführers, und betritt den Protokollraum. Der Raum ist klein, das einzige Mobiliar ist ein kleiner Holztisch mit drei Stühlen. An einer Wand hängt ein Kalender der Hamburger Polizei, mit einem Blatt pro Monat. Das Scharren des Stuhles, als er sich setzt, hallt von der kahlen Wand zurück.

„Hier ist es ja urgemütlich", entschlüpft es dem jungen Kommissar.

„Die Ganoven sollen es hier nicht gemütlich finden, das fehlt noch!", antwortet sein Kollege vom Kiez, dann lachen beide.

Polizeioberwachtmeister Borcholte wartet, bis Kommissar Hansen seinen Notizblock bereitgelegt hat, und beginnt zu erzählen. „Jacko Dräger ist einer unserer Informanten. Ich habe ihn vorhin aufgesucht und ihn gefragt, was er über Josef Kastrup weiß. Ich habe von ihm gehört, dass er ihn vor drei Wochen zuletzt im Salambo gesehen hat." Er blickt seinen Besucher an. „Das ist doch wichtig für Sie, oder?"

Kommissar Hansen sieht von seinem Block auf. „Unbedingt, darum bin ich hier. Hat er Ihnen noch mehr erzählt?"

„Warten Sie's ab, das Beste kommt noch. Ich habe ihn gefragt, ob er weiß, wo Joe jetzt steckt. Er sagte, das Letzte, woran er sich erinnert, war ein Streit mit Gerd Oppermann. Danach ist Joe nicht mehr aufgetaucht."

„Kann man diesen Herrn Oppermann auch befragen?"

Der Polizist schüttelt den Kopf. „Das können Sie vergessen. Zum einen ist dieser Oppermann kein Informant von uns, sondern einer der besonders unangenehmen Zuhälter." Er sieht seinen jungen Besucher an. „Ich schlage vor, dass Sie mit unserer Kriminalpolizei Kontakt aufnehmen. Für mich sieht es so aus, als ob ihr Todesfall eher ein Gebietskampf unter den Zuhältern war."

„Bis hin zu uns? Sind die Brüder übergeschnappt?", entfährt es dem jungen Kommissar.

Klaus Borcholte nickt. „Das steht zu befürchten. Die Ermittlung wäre hier bei uns besser aufgehoben. Der zuständige Beamte ist Hauptkommissar Rörup." Er nimmt einen kleinen Zettel und schreibt eine Telefonnummer darauf. „Hier bitte, unter der Nummer können Sie ihn meistens erreichen."

Kommissar Hansen sieht von seinem Notizblock auf und nimmt den Zettel an sich. „Ich bin jetzt ein ganzes Stück weitergekommen, der Besuch auf ihrem Revier hat mir eine Menge gebracht, in jeder Hinsicht."

„Das freut mich", Polizeioberwachtmeister Borcholte steht ebenfalls auf. „Wir freuen uns immer, wenn wir Kollegen weiterhelfen können." Er reicht ihm zum Abschied die Hand.

Werner Hansen steckt seine Notizen ein und geht in die Wachstube zurück. Er bedankt sich nochmals bei den Kollegen von der Streife und lässt sich den Weg zum Esplanade-Hotel beschreiben. Er will gerade die Davidwache verlassen, da klingelt eines der Telefone. „Schlägerei im Safari!", ruft der Beamte, lässt den Hörer auf die Gabel fallen und läuft zu seinem Revierführer. Der stürzt aus seinem Büro und ruft: Los, wir brauchen vier Mann! Klaus, Norbert, Wolfgang, Siegfried!"

Von hinten ertönt eine Antwort.

„Was, Siegfried kann gerade nicht? Dann nehmt Dieter stattdessen mit. Thomas macht den Streifenführer. Sobald Siegfried klar ist, kommt er hinterher! Los jetzt, dalli!"

Keine Minute später eilen fünf bewaffnete Polizisten an Werner Hansen vorbei nach draußen. Die Wache ist nahezu verwaist. Er wendet sich an einen der verbliebenen Polizisten. „Was ist denn im Safari los, dass so viele Leute nötig sind?"

„Das ist dort leider oft so. Das Safari ist ein großes Lokal in der Großen Freiheit und die haben häufig merkwürdige Kundschaft. Aber vielleicht hat das jetzt ein Ende, mit der C-Schicht ist nicht gut Kirschen essen."

Inzwischen ist es dunkel geworden. Werner Hansen steht mit seiner Tasche auf der Reeperbahn und geht in Richtung Westen, zur Holstenstraße. Die Lichtreklamen leuchten in allen Farben, unterstützt von grellen Neonleuchten, aus jeder Tür dringt eine andere Musik und bildet zusammen mit dem immer noch herrschenden Straßenlärm eine ganz besondere Kakofonie.

Im Esplanade herrscht dagegen angenehme Ruhe. Es liegt etwas abseits vom Kiez, nur der Straßenlärm der Holstenstraße dringt schwach durch die dünne Fensterscheibe. Der Kommissar liegt auf dem Bett und lässt den vergangenen Tag Revue passieren. Viel hat er heute erlebt, am meisten hat ihn die Davidwache beeindruckt. Der interessante und direkte Kontakt zur Welt der Verbrecher war für ihn sehr spannend gewesen. Einen tiefen Eindruck hat in ihm das Leben der Frauen auf dem Strich hinterlassen. Es fehlt irgendwie das Glück, das eine Beziehung aus Mann und Frau doch immer begleiten sollte. Stattdessen geht es nur um Geld, Erniedrigung und Ausbeutung.

Er liegt rücklings auf dem Bett und sieht an die Decke. Er ist kurz vorm Einschlafen, seine Gedanken wandern etwas unkontrolliert umher. Jetzt sieht er Fräulein Husemann vor sich, ihre grünen Augen und ihr wallendes, rotes Haar. Warum hat es mit ihm und den Mädchen bisher nicht geklappt? Na, gut, es war zum Teil der Mangel an Gelegenheiten. Und wenn sich doch einmal eine ergab, dann stellte er sich ungeschickt an. Bei der jungen Frau aus der Verwaltung der Hemmoor Zement dagegen spürt er irgendetwas. Sie wirkt so schutzbedürftig, so empfindsam. Sie geht ihm aus dem Weg, aber nicht aus Abneigung, sie verbirgt etwas vor ihm. Ob sie sich wohl bei ihm melden wird? Er fühlt einen warmen Körper an seinem. Er ist eingeschlafen und hält die Bettdecke umklammert.

Probleme auf dem Kiez

Der Silbersack ist eine kleine, schmuddelige Kneipe in der Silbersackstraße. Das nur ebenerdige Haus ist bis zur Kante des Flachdaches mit gelben Fliesen belegt. Die Fensterrahmen sind leuchtend rot, vergilbte Gardinen und schmutzige Scheiben lassen nur wenig Tageslicht in die kleine Gaststube. Drei Männer sitzen an der kurzen Theke vor einem Bier.

„Habt ihr vielleicht etwas von Joe gehört?" Gerhard Oppermann ist nicht in der besten Laune. „Der ist jetzt schon fast vier Wochen weg, was macht der so lange?"

„Vielleicht ist er mit deinem besten Pferdchen durchgebrannt", vermutet der Neue, Karl Schlöbohm.

„Rede nicht so eine Scheiße! Hat man das in Dortmund so gemacht?", wirft der dritte im Bunde, Günter Strelitz, ein.

„Reg dich ab, so abwegig ist das nicht. Warum suchst du sie denn so dringend?"

„Das werde ich dir gerade auf die Nase binden!" Dieser Dortmunder geht beiden mit seiner Besserwisserei und seinen dämlichen Sprüchen schwer auf die Nerven. „Warum musstest du eigentlich aus Dortmund verschwinden, hast du da auch so einen Schwachsinn gequasselt?", möchte Günther Strelitz wissen.

„Nein, dort sind meine Vorschläge angenommen worden, und die Kollegen haben nicht schlecht daran verdient."

„Was du nicht sagst. Wenn wir deine Meinung brauchen, rufen wir dich." Gerd Oppermann nimmt ein Schluck von seinem Bier.

Günther bietet noch an: „Ich könnte Susi fragen, ob die etwas von Gabi gehört hat, die beiden waren doch früher immer ganz dicke."

„Ja, das finde ich sehr gut, mach das bitte. Vielleicht halten die beiden noch Kontakt miteinander."

Gerhard Oppermann geht die Sache mit Joe nicht aus dem Kopf. Was ist da passiert, dass der nicht wiederkommt? Oder sich wenigstens mal meldet? Gabi kann ihm noch immer gefährlich werden, das muss er im Auge behalten. Am Abend besucht er seinen Bekannten Jules im Salambo. „Wie geht das Geschäft, alter Franzose?"

Jules Bertoli lacht. „Danke der Nachfrage. Wenn ich meinen Laden nicht ab und zu wegen Erregung öffentlichen Ärgernisses schließen müsste, könnte es noch besser sein."

„Sag mal, ist Jacko in der Nähe?"

„Ja, eben habe ich ihn noch gesehen. Soll ich ihn rufen lassen?"

„Danke, nicht nötig, ich sehe selbst nach." Er drückt die Zigarette im Aschenbecher aus und geht hinaus. Hier sind viele kleine Räume und Winkel, wo sich jemand verbergen kann. Er findet ihn in der Umkleide der Stripperinnen, sichtlich gelöst unterhält er sich mit drei Damen. „So, hier gefällt es dir wohl, alter Casanova?"

Jacko nickt, sein graues Gesicht hat wenige Lachfältchen. „Mich mögen die Frauen, ohne dass ich sie schlage."

Über Gerds Gesicht fliegt ein dunkler Schatten. Seitdem er seine Hilfe mal in Anspruch nehmen musste, hat Jacko noch weniger Respekt vor ihm, als vorher schon. Woher nimmt dieser schmächtige Kerl den Mumm, so mit ihm zu sprechen? Aber jetzt braucht er seine Hilfe, er wird ihm diese Frechheit später heimzahlen.

„Ich brauche mal deinen Rat, hast du einen Moment Zeit für mich?"

Jacko erhebt sich „Tut mir leid, meine Damen, die Pflicht ruft", Gekicher erhält er als Antwort. Gerhard leitet Jacko nach draußen auf die Große Freiheit, er sieht sich um, jetzt sind sie beide für einen Moment allein. „Was weißt du über Gabi?"

„Wahrscheinlich nicht mehr, als du."

„Hast du etwas von Joe gehört?"

„Nein, da ist ebenso tote Hose."

„Joe sollte sich um sie kümmern. Jetzt hat es den Anschein, als wenn sie sich um Joe gekümmert hat."

Jacko zuckt mit den schmalen Schultern. „Tut mir leid, dazu fällt mir gar nichts ein."

Gerd Oppermann blickt Jacko direkt ins Gesicht, um zu erkennen, ob er lügt, aber das Gesicht des Mannes ist glatt und ahnungslos. „Gut, gut. Ich werde einen neuen Versuch starten. Was hältst du von Igor?"

„Du musst schon etwas deutlicher werden, soll er eine Nachricht überbringen?"

„Jacko, manchmal bist du schwer zu ertragen. Er soll sie kaltmachen!"

Die Augen von Jacko blitzen kurz auf, dann blicken sie wieder so gleichgültig wie fast immer. „Na, ja. Igor ist zwar brutal, aber auch ein bisschen dumm. Was hältst du von dem Neuen, von Charly?"

„Hm, du meinst den Angeber aus dem Pott?"

„Das ist kein Angeber, der versteht lediglich sehr gut, sich zu verstellen."

„Könnte er mir denn" – er senkt seine Stimme zu einem Murmeln – „dabei behilflich sein?" Gerhard Oppermann blickt sich unruhig um, es ist niemand in der Nähe, der ihr Gespräch mithören könnte.

„Ich halte das für möglich. Soll ich mit ihm sprechen, oder willst du das machen?"

„Ich mach das schon selbst. Schick ihn morgen zu mir, aber nicht vor Mittag, ist das klar?"

Kurz nach Mittag sitzt Karl Schlöbohm bei Gerhard Oppermann in der Küche. Seine dunkelblonden Haare kringeln sich in schwachen Locken bis auf den Kragen hinunter, sein Stoppelbart gibt ihm ein ungepflegtes, aber verwegenes Aussehen. Ein Handgelenk schmückt eine schwere, goldene Uhr, das dazu passende Armband ist ebenfalls aus Gold gefertigt. Er trägt ein schreiend buntes Hemd, das fast bis zum Bauchnabel geöffnet ist und eine dichte, schon etwas grau werdende Brustbehaarung erkennen lässt. Eine schwarze Jeans, die in hohen, spitzen Stiefeln steckt, komplettiert die beunruhigende Erscheinung.

Aus dem Schlafzimmer von Gerhard Oppermann kommt ein junges Mädchen, nur mit Schlüpfer bekleidet setzt sie sich an den Tisch. „Kann ich 'nen Kaffee haben, Gerd?"

„So lang, wie du keinen aufsetzt, gibt es keinen."

Schmollend verzieht sie sich.

Karl Schlöbohm sieht ihr hinterher. „Probierst du deine Pferdchen vorher aus?" Ein kurzes Lachen blitzt in seinen Augen auf.

Er erntet einen bösen Blick von seinem Gegenüber. „Ich lass mich doch nicht mit einer Nutte ein!" Er schickt der jungen Frau mit den mädchenhaften Brüsten einen Blick hinterher. „Vielleicht wird sie mal eine!" Beide Männer lachen über diese großartige Idee.

„Was willst du von mir?", Charly bringt es auf den Punkt.

„Es gibt da ein Mädchen, das weiß zu viel über mich. Falls die auspacken sollte, bekomme ich die größten Schwierigkeiten. Wir müssen dafür sorgen, dass sie mir nicht gefährlich werden kann."

„Okay, das kann ich nachvollziehen. Wie wollen wir das machen?"

„Joe hat es vor vier Wochen versucht, und ist nicht zurückgekehrt. Ich habe gehört, dass er nach Neuhaus an der Oste wollte, dort hat ihre Mutter einen kleinen Laden. Seitdem habe ich nichts mehr von ihm gehört."

„Neuhaus, wo ist das denn?"

„So genau weiß ich das auch nicht, es ist irgend so 'n Nest in der Nähe von Cuxhaven. Ich muss mal in die Karte gucken."

„Kann es nicht sein, dass er dort nicht angekommen ist, weil er vielleicht einen Unfall hatte?", gibt Charly zu bedenken.

„Das wäre eine Möglichkeit, ich will der Sache auf jeden Fall auf den Grund gehen."

Am späten Vormittag des nächsten Tages sind die beiden Männer auf der Bundesstraße in Richtung Cuxhaven unterwegs. Charly fährt, er sitzt in seinem eigenen Wagen, einem roten Chevrolet Impala. Der 5,7 Liter Sechszylinder verrichtet leise brabbelnd seine Arbeit. Gerd lümmelt sich auf der vorderen Sitzbank neben dem Fahrer und lässt seine Augen über das breite Armaturenbrett gleiten. „Kleiner ging es wohl nicht, was?"

Charly lächelt. „Das ist Psychologie. Ein dickes Auto bedeutet, dass du gut verdienst. Und warum verdienst du gut? Weil du besser und rücksichtsloser bist, als andere. Und schon nimmt man sich vor dir in acht." Er sieht seinen Beifahrer an: „Das ist doch klar, oder?"

Gerhard Oppermann nickt. Der neue Mann ist nicht auf den Kopf gefallen, wenn er nicht aufpasst, könnte er ihm eines Tages den Rang ablaufen. Zuerst einmal muss er ihm bei diesem Problem mit der Nutte helfen. Er sieht aus dem Fenster in die vorbeiziehende flache Landschaft hinaus, eine grüne Wiese folgt der nächsten. „Das ist eine öde Gegend hier. Bist du sicher, dass wir hier richtig sind?"

Karl Schlöbohm nickt. „Doch, klar. Wir sind gerade an Stade vorbei gekommen, jetzt sind es noch vierzig Kilometer."

Das Land ist flach, schwarze Äcker und blassgrüne Wiesen scheinen bis zum Horizont zu reichen, immer wieder unterbrochen von Hecken und langen Reihen aus kleinen Bäumen. Nur gelegentlich unterbricht ein Haus das grüne Einerlei. Der Schnee ist verschwunden, der Regen der letzten Tage und der beginnende Frühling haben seinen Widerstand gebrochen.

Eine Dreiviertelstunde später haben sie Neuhaus an der Oste erreicht. Nur gerade eben passt der große, amerikanische Wagen durch die schmalen Straßen am Ostedeich. Die kleinen Häuser sitzen dicht gedrängt auf und hinter dem Deich, als wenn sie sich gegenseitig zu schützen versuchen.

In der Poststraße finden sie zu ihrer Überraschung ein Gasthaus, es findet sich sogar für den großen Wagen ein Stellplatz hinter dem Haus.

Die beiden haben das wenige Gepäck auf ihre beiden Zimmer gebracht. Die sind klein, fast winzig. Es gibt ein Waschbecken, Toilette und Dusche befinden sich am Ende des Flures.

Charly sitzt jetzt in Gerds Zimmer auf dem Bett. Das Fenster ist leicht geöffnet, die weiße Gardine bewegt sich etwas. Der

Blick zeigt auf den Hof hinaus, zwischen den Lücken der Häuser kann man die Deichstraße erkennen.

„Sag, mal", bemerkt Charly, „woher weißt du, dass wir hier richtig sind? Am Ende ist dein Mädchen ganz woanders."

„Doch, doch, das wird schon richtig sein, Joe sagte mir, dass er nach Neuhaus fahren wollte."

„Vielleicht stimmte das schon nicht, dann können wir jetzt lange suchen."

„Also, ehrlich, du gehst mir auf den Nerv mit deinen dauernden Einwänden."

„Ich mache einen Vorschlag. Lass uns doch unseren Gastwirt fragen, diese Leute wissen in der Regel ganz gut Bescheid."

Der Gastwirt, Otto Meyer, mustert seine Gäste skeptisch. In einer Jahreszeit wie dieser, Anfang April, kann er noch nicht wählerisch sein und nimmt alle Gäste an, die sich bei ihm melden. „Was führt Sie zu uns in den schönen Ort Neuhaus?", versucht er eine Unterhaltung anzustoßen.

„Wir machen hier keinen Urlaub", brummt Gerhard Oppermann.

„Wir suchen ein Mädchen", setzt Charly Schlöbohm hinzu.

„Tun wir das nicht alle?", orakelt der Gastwirt.

„Wir suchen Sie, weil sie etwas mitgenommen hat, was uns gehört."

„Ja, wahrscheinlich nur aus Versehen, es ist uns aber sehr wichtig", ergänzt Charly.

„Wer ist denn das Mädchen?", möchte Otto Meyer wissen.

„Sie heißt Gabriele Husemann, haben Sie von ihr gehört?"

„Ich kenne Emma Husemann, das ist die Krämersfrau in der Deichstraße."

„Ach, tatsächlich? Genau die suchen wir." Gerd wittert Morgenluft, er fühlt sich dicht vor dem Ziel. „Sie hat eine Tochter mit auffallend roten Haaren, kennen Sie die auch?"

„Natürlich. Das ist jetzt aber wohl schon gut zwei Jahre her, seitdem habe ich sie nicht mehr gesehen."

„Hm." Gerd sieht seine Felle davon schwimmen. „Gibt es irgendwelche Verwandte, bei denen sie auch untergekommen sein könnte?"

„Außer ihrer Mutter? Lassen Sie mich überlegen." Der Gastwirt geht hinter die Theke. „Kann ich den Herren vielleicht noch ein Bier zapfen?"

Charly sieht Gerd an. „Das klingt gut. Ich lade meinen Freund hier zu einem Glas ein."

Gerd grübelt mit krauser Stirn, gedankenverloren greift er nach seinem Glas und schlürft den Schaum herunter. „Was ist jetzt mit den Verwandten?"

Der Wirt nickt. „Ich zerbreche mir schon den Kopf, ich bin mir nicht sicher. Meine Frau kommt heute Abend aus Cuxhaven zurück, die kann Ihnen bestimmt etwas darüber sagen."

„Ja, fragen Sie sie bitte. Es geht um einen Umschlag mit eintausend Mark, der ist ihr versehentlich mit den Entlassungspapieren übergeben worden. Sie verstehen, das ist sehr viel Geld, das wir gerne wiedersehen würden."

Am nächsten Morgen beim Frühstück, Gerd und Charly haben fertig gegessen und rauchen noch eine Zigarette. Die Luft in der Gaststube riecht nach kaltem Rauch und angebranntem Toast. Am Nebentisch sitzt ein weiterer Gast und liest in einer Zeitung. Der Rauch seiner Zigarre mischt sich mit dem Rauch der Zigaretten von Charly und Gerd und den Gerüchen aus der Küche. Von dort kommt jetzt die Frau des Gastwirtes und setzt sich zu ihnen. Sie hat eine graue Dauerwelle und trägt einen grauen Kittel, der mit blassen roten Blumen und blassen grünen Blättern übersät ist. „Sie interessieren sich für die Tochter von Emma Husemann?", fragt sie mit einer leisen, kratzigen Stimme.

„Das ist richtig. Wir suchen sie und hätten deshalb gerne gewusst, ob sie hier noch irgendwelche Verwandte hat."

„Darf ich?" Frau Meyer holt, ohne eine Antwort abzuwarten, eine Schachtel Zigaretten aus der Tasche ihres Kittels und steckt sich eine an. „Es gibt noch eine Schwester in Oberndorf, außerdem noch ein paar andere Verwandte, die wohnen aber weiter weg."

„Die Schwester in diesem Oberndorf, wie heißt die denn?"

Die Frau streift die Asche im Aschenbecher ab und überlegt. „Sie hat vor fünfundzwanzig Jahren in Hamburg geheiratet und ist kurz vor Ende des Krieges zurückgekommen, aber wie sie jetzt heißt, das kann ich Ihnen wirklich nicht sagen."

Verdammt! Gerd Oppermann ist kurz davor, die Geduld zu verlieren, er ermahnt sich zu mehr Gelassenheit. „Können Sie das vielleicht in Erfahrung bringen? Wenn wir das Geld wiederbekommen sollten, könnten wir Ihnen, ich sag mal, fünfzig Mark davon abgeben."

Die Augen von Frau Meyer beginnen zu leuchten. „Ich überleg doch schon. Ich habe einen Schwager in Oberndorf, der ist dort Fährmann, der kennt praktisch jeden. Er hat nur kein Telefon, ich muss hinfahren, um ihn zu fragen."

Gerhard Oppermann ist jetzt sichtlich beruhigt. Er nimmt sein Portemonnaie und gibt der Frau den versprochenen fünfzig Mark-Schein. Mit leuchtenden Augen zieht sie davon. „Vielen Dank, heute Mittag wissen Sie mehr!"

Kaum ist sie in der Küche verschwunden, fragt Charly seinen Kumpel. „Hätten wir den nicht selbst fragen können? Jetzt verlieren wir wieder einen halben Tag."

Gerd sieht ihn von oben herab an. „Aha, Mister Allwissend! Nein, je weniger wir in Erscheinung treten, desto besser. So lernt uns dieser Fährmann nicht kennen und kann später nichts über uns erzählen."

„Da sagst du was. Wir müssen uns über den Ablauf, nachdem wir das Mädchen gefunden haben, noch Gedanken machen. Schließlich soll man uns später nicht auf die Spur kommen."

„Lass die Frau erst mal nach Oberndorf fahren, dann sehen wir weiter." Gerd Oppermann drückt seine Zigarette aus. „Was machen wir bis heute Mittag? Ich sterbe hier noch vor Langeweile."

Sichtlich angeödet gehen sie eine Weile später im Bürgerpark in Neuhaus spazieren. In einem großen Bogen der Aue, des Zuflusses bei Neuhaus in die Oste, ist hier ein Park angelegt worden. Beide halten eine Zigarette in der Hand und hängen ihren Gedanken nach. Der Kies des gepflegten Weges knirscht unter ihren Schuhen.

„Warum soll eigentlich dieses Mädchen zum Schweigen gebracht werden?", will der Mann aus dem Ruhrpott wissen.

„Das musst du nicht wissen", antwortet Gerhard Oppermann, kurz angebunden.

„Ich hab gedacht, wo ich doch jetzt mit drin häng."

„Sie ist eine Zeugin für eine Sache, die mir sehr unangenehm werden könnte." Der Zuhälter sieht seinen Begleiter düster an. „Das reicht jetzt, du fängst an, mir auf die Nerven zu gehen."

Charly hebt abwehrend die Hände. „Ist ja gut. Ich hab gedacht, ich könnte dir vielleicht helfen."

„Es reicht mir, dass du es überhaupt gehört hast. Schluss jetzt damit!"

„Gut, meinetwegen. Aber zu unserem aktuellen Problem. Wie willst du vorgehen? Wir können sie nicht einfach auf offener Straße in meinen Wagen zerren", bemerkt Charly.

„Darauf wäre ich nie gekommen", zischt Gerd Oppermann, „wir müssen sie natürlich vorher beobachten und einen guten Zeitpunkt ausfindig machen. Das ist nicht einfach, weil wir hier auf dem platten Land auf einen Kilometer als Fremde erkannt werden. Dazu noch dein auffallendes Auto!"

„Ja, ja. Mit anderen Worten: Wir dürfen uns nicht zu lange damit aufhalten."

Am Nachmittag sind sie wieder in der Pension und warten auf die Rückkehr ihrer Wirtin. Es ist kurz nach Mittag, da erscheint sie in der Gaststube. „Einen kleinen Moment, meine Herren! Ich bin gleich für Sie da!"

Charly und Gerd geben sich große Mühe, nicht aufzufallen. Je normaler sie sich jetzt verhalten, desto weniger könnten später Zeugen über sie aussagen. Doch dann kommt endlich Frau Meyer und setzt sich zu ihnen. Sie beugt sich zu ihnen und spricht leise, wie bei einer Verschwörung, jetzt ist sie fast gar nicht mehr zu verstehen.

„Mein Schwager Hauke ist einer der Fährmänner in Oberndorf. Er kennt praktisch jeden, der dort wohnt." Sie steckt sich eine Zigarette an, beim ersten Zug hustet sie tief von unten heraus. „Also, mein Schwager. Er hat mir erzählt, dass die Schwester von Emma Husemann jetzt von Borstel heißt. Sie wohnt in der Nähe der Kirche, Bei der Kirche 2."

Gerd Oppermann hat einen kleinen Zettel vor sich liegen und macht sich Notizen. „Konnte er etwas zu einem Logierbesuch bei dieser Tante sagen?", möchte er wissen. Er kann nur schwer die Ungeduld in seiner Stimme verbergen.

„Nicht so ganz. Nur eines: Seit einigen Wochen wohnt jemand neues in Oberndorf, es ist eine junge Frau mit auffallend rotem Haar. Ob das allerdings die Tochter von der Frau Husemann ist, konnte er mir nicht sagen."

„Das haben Sie sehr gut gemacht, Frau Meyer. Wir werden Sie jetzt nicht mehr behelligen." Gerd Oppermann erhebt sich. „Vielen Dank für Ihre Mühe, wir haben nun, was wir brauchen und werden Sie morgen nach dem Frühstück verlassen."

Die beiden Männer sitzen in dem roten Schlachtschiff von Charly Schlöbohm, rauchen eine Zigarette und unterhalten sich.

„Es sieht aus, als hätten wir es bald geschafft", bemerkt Charly.

„Wir müssen es sorgfältig vorbereiten, sonst habe ich statt eines Mordes zwei am Hals", antwortet Gerd Oppermann unvorsichtig.

„Aha! Sie hat also gesehen, wie du jemanden umgelegt hast!" Charly sieht Gerd belustigt an. „Deshalb also dein Eifer."

„Ja, ist ja gut", Gerd knirscht fast hörbar mit den Zähnen. „Ich möchte eigentlich jetzt schon nach Oberndorf fahren und mich dort ein wenig umsehen, was sagst du dazu?"

Charly greift nach dem Zündschlüssel. „Nur zu, ich ertrage dieses Warten auch nicht." Mit einem sanften Blubbern springt der Sechszylinder an und transportiert die beiden Gestalten mit sanftem Grollen über die Bundesstraße 73 nach Höftgrube, von dort folgen sie der Kreisstraße nach Oberndorf. Karl Schlöbohm sieht missmutig aus dem Fenster. „Mein Gott! Ich hatte nicht angenommen, dass es noch kleinere Orte als dieses Neuhaus gibt, Oberndorf scheint noch winziger zu sein."

„Ich sehe eine ganze Reihe Geschäfte, allein die vielen Kneipen!" Neugierig sieht er aus dem Fenster und mustert die vorbeiziehenden Geschäfte. „Hier ist was los! Mir scheint es am besten, du suchst dir einen Parkplatz für deine Karre, und wir erledigen den Rest zu Fuß."

Sie finden einen Parkplatz in der Nähe des Friedhofes, der nicht direkt an der Hauptstraße liegt, so wird der Straßenkreuzer nicht gleich jedem auffallen. Sie lassen den Wagen zurück und machen sich zu Fuß auf die Suche.

Ein kleiner Junge hat sie bemerkt, er sieht den beiden nach und huscht dann in den Friedhofsweg hinein. Das fremde Auto hat sein Interesse geweckt, so eines hat er noch nie gesehen. Sein Freund Alfred hat ein Quartett mit Autos, da kommt ein Ähnliches drin vor. Mit Bleistift und einem zerfledderten kleinen Notizblock in der Tasche seiner Hose schleicht er zum Friedhof hinüber.

Es dauert nicht lange und die beiden Männer haben das Haus Nr. 2 in der Straße »Bei der Kirche« gefunden. Gerhard Oppermann hält sich immer mal in einer Nische versteckt und lässt seinen Kumpel Charly erst das Terrain sondieren, bevor er weitergeht. Er möchte vermeiden, dass ihn Gabi möglicherweise vorzeitig bemerkt und das Weite sucht. Karl steht jetzt an der Haustür und sieht nach oben. „Wenn alles stimmt, was man uns gesagt hat, wohnen die Tante und die Nichte hier oben im ersten Stock."

„Immerhin, das war nicht so schwierig, wie ich erwartet hatte. Wir werden ab morgen das Haus beobachten, um herauszufinden, wann unser Schätzchen alleine ist." Er lacht bösartig.

Thekla von Borstel und ihre Nichte Gabi haben Feierabend. Es ist kurz nach halb fünf, es wird bald dämmern. „Wie gefällt dir die Arbeit in der Buchhaltung?", beginnt die Ältere eine Unterhaltung während der Fahrt in den kleinen Ort an der Oste.

„Eigentlich nicht schlecht. Es ist nicht direkt ein Traumjob und ich glaube nicht, dass ich es mein Leben lang machen werde. Aber alles ist besser, als das, was ich bisher gemacht habe, das denke ich jeden Tag, seitdem ich dort arbeite."

Die Tante nickt. „Ich bin so froh, dass du zu mir gekommen bist und ich dir helfen konnte. Ich mag mir gar nicht ausmalen, was alles hätte passieren können."

Ihre Nichte drückt dankbar ihren Arm.

„Habe ich dir erzählt, was wir heute mit dem Nachtwächter erlebt haben?", fragt Gabriele ihre Tante.

„Nein, bisher nicht." Sie hat jetzt Höftgrube erreicht und biegt nach rechts in Richtung Oberndorf auf die neu asphaltierte Straße ein. „Nein, erzähl doch mal."

„Ja, das war ganz interessant. Ich sollte für einen Lehrling einspringen, der heute nicht erschienen war. Der holt jeden Morgen die Zeituhren vom Pförtnerhäuschen ab und klebt die papiernen Zeitstreifen aus der Uhr auf ein Blatt Papier. Ich gehe also über die Zufahrt zu dem Haus des Pförtners."

....

Das kleine Häuschen am Tor liegt zwischen den herein- und hinausführenden Fahrspuren. Während der Arbeitszeiten ist es mit zwei Personen besetzt, die die Frachtpapiere der Lastkraftwagen überprüfen und abzeichnen. Nach Feierabend, die Nacht hindurch bis zum Morgen, ist das kleine Häuschen das alleinige Reich des Nachtwächters. Er kann dort nicht die Nacht hindurch in Ruhe sitzen, er hat einen engen Zeitplan, damit er erstens nicht einschläft und zweitens die abgelegeneren Ecken des Werkes überprüft. Zu diesem Zweck besitzt der Nachtwächter eine Kontrolluhr. Diese Uhr hängt er sich in einer Ledertasche über die Schulter. Hans-Adolf zum Beispiel nimmt seinen Job sehr ernst. Ein Blick auf die Uhr in seinem Wärterhäuschen sagt ihm, dass es wieder Zeit für seine Runde ist. Er hängt sich die Kontrolluhr in der schwarzen Ledertasche um, setzt seine Schirmmütze auf, dann geht er los. Nach langen Jahren Nachtwächterdienst hat er seine Route im Kopf, fast automatisch führen ihn seine Schritte über das Fabrikgelände. In der Halle mit den Klinkermühlen befindet sich der erste Kontrollschlüssel. Das kleine, schwarz gestrichene Kästchen befindet sich an der Ecke zum Ersatzteillager. Seine Handgriffe laufen immer gleich ab. Zuerst öffnet er das schwarze Schlüsselkästchen. Darin befindet sich an einer kleinen Kette ein Schlüssel, der genau in seine Kontrolluhr passt. Er steckt ihn in die Uhr und dreht ihn eine halbe Umdrehung bis zum Anschlag. Fertig! Der Kontrollschlüssel kommt in das Kästchen zurück, und er verschließt es wieder. So geht es noch mehrere Male während einer Runde. Der am weitesten entfernte Schlüssel auf dieser Tour ist der Schlüssel an der alten Tongrube. An der Wand eines Werkzeuglagers ist das Kästchen mit dem Schlüssel angebracht. Er benutzt auch diesen, um seine Uhr zu betätigen, dann führt ihn die Runde wieder zu seinem Häuschen am Tor zurück.

Am Tag wird die Uhr von einem Lehrling aus der Verwaltung abgeholt, die Uhr wird geöffnet, ein Kontrollstreifen aus Papier wird herausgeholt und durch einen neuen ersetzt. Der benutzte Papierstreifen wird neben den anderen der vergangenen Woche auf einen Bogen Papier geklebt. Jeder Schlüssel an den verschiedenen Positionen hat eine andere Kennzahl, die neben der Zeitskala einen Abdruck hinterlässt.

Nicht alle Nachtwächter sind so gewissenhaft wie Hans-Adolf. Hermann ist so ein schwarzes Schaf. Seine Uhr wird diesen Morgen eingesammelt und der Papierstreifen aufgeklebt.

....

Heute ist es Gabriele, die für den erkrankten Lehrling die Uhr geöffnet hat und den Streifen aufklebt. Sorgfältig richtet sie den letzten Streifen an den anderen aus. Irgendetwas stimmt nicht mit den Markierungen der Schlüssel, sie ruft eine Kollegin aus der Personalabteilung dazu. „Sag mal, Gertrude, findest du das nicht auch merkwürdig?"

Gertrude blickt sachkundig auf die Papierstreifen. „Es sieht so aus, als hätte Hermann jede Nacht mehrere Rendezvous an der Tongrube gehabt." Sie blickt Gabriele an. „Bring den Bogen mit den Papierstreifen zu Herrn Vollmers. Er ist für den Wachdienst zuständig und wird sich darum kümmern."

Der Betriebsingenieur kann sich noch gut an seinen rothaarigen Schützling erinnern. „Fräulein Husemann, erinnere ich das richtig?"

„Ja, das stimmt." Mit Unbehagen erinnert sie sich noch an die Betriebsführung. Einen unpassenderen Termin hat es wohl nicht geben können. „Vielen Dank noch mal für die interessante Führung. Wenn man nur in der Verwaltung tätig ist, bekommt man von der Fabrikation nicht viel mit."

„Das freut mich zu hören." Sein Blick fällt auf den Papierbogen. „Was haben Sie denn für mich?"

„Es sind die Kontrollstreifen des Nachwächters. Die kommen uns etwas merkwürdig vor."

Klaus Vollmers sieht ebenso erstaunt auf die Kontrollstreifen. „Sie haben recht, da stimmt was nicht. Ich werde dieser Sache auf den Grund gehen."

Es sollte sich herausstellen, dass der Nachtwächter Herrmann den Schlüssel von der Tongrube entfernt und bei sich im Wärterhäuschen verwahrt hatte. Anstatt den Weg jede Nacht zweimal bis ans Ende des Werkes gehen zu müssen, konnte er nun in seinem gemütlichen Häuschen sitzen bleiben und benutzte den Schlüssel, der eigentlich an die Tongrube gehörte, immer mal wieder. Vor dem Wechsel des Nachtwächters, am Ende der Woche, hätte er den Schlüssel wieder zur Tongrube gebracht. So weit kam es nicht, die auffallende Häufung der

Schlüsselzeichen auf den Kontrollstreifen machte ihm einen Strich durch die Rechnung.

Nach dem Abendessen sitzen die beiden Frauen im Wohnzimmer und unterhalten sich, als es an der Haustür klingelt. „Wer ist das um diese Zeit?", fragt Thekla sich und läuft die Treppe hinunter.

Es ist eine Freundin von ihr. Sie hat sich eine schwarze Jacke über ihr Hauskleid gezogen und über die Haare ein Kopftuch gebunden. „Ich muss dir was erzählen, Thekla." Sie sieht zu der rothaarigen Nichte hin. „Vielleicht hat es mit deinem Besuch zu tun."

„Komm rein, Meta, wir sind ganz Ohr."

Die Frau des Friseurs legt ihr Kopftuch ab und hängt die Jacke an einen freien Haken an der Garderobe. Sie setzt sich an den Tisch im Wohnzimmer, beugt sich vor und spricht mit leiser Stimme. „Heute Nachmittag hatten wir Besuch hier im Ort. Es waren zwei Männer, die haben ein auffallendes Auto bei uns im Friedhofsweg abgestellt."

„Und warum glaubst du, dass die zu uns wollten?"

Die Friseursgattin lächelt siegessicher. „Ich habe vorhin mit Angelika Grefe gesprochen, dort haben sich die beiden nach einer rothaarigen Verwandten von dir erkundigt."

„Ihr und ihrem Bruder gehört der Lebensmittelladen an der Ecke zur Bahnhofstraße", erläutert Thekla von Borstel ihrer Nichte. Sie wendet sich an ihre Freundin. „Haben sie gesagt, was sie wollten?"

„Nein", antwortet die Freundin, „die wollten bloß wissen, wo deine Nichte wohnt."

An der Stelle wird Gabi blass und sie spürt, wie sich ihr Magen zusammenzieht.

Tante Thekla lässt sich nichts anmerken. „Das hast du gut gemacht, Meta. Wir werden die Augen offenhalten."

Meta Rathjens nickt und zieht einen Zettel aus der Tasche ihres Hauskleides. „Das hat mir unser Nachbarsjunge, der Uwe, aufgeschrieben. Er interessiert sich für Autos und hat sich den Wagen von allen Seiten angeguckt.

» C h e v r o l e t   I m p a l a «", liest sie stockend von dem Zettel ab. „Das hat Uwe notiert. Er sagte, dass es ein großer, roter, amerikanischer Straßenkreuzer war. Hier ist noch die Nummer: *HH-HF-62*." Triumphierend sieht sie von dem Zettel hoch. „Das musste ich loswerden. Das ist doch wichtig, nicht?"

„Auf jeden Fall, Meta, du hast wirklich gut aufgepasst. Ich werde mir jetzt mit meiner Nichte überlegen, was wir machen. Was ist dann passiert? Sind sie noch da?"

„Nein, sie sind kurz danach wieder weggefahren."

Thekla bringt ihre Freundin noch bis unten an die Tür. „Du hast etwas gut bei uns. Wenn die wieder weg sind, kannst du mal auf Kaffee und Kuchen zu uns kommen. Vielen Dank auch an euren Nachbarsjungen."

Gabriele Husemann sitzt alleine im Wohnzimmer, sie beschleicht eine dunkle Angst. Sie ahnt, nein, sie weiß, wer sich hinter diesem Auto verbirgt. Ihre Tante kommt wieder herein, mit vor Sorge geweiteten Augen blickt die junge Frau ihr entgegen. „Ich fürchte, es ist wieder Besuch von der Reeperbahn", flüstert sie tonlos. Das Verschwinden des Killers ist in Hamburg natürlich nicht unbemerkt geblieben. Wie konnte sie nur so arglos sein? Hatte sie gedacht, die Kerle würden die Sache auf sich beruhen lassen? Gerd würde erst Ruhe geben, wenn sie tot wäre. Sie, die einzige Zeugin des Mordes an dem polnischen Zuhälter. Die Leute, die mit diesem Auto gekommen sind, müssen es auf sie abgesehen haben, es gibt keine andere Möglichkeit. Einen kleinen Moment wundert Gabi sich, warum die Männer, wenn es überhaupt mehrere sind, mit einem derart auffälligen Wagen auf der Suche nach ihr sind, das war doch mehr als dumm. „Was sollen wir jetzt machen? Noch mal so ein Glück wie bei dem Anderen werden wir kaum haben."

Ihre Tante lacht: „Na weißt du, »Glück« ist gut!"

„Entschuldige, du weißt, wie ich es meine."

In ihrer Verzweiflung keimt in Gabi ein Gedanke. Es gefällt ihr nicht besonders, ist aber vielleicht das Einzige, was sie jetzt noch retten könnte. „Ich werde den jungen Polizisten bitten, uns zu helfen."

„In dem Fall müsstest du sowohl den Tod des Mannes erklären, der hinter dir her war, als auch, warum man dich verfolgt." Sie sitzen beide an dem kleinen Tisch in der Küche, Gabi hat ihre Finger verschränkt und die Hände auf das weiße, blaugemusterte Wachstuch gelegt. „Ich fürchte, ich muss mich von dem Gedanken verabschieden, dass meine Zeit auf Sankt Pauli mein Geheimnis bleiben kann."

Thekla von Borstel blickt ihr in die Augen. „Meins und deins natürlich."

Sie drückt ihrer Tante die Hand. Sie ist den Tränen nahe, schnaufend zieht sie erste Tropfen in der Nase hoch, ihre Tante reicht ihr ein Taschentuch. „Ich habe nur seine Nummer im Büro, sonst würde ich ihn jetzt noch anrufen."

Am Abend steigt Gabriele Husemann die Treppe nach oben in ihr kleines Reich. Leise knarren die Holzstufen, die Lampe in dem kleinen Flur ist nur mit einer schwachen Glühbirne bestückt, die mit ihren fünfzehn Watt nur einen schwachen, gelben Schein erzeugt und die Dunkelheit mehr verstärkt, als sie zu verdrängen. In ihrem kleinen Zimmer ist es kaum heller, dafür sehr gemütlich. An einer Wand steht das Bett, das inzwischen mit einem Federbett versehen ist. Ein kleiner Tisch, zwei Stühle und eine Kommode sind die einzigen weiteren Möbel. Das Dach ist niedrig, sie ist mit ihren 1,72 Meter nicht besonders groß und kommt damit zurecht. Das einzige Fenster hat vor einer Woche eine Gardine erhalten, die sie jetzt zuzieht. Sie setzt sich an den Tisch und denkt über die neuesten Ereignisse nach. Sie seufzt laut und vernehmlich, womit hat sie das bloß verdient?

Sie steht auf, holt ihr Waschzeug aus der Kommode und geht zur Treppe. Ihr Blick fällt auf die Tür zum Dachboden. Ein plötzlicher Schrecken durchzuckt sie. Wenn nun schon jemand auf dem Dachboden ist und nur darauf wartet, dass sie einschläft? Zaghaft streckt sie eine Hand aus und fasst nach dem Türgriff. Sie drückt ihn hinunter und stemmt sich dann gegen die Tür. Sie ist offenbar verschlossen, Gott sei Dank! Pfff, sie atmet laut aus. Nicht wirklich beruhigt steigt sie die Treppe nach unten und betritt das kleine Badezimmer der Tante.

Später am Abend liegt sie im Dunkeln im Bett und blickt an die finstere Decke. Die Straßenlampe vor der Kirche leuchtet noch und wirft durch eine Lücke in der Gardine einen hellen Strich an die Decke. Gleich morgen früh wird sie den jungen Kommissar anrufen und um Hilfe bitten. Er wird ihr helfen, da ist sie sich sicher. Mit einem warmen Gefühl erinnert sie sich an den freundlichen Blick seiner blauen Augen. Und wenn er nun nicht in seinem Büro ist? Eine Dienstreise, oder Krankheit? Sie versucht besser nicht, an so eine Möglichkeit zu denken.

Sie schläft schlecht, immer wieder träumt sie schreckliche Dinge. Gerd taucht darin auf, Susi und Jacko. Jetzt steht sie vor der Tür zur Bodenkammer. Dahinter sind leise Geräusche zu hören. Langsam und lautlos öffnet sich die Tür, in der Mitte steht Gerhard Oppermann und sieht sie mit einem maskenhaften Grinsen an. Hinter ihm öffnet sich der eigentlich dunkle Raum der Kammer zu einer gewaltigen Kathedrale, ein riesiges Heer von gesichtslosen Männern steht hinter ihrem früheren

Zuhälter, der sie nun mit einer Pistole in der Hand anführt. Aus allen Ecken des endlosen Raumes kommen weitere Männer hervor, von oben, von unten, von allen Seiten. In Panik dreht sie sich um, sie versucht zu laufen, die Tür zu ihrem kleinen Zimmer öffnet sich selbsttätig, eine weitere Tür erscheint. Sie läuft darauf zu, auch diese Tür gibt nach. Ihr folgt dichtauf Gerhard Oppermann, die Masse der anonymen Männer quillt ihm hinterher. In ihrer Not entschließt sie sich, aus dem Fenster zu springen. Sie reißt die Gardine beiseite und blickt hinunter auf das Kopfsteinpflaster, das von einem grauen Nebel fast völlig verschluckt wird, dann fällt sie mehr, als dass sie springt. Der Boden ist nicht hart, wie sie erwartet hatte, ein weicher Untergrund fängt sie auf. Schweißgebadet und schwer atmend sitzt sie aufrecht im Bett. O Gott, was für ein schrecklicher Traum! Sie legt sich wieder hin und versucht, an etwas anderes zu denken. Hoffentlich ist diese Nacht bald vorbei. Gegen Morgen schläft sie wieder ein und wird von ihrem Wecker aus einem bleiernen Schlaf gerissen.

Immer wieder sieht sie sich in ihren Gedanken von einem roten Auto verfolgt, heute wird sie den jungen Polizisten anrufen, sie muss einfach, sonst wird dieser Albtraum nie zu Ende gehen. Gemeinsam mit anderen Angestellten überschreiten sie und ihre Tante später die Bundesstraße hinüber zur Verwaltung. Als Gabi an ihrem Schreibtisch sitzt, wählt sie sofort die Nummer auf dem Zettel, den der Kommissar ihr gegeben hat.

„Hansen, guten Morgen!"

Beinahe hätte sie vor Schreck wieder aufgelegt. Sie reißt sich zusammen und antwortet. „Hier spricht Gabriele Husemann vom Zementwerk in Hemmoor. Können Sie sich an mich erinnern?"

Er lacht leise, ein sehr sympathisches Lachen. „Natürlich kann ich das, wie könnte ich Sie vergessen?" Dann, als sie sich einen Moment nicht meldet. „Was kann ich für Sie tun?"

Jetzt muss sie ihm irgendetwas erzählen. Sie hätte sich besser vorher zurechtlegen sollen, was sie ihm beichtet, damit er herkommt, sie ist wirklich zu dämlich! Was für einen Grund sollte er haben, nur wegen eines roten Autos hierher zu kommen? „Ich brauche Ihre Hilfe", bringt sie mühsam hervor. „Ich glaube, mir trachtet jemand nach dem Leben." So ist es ja tatsächlich, aber wird es für einen Außenstehenden nicht unglaubwürdig, vielleicht sogar hysterisch klingen?

„Warum nehmen Sie das an?", tönt die freundliche Stimme von Kommissar Hansen aus der Leitung.

Jetzt muss sie zum Äußersten greifen, sie muss jetzt beichten, etwas, das sie eigentlich nie erzählen wollte. „Wissen Sie, ich war Zeuge eines Mordes, nun tauchen hier Leute auf, die mich wahrscheinlich zum Schweigen bringen wollen. Der Tote in der Tongrube vor einem Monat war einer von ihnen. Eigentlich sollte ich sterben, im Streit um die Waffe hat sich ein Schuss gelöst und ihn statt mich getroffen." Nun ist es raus, Schicksal, nimm deinen Lauf. Sie umklammert den Hörer fest mit der Hand und erwartet gebannt die Antwort des Polizisten.

Kommissar Hansen sagt einen Moment nichts. In seinem Kopf arbeitet es, Puzzlestücke werden umher geschoben und Fakten sortiert. Auf einmal passt alles zusammen, das rätselhafte Verhalten der jungen Frau sowie der ungeklärte Todesfall mit dem Mann aus Hamburg. „Ich spreche nur noch mit meinem Chef, ich muss mir ein Auto organisieren, dann fahre ich los. Wo finde ich Sie?"

„Ich bin bis zu meinem Feierabend an meinem Arbeitsplatz in der Verwaltung."

„Ich beeile mich, ich melde mich bei Ihnen, sobald ich angekommen bin." Fast sofort taucht Werner Hansen bei seinem

Chef auf und berichtet, was Gabi Husemann ihm am Telefon erzählt hat.

Hauptkommissar Jürgen Krüsmann sagt erst mal nichts. Er sieht nachdenklich seinen jungen Kollegen an. „Das ist ja allerhand! Und? Meinst du, sie sagt die Wahrheit?"

Der junge Mann reibt sich die Nase. „Ich denke schon. Ich kann mir nicht vorstellen, dass sie sich das ausgedacht hat, warum sollte sie?"

„Das wirft natürlich ein ganz anderes Licht auf den Fall. Unsere Hamburger Kollegen sind seit ein paar Tagen dabei, die letzten Wege des Josef Kastrup zu rekonstruieren. Sie prüfen insbesondere mögliche Verbindungen, wie Freunde, Bekannte und Knastbrüder, die in unsere Gegend führen." Er blickt einen Moment sinnend aus dem Fenster. „Pass auf, wir machen das so: Du fährst erst mal nach Hemmoor und sondierst die Lage. Wenn die Geschichte sich als wahr erweisen sollte, rufst du an, und ich komme dann mit der kompletten Kavallerie hinterher."

Werner Hansen springt auf. „Gut, ich bin schon unterwegs."

„Pass auf dich auf! Und wenn irgendwas nicht klar ist, melde dich sofort, hast du verstanden?" „Natürlich!", ruft der Kommissar noch von der Tür her, dann ist er fort.

Finale an der Oste

Jetzt ist es passiert, nun kann sie es nicht mehr rückgängig machen. Aber entgegen ihren Erwartungen fühlt sie sich jetzt wohler, eine schwere Last ist von ihr abgefallen. Unkonzentriert arbeitet sie weiter, mehrfach muss sie ihre Eingaben für die Journalblätter wiederholen, damit es von der Maschine akzeptiert wird. Immer wieder blickt sie zur Uhr, die an der Wand hängt. Wie lange braucht man von Stade bis Hemmoor?

Kurz nach zehn klopft es an der Tür ihres Arbeitsraumes, herein kommt die Dame von der Anmeldung. „Ein junger Mann ist für Sie gekommen, Fräulein Husemann. Er wartet im Besucherzimmer auf Sie."

Aufgeregt eilt sie zu dem Raum mit dem runden Tischchen und den vier Stühlen.

Es ist Werner Hansen. „Guten Tag, Fräulein Husemann, ich freue mich, Sie zu sehen." Er sieht sie fragend an. „Können wir uns irgendwo ungestört unterhalten?"

„Natürlich!" Sie nickt aufgeregt. „Ich sage noch meinem Chef Bescheid, dass die Polizei eine Aussage von mir benötigt."

Fünf Minuten später sitzen beide in einem kleinen Besprechungszimmer am Ende des langen Ganges. Gelegentlich verirrt sich die Sonne durch die Zweige der Bäume, die neben dem Gebäude der Verwaltung stehen und malt zappelnde helle Kleckse an die Wand.

Kommissar Hansen holt einen Notizblock aus seiner Aktentasche und sieht sie aufmerksam an. „Sie sind blass, geht es Ihnen nicht gut?"

„Nein, gar nicht. Ich habe sehr schlecht geschlafen, ich habe Ihnen ja schon am Telefon gesagt, in welcher Lage ich bin."

„Natürlich, entschuldigen Sie, war 'ne blöde Frage."

„Ach wo, Sie können ja nichts dafür." Sie beschließt, ihm alles, wirklich alles, ohne Vorbehalte zu erzählen. Sie beginnt in Neuhaus vor zwei Jahren mit der Einladung nach Hamburg, um als Kellnerin zu arbeiten. Zuerst wollte sie nur servieren, erzählt sie ihm, dann ist sie nach dem Striptease zur Prostitution gezwungen worden.

Kommissar Hansen sieht sie mit großen Augen an. Dann gehörte sie auch den Mädchen vom Straßenstrich an, die er erst vor Kurzem auf der Reeperbahn gesehen hatte! So wurde das also gemacht, Zorn kommt in ihm hoch. Es gibt offenbar genug Mädchen, die vom Leben in der Großstadt träumen. Er versteht nur nicht, dass die Frauen, denen das passiert ist, die »Neuen« nicht warnen. Aber wahrscheinlich wissen die Zuhälter das zu verhindern, oder die Neuen halten es nicht für möglich, dass ihnen so etwas passieren könnte.

Doch Gabi Husemann ist noch nicht fertig, das dicke Ende steht noch bevor. Sie berichtet ihm stockend, wie sie am 19. Februar den Mord an einem Polen durch ihren Zuhälter beobachtet hat. Der junge Polizist kann kaum glauben, was er hört. „Langsam, nicht so schnell. Ich komme mit meinem Bleistift nicht hinterher!", er notiert sich jedes Detail.

Gabi fährt fort, mit gedrückter Stimme beschreibt sie eine der schrecklichsten Situationen ihres Lebens. „Mir war klar, dass ich dort nicht länger bleiben konnte, mein Zuhälter hatte bemerkt, dass ich ihn beobachtet hatte und schärfte mir ein, zu niemandem etwas zu sagen. Mir war aber klar, dass er sich damit auf Dauer nicht begnügen würde, ich fühlte mein Leben in Gefahr. Außerdem riet mir eine Freundin vom Strich, dringend zu verschwinden. Sie gab mir etwas Geld mit." Tonlos, wie ein Automat, berichtet sie über den Vorfall in Hamburg.

Sie erzählt von ihrer längst überfälligen Flucht zurück an den Frieden an der Oste. Jetzt muss sie ihm vom Tod ihres Verfolgers berichten. Sie spürt, dass es ihr immer leichter fällt, sie redet sich eine schwere Last von der Seele. Kommissar Hansen gibt keine Kommentare ab, akribisch notiert er jeden Punkt und unterdrückt jede Bemerkung, um ihren Redefluss nicht zu unterbrechen. Sie erzählt von dem Besuch des Mannes, der sie offensichtlich umbringen sollte, von dem Handgemenge in dem kleinen Zimmer der Gaststätte, und wie sie plötzlich mit einem Toten konfrontiert war.

Gabi erzählt mit leiser Stimme, sie blickt auf den Tisch vor sich. Sie berichtet von der Idee ihrer Tante, Dieter Hagenah hinzuzuziehen, der den Toten am Ende hat verschwinden lassen.

Jetzt kann sich der Kommissar doch eine Bemerkung nicht verkneifen. „Sie hätten uns viel Arbeit erspart, wenn Sie uns damals schon davon erzählt hätten, noch bevor der Tote in der Tongrube versenkt wurde."

Gabriele Husemann ist den Tränen nahe. „Ich war wie in Panik, ich war auch davon überzeugt, dass mir niemand geglaubt hätte, einem Mädchen von Sankt Pauli…, die Polizei schon gar nicht."

Kommissar Hansen schüttelt den Kopf. „Aber nein, der Fall ist ganz offensichtlich Notwehr gewesen, nicht mal das, Sie haben ja nicht geschossen, der Schuss löste sich versehentlich. Mehr kann man jetzt nicht dazu sagen." Er sieht sie an. „Ich glaube Ihnen, niemand kann Ihnen jetzt noch das Gegenteil beweisen." Jetzt versteht er, warum sie ihm am Anfang immer aus dem Weg gegangen ist, das war wirklich zu unvorstellbar, um es einem Polizisten anzuvertrauen.

Gabriele Husemann nickt, sie fühlt sich jetzt viel besser als vorher. Sie ist fast am Ende ihrer Geschichte angekommen. „Gestern ist wieder jemand aus Hamburg angekommen, in einem amerikanischen Straßenkreuzer. Ich vermute, dass es wieder jemand ist, der mir nach dem Leben trachtet. Deshalb habe ich Sie heute Morgen angerufen." Sie ist fertig, sie hat die Unterarme auf den Tisch aufgestützt und hebt jetzt ihre Augen.

Kommissar Hansen beendet seine Notizen und sieht sie an. Wie leid sie ihm jetzt tut! Sie hat so viel Schreckliches in ihrem kurzen Leben erdulden müssen. Es drängt ihn, sie in den Arm zu nehmen und zu trösten, seine fehlende Erfahrung mit Frauen hält ihn jedoch zurück. Er wirft einen kurzen Blick auf seine Aufzeichnungen. „Die Sache mit dem Toten wird für Sie und Ihre Tante als Ihre Angehörige straffrei ausgehen. Ihr Bekannter, dieser Dieter Hagenah, wird sich vor Gericht verantworten müssen. So wie ich das beurteile, könnte es eine kurze Bewährungsstrafe geben. Das größte Problem", jetzt grinst er sie an, „könnten die Kosten für die freiwillige Feuerwehr sein, das müssen Sie mit den Herren direkt klären. Obwohl", er zögert einen Moment, „die Suche hatte eigentlich dieser verschwundene Schlosser ausgelöst."

Zaghaft erwidert sie sein Lächeln. „Was ist jetzt mit dem roten Auto in Oberndorf?"

„Das überlassen Sie ruhig mir. Sie fahren heute Abend mit ihrer Tante wie üblich nach Hause. Ich folge Ihnen und werde der Sache auf den Grund gehen. Vielleicht ist es nur ein Zufall, das glaube ich aber nicht, die Kriminalpolizei glaubt nicht an Zufälle." Er blickt ihr in die Augen, sie sieht nun sehr viel beruhigter aus. „Ist das so in Ihrem Sinne?"

Gabriele Husemann kommt es vor, als wäre sie aus einem ewig dauernden Albtraum aufgewacht. Sie streckt eine Hand aus und legt sie auf die des Polizisten. „Ich danke Ihnen für Ihr Verständnis. Ich bedaure aufrichtig, Sie nicht rechtzeitig informiert zu haben."

Kommissar Hansen genießt den zarten Druck ihrer Hand. „Das war doch nur zu verständlich. Ich werde in den nächsten Tagen das Protokoll ins Reine schreiben lassen, Sie können es dann unterschreiben." Er steht auf und sieht ihr in die grünen Augen. „Wir sehen uns, wenn Sie Feierabend haben - ich werde mich in mein Auto setzen und ihnen später folgen. Bis dann!"

Einer plötzlichen Eingebung folgend, legt sie ihre Arme um ihn und drückt sich an ihn.

Kommissar Hansen lächelt. „Das gefällt mir gut, wenn sich das wiederholt, darf ich ihren Fall wegen Befangenheit nicht weiter bearbeiten." Er lacht leise und verlässt das Besprechungszimmer. Von dem Telefon in der Anmeldung telefoniert er mit seinem Chef. In knappen Sätzen fasst er das zusammen, was er heute erfahren hat. „Der Fall mit dem Toten in der Tongrube wäre damit enträtselt und außerdem könnten wir helfen, den Mord an einem Zuhälter in Sankt Pauli aufzuklären."

Kommissar Krüsmann am anderen Ende des Telefons sagt einen Moment nichts. „Da hast du mitten ins Volle gegriffen. Wie willst du jetzt vorgehen?"

„Ich hatte vor, sie heute Abend zu beobachten und zu prüfen, ob der Wagen aus Hamburg wieder da ist. Falls ja, werde ich dich benachrichtigen."

„Ja, das ist gut, geh auf keinen Fall ein Risiko ein, hörst du? Ich drücke dir die Daumen."

Nach Feierabend treffen sich Thekla und ihre Nichte an ihrem Volkswagen, um nach Hause zu fahren. Sie sind kaum eingestiegen, da fragt ihre Tante aufgeregt: „Und? Hast du alles mit dem Kommissar besprochen?"

„Ja, wirklich alles. Zuerst hab ich gedacht, ich bekomme kein Wort heraus, aber als ich einmal angefangen hatte, ging der Rest von selbst. Er weiß nun alles von mir, und es hat mir fast nichts ausgemacht."

„Das ist schön, ich habe mir so etwas schon gedacht."

Gabi feixt, „ja, natürlich, du hast das schon vorher gewusst."

„Du musst mir schon ein paar Jahre mehr an Lebenserfahrung zugestehen. Davon abgesehen, war es nicht so schwierig. Ich habe bemerkt, wie der junge Mann dich immer angesehen hat. Du bist ihm zwar aus dem Weg gegangen, aber da war etwas zwischen euch."

Gabriele sieht immer wieder nach hinten, doch durch die ewig nasse Heckscheibe kann sie nichts erkennen. „Sag mal, Tante Thekla, fährt jemand hinter uns her?"

Sie blickt konzentriert in den Innen- und in den Außenspiegel. „Nein, ich kann niemanden erkennen."

Das junge Mädchen ist beunruhigt. Sie kennt die Skrupellosigkeit der Männer vom Kiez, wenn sie etwas vorhaben, ziehen sie es auch durch. Kommissar Hansen wirkte jedoch völlig sicher, es wird doch alles klappen?

Tante Thekla schließt die Haustür auf und beide gehen die knarrende Holztreppe in dem dunklen Hausflur nach oben. „Soll ich dir beim Abendbrot helfen?"

„Das wäre nett, dann können wir uns dabei unterhalten."

„Gut, ich lege nur meine Sachen ab."

Wenige Minuten später steht die junge Frau bei ihrer Tante in der Küche, und hilft ihr den Tisch zu decken. Es gibt Brot mit Aufschnitt, wie so häufig am Abend. Die beiden Frauen haben sich allerlei zu erzählen, das wichtigste Thema ist die Beichte von Gabriele Husemann. „Dein Freund, dieser Dieter Hagenah, wird sich auf eine Anzeige einrichten müssen, aber wie mir Kommissar Hansen versichert hat, wird es nicht so schlimm werden."

„Dein Kommissar ist schon ein Schatz."

Gabriele Husemann seufzt vernehmlich. „Ja, nicht? Ich hätte ihn schon früher kennenlernen sollen, viel früher, da wäre mir manches erspart geblieben."

Nach dem Abendbrot steigt Gabriele die Treppe zu ihrer Schlafkammer hinauf. Ob es jetzt wohl bald vorbei ist? Ob sich Kommissar Hansen jetzt wohl draußen aufhält und das Haus beobachtet? Sie schließt die Tür auf und tritt in den Raum, in dem sie wohnt und schläft. Das Deckenlicht ist schwach und beleuchtet kaum das ganze Zimmer. Am Tisch steht nur ein Stuhl. Auf der Suche nach dem zweiten, sucht ihr Blick das Zimmer ab. Da steht er, in der äußersten Ecke des Zimmers an der Wand, von dem schwachen Schein der Deckenlampe wird er nicht mehr erreicht. Es sitzt jemand darauf, jetzt erkennt sie ihn, es ist Gerhard Oppermann...

Es dauert einen Moment, bis die Information in ihren Kopf gedrungen ist. Gerhard Oppermann? Es kommt ihr vor, als sähe sie ein Gespenst. Träumt sie wieder? Zu ihrem Entsetzen ist es kein Gespenst, er sitzt dort leibhaftig und sehr lebendig auf dem Stuhl. Sie schreit auf, erschrocken schlägt sie die Hand auf den Mund.

„Hallo mein Herz! Freust du dich, mich zu sehen? Das hättest du nicht gedacht, was? Joe ist verschwunden, da musste ich doch mal nachsehen, was hier los ist. Wenn man nicht alles selber macht." Er lacht. „Du solltest jetzt mal dein Gesicht sehen, köstlich!" Er lüpft seine Jacke. „Wie du siehst, ist es witzlos zu flüchten." Dunkel schimmert der Griff einer Pistole im Schatten der Jacke. „Wie geht es dir? Hast du ein neues Betätigungsfeld gefunden?" Er lacht hässlich. „Wärst du man lieber bei mir geblieben, jetzt haust du in so einem Loch am Ende der Welt. Wie sieht es mit unserem gemeinsamen Geschäft aus? Du kannst es dir noch überlegen, aber überlege schnell."

Bis eben hat ihr die Angst die Kehle zugeschnürt, jetzt gelingt es ihr, eine Antwort zu formulieren. „Ich bin so froh, dass ich nicht mehr für dich anschaffen muss, ich würde noch sehr viel schlechtere Bedingungen in Kauf nehmen!"

„Na, na, wer wird denn so undankbar sein? Du hast es doch immer gut bei mir gehabt."

„Nein! Vor allen Dingen hast du es gut mit mir gehabt und gut von dem Geld gelebt, das ich als Prostituierte erhalten habe."

Ein weiterer Gast betritt das Haus gegenüber der Kirche. Es ist eine Frau in mittleren Jahren, sie war gestern schon einmal hier.

„Hallo, Meta. Komm rein, was hast du auf dem Herzen?"

Es ist Meta Rathjens, die eifrige Informantin von gestern. „Er ist wieder da!"

„Wer ist wieder da? Der rote Wagen?"

„Ja, genau. Er steht wieder auf dem kleinen Platz am Friedhof. Die denken wohl, wir merken das nicht." Sie blickt ihre Freundin verschwörerisch an. „Da haben die sich geschnitten, wir halten nämlich zusammen!"

Thekla von Borstel nickt. Ja, Meta hat recht. Das ist eines der großen Vorteile in einer gewachsenen Dorfgemeinschaft. Sie kann ihre Freundin beruhigen. „Es gibt da einen Polizisten, der passt auf uns auf."

„Ach? Ich habe niemand gesehen, und ich übersehe so schnell nichts."

„Das ist ein Kriminaler, der weiß, wie man sich versteckt", antwortet sie im Brustton der Überzeugung. Hoffentlich stimmt das auch, setzt ihr Kopf noch vorsichtig hinzu.

„Habe ich dir das von der Molkerei Hasenfleet erzählt?", will Meta Rathjens wissen. Die Freude über eine Neuigkeit, die ihre Freundin noch nicht kennt, leuchtet aus ihren Augen.

„Nein, ich habe noch nichts gehört."

Meta Rathjens ist jetzt in ihrem Element, sie beugt sich vor und berichtet die neueste Geschichte aus dem Dorf. „Das hat mir heute Morgen Milchmann Hinrich erzählt." Sie lächelt ihre Freundin an. Nichts ist so schön wie eine Neuigkeit, die andere noch nicht kennen. „Du hast vielleicht gehört, dass die Milchbauern sich darüber beschwert haben, dass ihnen die letzte Zeit immer zu wenig Milch berechnet wurde?"

„Ja, das habe ich gehört. Hat man das jetzt raus gekriegt?"

Meta lächelt wissend. „Ja, man hat. Und wie figelinsch! Stell dir vor, ein Angestellter der Molkerei hat sich in einer großen Kiste versteckt, die man auf den Milchwagen geladen hatte. »Zerbrechlich« hat man mit großen Buchstaben darauf geschrieben, damit man die Kiste nicht zu sehr herum stößt."

Thekla hört gespannt zu. „Und? Was ist dann passiert?"

„Ja, pass auf. In der Kiste war ein Loch, dadurch konnte der Meierist den Milchkutscher beobachten. Und stell dir vor, der hat immer wieder mit einer Kelle aus jeder Milchkanne etwas herausgeschöpft und für sich in eine extra Kanne abgefüllt."

„Ich werd verrückt! Was hat er damit gemacht?"

„Das hat er später in seiner Bekanntschaft verhökert. Das wäre »über« gewesen, hat er gesagt." Sie lacht. „Jetzt ist er »über«. Ihm ist auf der Stelle gekündigt worden."

Es gibt noch viel zu erzählen, Meta Rathjens weiß über jeden etwas zu berichten. Als sie spät am Abend im Hausflur stehen und sich verabschieden, lauscht Thekla von Borstel nach oben. Es ist still, nichts ist zu hören. Gabi schläft bestimmt.

Es klopft an der Tür zu Gabi Husemanns kleinem Zimmer. „Komm rein, es ist offen!", ruft Gerd.

Die Tür wird geöffnet, Karl Schlöbohm kommt herein. Gabis Angst klettert wieder ein paar Stufen höher. Wer ist das denn jetzt? Sie hat sich auf das Bett gesetzt, ihr neuer Gast setzt sich mit weit gespreizten Beinen auf den Stuhl an ihrem kleinen Tisch. Seine dunkelblonden Haare sind lange nicht mehr gewaschen worden, steif und klebrig stehen sie auf seinem Kragen. Er trägt eine schwarze Jacke mit einem weißen Hemd, graues Haar kräuselt aus der Halsöffnung heraus.

Als hätte Gerd gehört, was sie denkt, stellt er seinen Kumpel vor. „Mein Liebe, darf ich dir einen Kollegen vorstellen? Das ist Charly, er wird mir dabei helfen, dich mundtot zu machen." Er lacht über seine Bemerkung.

Charly mustert sie geringschätzig. „So eine Kleine hättest du doch leicht alleine schaffen können, oder? Wieso musste ich denn in diese Einöde mitkommen?"

Gerd antwortet, offensichtlich beleidigt. „Immerhin ist Joe verschwunden, und ich weiß nicht, wieso." Er wendet sich an

Gabi. „Was ist eigentlich mit ihm passiert? Mir kannst du es doch sagen."

Gabi ist völlig am Boden. Nach dem Gespräch mit dem netten Kommissar wähnte sie sich in Sicherheit, beinahe wie im siebten Himmel. Was ist überhaupt mit ihm passiert? Dass es sich um zwei Verbrecher handeln würde, konnte sie nicht wissen, hoffentlich ist ihm nichts passiert. Nicht, dass er jetzt mit durchgeschnittener Kehle die Oste in Richtung Elbe hinunter treibt. Sie schließt die Augen und schüttelt unbewusst den Kopf, um diese Vorstellung wieder loszuwerden.

Der zweite Verbrecher scheint genau so ein skrupelloser Geselle zu sein, wie ihr Zuhälter. Er mustert sie gierig. „Wie ist sie denn so?"

„Das möchtest du wohl wissen, was?" Gerd Oppermann lacht seinen Kumpel an. Dann wird er ernst und wendet sich an Gabi. „Los, sag endlich! Wie war das mit Joe Kastrup? Wieso meldet er sich nicht?"

Gabi hat ihren Mut wiedergefunden, sie wird auf keinen Fall sagen, was passiert ist. „Ich kenne keinen Joe."

„Rede nicht so einen Unsinn. Ich habe ihn doch zu dir geschickt."

„Was genau sollte er denn bei ihr?", fragt Charly interessiert.

Doch Gerd geht nicht darauf ein. „Das spielt keine Rolle, entscheidend ist, dass ich nichts mehr von ihm gehört habe."

„Vielleicht hat er es sich überlegt, und ist gar nicht hierhergekommen", vermutet Charly.

Es klopft an der Tür. Gerd sieht Gabi an und zischt: „Wer ist das denn jetzt?" Eine Hand steckt in seiner Jacke. Charly ist die Ruhe selbst, er hat ein Messer in der Hand und reinigt entspannt seine Fingernägel, die lange Klinge blinkt in dem schwachen Licht der Deckenleuchte.

„Wie soll ich das wissen? Vielleicht ist es meine Tante, sie guckt gelegentlich mal nach mir", flüstert Gabi ängstlich.

„Los, geh zur Tür. Vergiss nicht, dass wir zu zweit sind."

Gabi erhebt sich vom Bett, zieht ihren Rock glatt, streicht automatisch mit den Fingern durch ihre Haare und öffnet die Tür.

Werner Hansen steht dort mit einem Strauß Blumen in der Hand und zwinkert ihr verdächtig unverdächtig zu. Ihr Herz macht einen kleinen Hüpfer, ist es wegen seines reizenden Lächelns, oder weil sie jetzt die lange ersehnte Unterstützung erhält? Soll sie ihn hereinbitten? Am Ende wird er von den beiden kaltgemacht! Doch bevor sie irgendetwas sagen kann, drückt er ihr den Strauß in die Hand, gibt ihr einen flüchtigen, ungeschickten Kuss und schiebt sich an ihr vorbei in das kleine Zimmer.

„Wer ist das denn jetzt? Hast du hier etwa einen Freund?" Gerd Oppermanns Augen flackern, aber er bleibt auf dem Stuhl sitzen, die Hand immer noch in der Jacke und mustert den Neuankömmling skeptisch. Karl Schlöbohm ist die Ruhe selbst, gelassen hebt er eine Hand zu dem Besucher, die andere hält das Messer. „Hallo!"

Gabi hat sich wieder auf das Bett gehockt, Werner Hansen setzt sich dazu und hält ihre Hand. Sie wendet sich an ihre beiden anderen Besucher. „Ja, das ist mein Freund. Ich kenne ihn von der Zementfabrik."

„Wir sind heute Abend verabredet", ergänzt Werner Hansen.

Gabi ist etwas ruhiger geworden, der junge Kommissar ist bei ihr und gibt sich als ihr Freund aus. Er erweckt bei ihr den Eindruck, als wenn er die Situation im Griff hat, hoffentlich täuscht er sich nicht. Sie lehnt sich an ihn und genießt seine Nähe. Die Nähe eines Mannes ist ihr zum ersten Mal seit zwei

Jahren nicht mehr zuwider, sein warmer Körper neben ihr stößt sie nicht ab.

„Guck dir die beiden Turteltäubchen an! Ich fasse es nicht." Gerd Oppermann fühlt sich unwohl in Anwesenheit des jungen Mannes. Mit Charly neben sich kann ihm eigentlich nichts passieren, die Situation könnte aber auch aus dem Ruder laufen. „Weiß er eigentlich, was du für eine bist?", versucht er den jungen Mann zu verunsichern.

Doch Kommissar Hansen lässt sich nicht aus der Ruhe bringen. „Ich mag sie so, wie sie ist. Ihre Vergangenheit interessiert mich nicht."

Gabi Husemann hat den Eindruck, als wenn es seine ehrliche Überzeugung ist. Ein plötzliches Gefühl der Zuneigung erfüllt sie.

„Wie entzückend! Hör dir das an, Charly, so richtige Liebende!"

Charly hat es gehört, jetzt erhebt er sich und steckt eine Hand in die Jacke. Eine Pistole kommt zum Vorschein. „So, jetzt werde ich dieser Komödie ein Ende bereiten. Hände hoch, Gerhard Oppermann!"

Der sieht in die Mündung der Pistole. „Spinnst du? Was ist denn in dich gefahren?"

Werner Hansen hat sich vom Bett erhoben und hält ebenfalls eine Pistole in der Hand, sie ist, genauso wie die Waffe von Charly, auf Gerhard Oppermann gerichtet.

Der ist blass, soweit man das bei dieser Beleuchtung überhaupt erkennen kann. Werner Hansen tritt vor und zieht dem verblüfften Zuhälter die Pistole aus der Jacke.

Charly weidet sich offensichtlich an dem ratlosen Blick von Gerd Oppermann, dann fischt er einen Ausweis aus seiner Jackentasche. „Darf ich mich vorstellen? Karl Schlöbohm, verdeckter Ermittler beim LKA Hamburg. Hiermit verhafte ich dich wegen Mordes an Marek Wisniewski." Er zieht ein Paar

Handschellen aus einer anderen Jackentasche. „Hier, leg dir das an. Du weißt ja, wie das geht."

Gerhard Oppermann sagt nichts mehr, er erkennt, wann er verloren hat.

„Kommst du mit bis zu meinem Auto?", fragt der LKA Beamte seinen Kollegen aus der Provinz.

„Klar doch!" Werner Hansen wirft einen Blick zu seiner rothaarigen Freundin, die, wie es scheint, noch nicht begriffen hat, was hier eben passiert ist. „Ich bin gleich zurück, ich beeile mich, versprochen!"

Gabriele Husemann sitzt auf dem Bett, den Rücken an die Wand gelehnt. Das ging alles so schnell, dass sie es sich noch einmal vergegenwärtigen muss, um es ganz zu verstehen. Offenbar braucht sie sich um Gerhard Oppermann keine Sorgen mehr zu machen, sein merkwürdiger Kumpel dagegen ist einer von den Guten, das hatte sie überhaupt nicht erwartet. Und der Beste von allen ist Kommissar Hansen, der sich in den letzten Minuten vom besorgniserregenden Polizisten zu ihrem Freund und Beschützer gemausert hat.

Zehn Minuten später ist er wieder zurück. Er tritt ein und nimmt sie wie selbstverständlich in die Arme. Er hält zum ersten Mal eine Frau so dicht im Arm, sein Verstand zaudert noch, sein Herz hat längst die Kontrolle übernommen. „Nun, meine Liebe? Wie fühlst du dich?" Das »Du« geht ihm erheblich leichter über die Lippen, als das »Sie«. „Ich habe den Eindruck, als wenn ich dir einiges zu erklären habe."

Gabi nickt. „Das würde helfen. Wieso kennst du den Karl Schlöbohm?"

In Ermangelung einer besseren Gelegenheit landen sie beide wie selbstverständlich nebeneinander auf dem Bett. Kommissar Hansen hält eine Hand von ihr, spielt mit ihren Fingern und berichtet von den letzten zwei Stunden.

„Ich bin dir und deiner Tante bis hierher gefolgt, parkte meinen Wagen neben der Kirche und habe dann die Straßen abgesucht. Wie du schon erzählt hast, stand der rote Chevrolet Impala wieder am Friedhof, der ist jetzt übrigens mit Charly und Gerd Oppermann - letzterer in Handschellen – unterwegs nach Hamburg." Er sieht die junge Frau in seinen Armen an. „Gib mir bitte einen Kuss, dann fällt mir das Erzählen leichter." Er bewegt sich auf ungewohntem Terrain, er spürt aber, dass er jetzt eine günstige Gelegenheit nicht verstreichen lassen darf.

Es wird nur ein kurzer Kuss. „Sonst hast du keine Zeit zum Erzählen!", die junge Frau lächelt ihn spitzbübisch an.

„Wo war ich stehen geblieben – richtig, der rote Chevrolet. Es saß einer darin. Ich klopfte an die Scheibe, woraufhin sie mit einem Surren nach unten glitt und ich dem Typen meinen Dienstausweis unter die Nase halten konnte. Der blickte offensichtlich erstaunt darauf, sah zu mir hoch und forderte mich auf: „Setzen Sie sich zu mir!" Er stieß die Beifahrertür auf und ich rutschte auf die Sitzbank neben ihn.

„Kommissar Hansen", er musterte den Mann nachdenklich, „was gibt es für einen Grund, dass Sie mich kontrollieren?"

„Ich ermittle in einem Hamburger Mordfall, und Sie scheinen damit zu tun zu haben", sagte Werner Hansen ohne Umschweife.

„Nun machen Sie mal halblang, ich bin hier nur zu Besuch." Karl Schlöbohm musterte den jungen Mann verächtlich. „Ich kann mich aufhalten, wo ich will, auch wenn es Ihnen nicht passen sollte. Entweder Sie erzählen mir jetzt etwas mehr, oder Sie verlassen meinen Wagen."

„Es war nicht meine Idee, einzusteigen, Sie haben mich eingeladen – schon vergessen? Aber gut: Ich bewache eine junge Frau, die Zeugin eines Mordes an einem polnischen Zuhälter gewesen ist. Und Sie", er zeigte mit dem Finger auf den Fahrer des Chevrolets, - „Sie sehen verdammt wie jemand aus, der meine Zeugin einschüchtern soll."

Charly Schlöbohm lachte. „Das wird ja immer interessanter. Wer soll denn der angebliche Mörder sein?"

„Das werde ich Ihnen gerade auf die Nase binden! Nur so viel: Es ist jemand aus der Hamburger Zuhälterszene."

Der Mann mit dem ungepflegten Haar richtete sich plötzlich hinter dem Lenkrad auf. „Ich glaube, wir sind beide hinter dem gleichen Kerl her."

Kommissar Hansen sah den Mann auf dem Fahrersitz verblüfft an. Der öffnete wortlos das Handschuhfach und holte eine kleine Tasche mit Unterlagen heraus. Eine amerikanische Bedienungsanleitung kam zum Vorschein, die Bescheinigung einer Versicherung und zuletzt eine kleine schwarze Hülle. Seine Finger mit den ungepflegten Fingernägeln fummelten darin herum und holten einen Ausweis daraus hervor. „Hier, sehen Sie sich das gut an, etwas Lesestoff für Sie."

Der Kommissar griff nach dem kleinen Heft aus gelblichem Papier und blätterte es auf. »Landeskriminalamt Hamburg« ist das erste, was ihm ins Auge sprang. »Karl Schlöbohm, Kriminalhauptkommissar« war ein weiterer Eintrag.

„Siehe da! Ein Kollege aus Hamburg." Ehrlich erstaunt blickte der junge Kommissar in den Ausweis.

Der Mann in der schwarzen Jacke und den dunkelblonden Haaren nahm ihm lächelnd den Ausweis aus der Hand und steckte ihn in seine Jacke. „Ich bin quasi ein Kollege. Meine Aufgabe ist es, mehrere Morde auf dem Hamburger Kiez aufzuklären. Gerhard Oppermann ist einer der Hauptverdächtigen. Wir haben angenommen, dass er uns auf eine Spur führen würde, eine richtige Zeugin ist uns natürlich tausendmal lieber." Werner Hansen wollte etwas sagen, aber Karl Schlöbohm winkte ab: „Jetzt häng das nicht an die große Glocke, ich will meine Ermittlung verdeckt weiterführen."

Gabi Husemann hat sich abrupt aufgerichtet und sieht den jungen Mann neben sich an. „Der Kerl ist von der Polizei? Ich fasse es nicht!"

„Ja, aber er konnte sich dir ja nicht zu erkennen geben, er wollte Gerd Oppermann mit mir zusammen verhaften. Ich erzählte ihm also von meinem Auftrag, und es stellte sich heraus, dass wir beide dasselbe Ziel hatten, nämlich deinen früheren, äh…."

„Zuhälter", hilft Gabi nach.

„Oder so. Wir vereinbarten einen ungefähren Ablauf, dann ließ ich den LKA Beamten allein."

„Du hättest gerne etwas eher kommen können, dann hätte ich weniger Ängste ausstehen müssen."

„Das tut mir im Nachhinein noch leid, aber zuerst musste der Kollege Gerd Oppermann in Sicherheit wiegen."

Werner Hansen lächelt und zieht sie wieder zu sich herüber. „Damit war der Rest einfach. Ich hatte unerwartete Verstärkung auf meiner Seite und brauchte deshalb meinen Chef nicht mehr zu informieren, und die »Kavallerie« anfordern."

„Und was war mit mir? Ich hatte die ganze Zeit eine Scheißangst!"

Werner Hansen sieht jetzt ehrlich bekümmert drein. „Das hat mir auch nicht gefallen, aber es musste sein. Solange der LKA-Mann bei dir war, konnte dir auch nicht wirklich etwas passieren."

„Du hast leicht reden!" Ein Kuss von ihm erstickt weitere Argumente.

Gabi lehnt sich an ihn. „Das mit dem Freund, das war doch nicht erfunden?"

„Nein. Ich habe es mir vom ersten Moment an gewünscht, schon als du mir in der Zementfabrik über den Weg gelaufen, oder besser: Aus dem Weg gegangen bist. Du hast mich immer so abweisend angesehen, dass ich nicht den Mut hatte, dich anzusprechen."

„Fein. Und jetzt? Jetzt habe ich dir mein Innerstes offenbart und es gibt nichts mehr, was ich dir verweigern könnte."

„Sag das nicht. Ich möchte dein Vertrauen und deine Liebe gewinnen, nicht einfordern."

Am nächsten Morgen wird die Tür zur Wohnung von Thekla von Borstel geöffnet, Gabriele Husemann tritt in die Wohnung ihrer Tante. Sie ist nicht alleine, der junge Polizist folgt ihr mit einem flauen Gefühl im Bauch.

„Tante Thekla, hast du noch eine Tasse Kaffee für meinen Liebsten?"

Werner Hansen begrüßt die Tante etwas zerknirscht. „Guten Morgen, Frau von Borstel. Ich hoffe, dass Sie jetzt keine Schwierigkeiten bekommen werden, weil ich bei Ihrer Nichte...."

Ihre Tante schüttelt ergeben den Kopf. „Kommen Sie herein, bevor Sie hier noch jemand bemerkt." Sie blickt zu ihrer Nichte. „Gabi, Gabi! Langweilig wird es mit dir nicht. Für die Zukunft müsst Ihr zwei Turteltauben euch jedoch etwas anderes überlegen." Beim Frühstück erfährt sie das Drama des vergangenen Abends, über dem Erzählen verpassen Tante und Nichte beinahe die Abfahrt zur Arbeit nach Hemmoor. Werner Hansen wird wieder nach Stade zurückfahren. „Ich melde mich im Laufe des Tages bei dir."

Als Antwort erhält er ein engelsgleiches Lächeln.

Die Gerichtsverhandlung

Schon im Laufe des Vormittags klingelt das Telefon in der Maschinenbuchhaltung. Ein Werner Hansen aus Stade möchte Fräulein Husemann sprechen. „Sie ist gerade im Buchungsraum", antwortet die Kollegin. „Kann sie gleich zurückrufen?"

Nur wenige Minuten später wählt Gabriele die Nummer, deren Wahl ihr gestern das Leben gerettet hat.

„Hallo, mein Schatz. Wie geht es dir heute?", erkundigt er sich besorgt.

Wie soll es ihr schon gehen? Sie muss sich keine Sorgen mehr machen, ihr Verfolger ist für lange Zeit hinter Gittern, die Angst davor, dass ihre Vergangenheit an die Öffentlichkeit kommen könnte, hat sich in Luft aufgelöst. Ihr neuer, richtiger, wunderbarer Freund hat ihr dunkles Vorleben, ohne mit der Wimper zu zucken, hingenommen. Oder nimmt er es in Kauf, weil er jetzt zum ersten Mal die Gelegenheit…? Nein, diesen Gedanken will sie gar nicht erst aufkommen lassen. „Ich fühle mich unendlich erleichtert. Mit einem Mal sind alle schwarzen Wolken fortgeblasen. Jetzt, wo ich wieder frei atmen kann, merke ich erst, unter was für einem Druck ich stand." Das ist ihre ehrliche, aufrichtige Meinung.

„Die Nacht mit dir war wunderbar", fügt er hinzu. „Hör mal, ich möchte nicht, dass du denkst, ich hätte es ausgenutzt, dass du…"

Sie lächelt in die Sprechkapsel. „Das beruht auf Gegenseitigkeit. Du darfst nicht denken, ich hätte es nur getan, um mich bei dir zu bedanken, so wie ich es eben kann."

Werner Hansen sagt einen Moment nichts. „Äh, das habe ich keinen Moment so empfunden. Lass uns dieses heikle Thema nicht weiter behandeln. Um es kurz zu machen: Ich habe mich in dich verliebt und möchte dich so bald wie möglich wiedersehen."

Das hört sie gerne. „Das möchte ich auch, die Frage ist, wo. In meinem kleinen Zimmer auf dem Dachboden bei meiner Tante ist es etwas ungünstig, auch wenn es mich letzte Nacht nicht gestört hat, aber Tante Thekla, eine Treppe tiefer...."

„Das sehe ich auch so, deshalb schlage ich Folgendes vor: Ich wohne in einer kleinen Wohnung in Stade, die mir vom Beamtenheimstättenwerk vermittelt worden ist. Ich würde mich freuen, wenn du mich zum kommenden Wochenende besuchen würdest. Ich schlage vor, du kommst mit dem Zug nach Stade und ich hole dich vom Bahnhof ab."

„Das ist eine wunderbare Idee, ich freu mich jetzt schon! Ich werde am Freitag direkt nach der Arbeit kommen, mit der Bahn ist das am einfachsten - wenn es dir recht ist", fügt sie noch hinzu.

Er lacht leise am anderen Ende des Telefons. „Wie kannst du so etwas fragen, je eher du bei mir bist, umso besser."

Zwei Tage später, nach Feierabend, lässt sich Gabriele Husemann zum Bahnhof Warstade mitnehmen. Sie hat eine Tasche dabei und hat sich darauf eingerichtet, das ganze Wochenende in Stade zu bleiben. Die Wartezeit auf dem Bahnsteig kommt ihr ewig vor, und als sie endlich in dem rüttelnden, dunkelgrünen Eisenbahnwagen sitzt, kann er ihr nicht schnell genug fahren. Als sie kurz vor 18:00 Uhr in Stade eintrifft, ist es noch hell. Sie steht mit ihrer Tasche vor der Tür des Wagens und drückt, sobald der Zug zum Stillstand gekommen ist, den Griff hinunter und tritt auf den Bahnsteig. Sofort ist Werner Hansen zur Stelle, er hatte schon nach ihr Ausschau gehalten. Er nimmt sie in seine Arme und zieht sie fest an sich, ein langer Begrüßungskuss folgt unausweichlich.

„Ich hatte dich gar nicht so hübsch in Erinnerung."

„Nun mach mal halblang, wir haben uns doch gerade vor drei Tagen zuletzt gesehen", lächelt sie ihn an.

In einer Hand hält er einen kleinen Strauß Blumen, den er ihr überreicht.

Gabi ist unendlich glücklich, einen von Herzen überreichten Strauß hat sie in ihrem ganzen Leben noch nicht erhalten. Sie hält ihre Nase zwischen die duftenden Blüten und kann ein paar Tränen des Glücks nicht zurückhalten. „Du bist mein erster richtiger Mann", flüstert sie leise. Erschrocken hält sie die Hand vor den Mund und blickt ihn verlegen an. „Tut mir leid, das war ungeschickt."

Er nimmt sie in den Arm und küsst ihre Tränen fort. „Das macht nichts, ich arbeite daran, nicht an meine Vorgänger zu denken."

Sie blickt ihn mit einem Funkeln in ihren grünen Augen an. „Du hattest keine Vorgänger, ich war nie mit dem Herzen dabei!"

„Entschuldige, es war mir so rausgerutscht." Er nimmt ihr unnötigerweise ihre leichte Tasche ab. „Ich wohne in der großen Schmiedestraße, das sind vielleicht zehn Minuten zu Fuß", erläutert er ihr.

Seine Wohnung liegt im ersten Stock, oberhalb der mit Kopfsteinen gepflasterten Straße, auf der jetzt der tägliche Verkehr zur Ruhe gekommen ist. Die Wohnung ist klein, sie besteht aus einer kleinen Stube, einem Schlafzimmer und einer geradezu winzigen Küche. Ein Badezimmer gibt es nicht, es ist lediglich ein Waschbecken auf der Toilette vorhanden, einem kleinen Heizgerät unterhalb des Beckens kann man warmes Wasser entnehmen. Die Einrichtung ist einfach und praktisch, es sieht eben aus, wie bei einem Junggesellen. Sie lächelt ihn an. „Macht es dir etwas aus, wenn ich ein paar Vorschläge zur Einrichtung anbringe?"

„Nein, im Gegenteil. Es soll dir schließlich bei mir gefallen."

Am Sonntagnachmittag herrscht Aufbruchsstimmung. Gabi wird mit dem Zug bis Höftgrube fahren, dort wird ihre Tante sie abholen, sie hat bereits über das Telefon von Frau Tiedemann mit ihr gesprochen.

„Es ist sehr umständlich so, ich sollte mir vielleicht ein Auto kaufen", schlägt Werner vor.

„Ich gebe zu, das wäre sehr bequem. Kannst du es dir denn leisten?"

„Ich muss es mal durchrechnen. Mein Gehalt als einfacher Kommissar ist nicht üppig, aber ein kleines Auto, wie zum Beispiel ein Volkswagen, sollte drin sein."

Zwei Wochen später, es ist wieder ein Freitag am frühen Abend, fährt Werner Hansen mit einem alten Käfer auf den Parkplatz an der Bundesstraße, gegenüber der Zementfabrik. Der Wagen hat schon bessere Zeiten gesehen, läuft aber wie ein Uhrwerk. Gabriele Husemann weiß schon Bescheid, mit schnellen Schritten kommt sie nach ihrem Feierabend aus der Glastür der Verwaltung gelaufen. Wie jedes Mal fallen sie sich in die Arme und lassen sich nicht so schnell wieder los.

Wochen der Glückseligkeit streichen für beide dahin. Sie treffen sich mindestens einmal im Laufe der Woche und immer das ganze Wochenende. Sie beginnen bereits Pläne für ihre weitere Zukunft zu machen. Sollten sie heiraten, wann verloben, sollten sie schon vorher zusammen ziehen? Es gibt viel zu planen, aber gerade diese Art der Planung erfüllt sie mit viel Freude.

Eines Tages, es ist Mitte Mai, liegt bei Thekla im Hausbriefkasten ein sehr amtlich aussehender Brief an ihre Nichte.

Er ist vom Gericht in Hamburg. Was mag das sein? Mit einem unguten Gefühl im Bauch bringt sie das Schreiben zu ihr. Gabi erblasst auf der Stelle, mit groß aufgerissenen Augen sieht sie ihre Tante an und öffnet mit zitternden Fingern den Umschlag. Das Schreiben entpuppt sich als Zeugenvorladung. Am 10. Juni dieses Jahres ist sie als Zeuge für die Verhandlung der Stadt Hamburg gegen Gerhard Oppermann geladen. Gott sei Dank soll sie nur Zeuge sein, ihr Herz klopft ihr trotzdem bis zum Hals. Sie sieht die Verhandlung schon vor sich. Es werden Fragen gestellt werden, wie zum Beispiel: »Was haben Sie in Sankt Pauli gemacht? Wie lange haben Sie als Prostituierte gearbeitet? Waren Sie registriert?« Tränen schießen ihr in die Augen und laufen ihre Wangen hinunter. Nimmt das denn nie ein Ende?

Ihre Tante sieht ebenfalls auf den Brief. Sie legt die Arme um ihre Nichte. „Meine arme Gabriele! Das ist jetzt bestimmt das letzte Mal. Es ist doch besser, wenn jetzt noch mal alles auf den Tisch kommt, damit ein Schlussstrich gezogen werden kann. Du musst noch dieses eine Mal stark sein, dann ist es vorbei."

„Ja, Tante Thekla", flüstert ihre Nichte unter Tränen. Am nächsten Vormittag ruft sie ihren Freund bei der Polizei an. Leider ist er nicht zu erreichen, er ist in Ermittlungen unterwegs, teilt ihr eine weibliche Stimme mit. Diese notiert ihren Anruf und verspricht, dass Kommissar Hansen sobald wie möglich zurückrufen wird.

Es dauert bis zum frühen Nachmittag, bis Werner zurückruft. „Was ist los? Ist etwas passiert? Geht es dir gut?" Gabi erzählt ihm von der Vorladung: „Ich soll vor Gericht aussagen, und alles wird wieder hervorgekehrt!", klagt sie ihm ihr Leid.

Geduldig hört er sich ihre Bedenken an. Doch er hat eine Antwort, die sie wieder vorsichtig lächeln lässt. „Ich werde dich auf jeden Fall begleiten."

„Ehrlich? Das würdest du tun?" Sie hört ihn leise lachen.

„Ja, ehrlich, und zwar aus zwei Gründen: Erstens würde ich dich mit dieser Last niemals alleine lassen. Und zweitens habe ich auch eine Vorladung zur selben Verhandlung, ebenfalls als Zeuge."

„Du sollst da auch hin?", Gabi ist überrascht und glücklich, dass ihr Freund sie begleiten wird.

„Hast du das vergessen? Ich habe geholfen, diesen Kerl zu verhaften. Ich denke, dass meine Aussage wichtig sein könnte. Außerdem werden die beteiligten Polizisten immer befragt, das ist Routine."

„Bist du nicht befangen?" Sie sieht wieder Probleme auf sich zukommen.

Werner Hansen lacht jetzt deutlich aus dem Hörer. „Wir sind erst nach der Verhaftung ein Paar geworden, mach dir also darüber keine Gedanken. Wir sollten uns vielleicht nicht gerade im Gerichtssaal küssen."

„Wie schade, ich möchte überall von dir geküsst werden", fügt sie lachend hinzu, jetzt wieder in wesentlich besserer Stimmung. Es ist ein unglaublich gutes Gefühl, jemanden zu haben, auf den man sich immer verlassen kann. Das hatte sie noch nie erlebt.

Es ist Ende Mai, der Wonnemonat. Werner steht wie jeden Freitag zum Feierabend auf dem Parkplatz an der Bundesstraße zwischen Warstade und Hemmoor. Die Angestellten der Portland Cement strömen in Scharen aus der Verwaltung, einige gehen zum Schuppen für die Fahrräder. Andere, unter ihnen Thekla von Borstel und Gabriele Husemann, kommen zum Parkplatz herüber. Die rote Mähne von Gabi leuchtet hell vor der tief stehenden Sonne des späten Nachmittags. Sie hat ihren Freund bereits erkannt und lächelt und winkt von der anderen Straßenseite zu ihm hinüber. Auf dem Parkplatz angekommen, beendet sie das Gespräch mit ihrer Tante, und eilt in die geöffneten Arme von Werner Hansen.

Guten Tag, Frau von Borstel", begrüßt der junge Mann die Tante, nachdem er sich von seinem Schatz gelöst hat.

Die Tante grüßt ebenfalls. „Guten Tag, Herr Hansen. Drücken Sie meine Nichte nicht so sehr, sie nimmt sonst noch Schaden." Sie lacht hinüber. „Ich wünsche Ihnen beiden noch ein schönes Wochenende!"

„Danke, das werden wir haben, dir ebenso!", ruft Gabriele ihrer Tante zu. Die winkt noch kurz und steigt in ihren Volkswagen.

Gabi und Werner steigen ebenfalls in seinen Wagen ein, er startet den Motor, dann beginnt das Wochenende für die beiden jungen Leute. Während der Fahrt nach Stade erzählen sie sich Begebenheiten der vergangenen Tage. Gabis Arbeit in der Maschinenbuchhaltung ist ziemlich eintönig, das gibt wenig Gesprächsstoff, es ist bestenfalls etwas von den Kollegen zu berichten. Werner Hansen ermittelt im Fall einer Bande, die offenbar organisiert Wohnungseinbrüche verübt.

„Du hast es gut, du hast immer spannende Aufgaben", seufzt sie.

„So ist es nicht, in der Regel ist es Routinearbeit und viel Schreibkram. Aber du hast recht, mit deiner Arbeit in der Buchhaltung ist es nicht ganz zu vergleichen."

Werner Hansen hat in seiner kleinen Wohnung bereits den Tisch im Wohnzimmer zum Essen gedeckt. Teller, Besteck und Weingläser stehen auf dem Tisch. In der winzigen Küche liegen schon einige Utensilien bereit. „Wenn die Küche nicht so klein wäre, würde ich dich bitten, mir zu helfen. So bleibt mir nur dein Anblick in der Stube", strahlt er sie an. „Es soll Spaghetti geben, mit selbst gemachtem Sugo, das magst du doch, oder?"

„Ich esse alles, was du für mich kochst." Unergründlich blitzen ihre grünen Augen unter den langen Wimpern hervor.

Werner steht in der Küche und erhitzt Tomatenmark mit Oregano, in der Pfanne schmurgelt etwas Hack, das soll später zu dem Tomatenmarkgemisch hinzugefügt werden. Auf der dritten Platte des Herdes kocht das Wasser für die Spaghetti.

Das Essen ist gelungen, sie essen alles auf und sind anschließend pappsatt. Werner schenkt anschließend Rotwein für beide ein. Auf seinem Plattenspieler läuft die neueste 45er von Roy Orbison, Pretty Woman, es verspricht ein gemütlicher Abend zu werden. Gabi sieht heute besonders gut aus, sie hat dezent Make-up aufgelegt, gerade so viel, dass Werner es nicht sofort bemerkt.

Ihm ist heute ganz besonders nach Schmusen zumute. Gabi hat ihm mit viel Einfühlungsvermögen und ihrer Erfahrung geholfen, seine Tapsigkeit und seine fehlende Übung zu überwinden. Inzwischen wollen beide ihre gemeinsamen Stunden nicht mehr missen. Doch heute verhält sich Gabriele etwas zurückhaltend.

„Was ist mit dir? Magst du heute nicht?", flüstert Werner in ihr Ohr.

„Entschuldige bitte, es gefällt mir heute Abend gut bei dir, aber irgendwie ist mir nicht danach."

Werner hat ihren Arm um ihre Schulter gelegt und versucht sie zu küssen, mehr als einen flüchtigen Kuss kann er ihr nicht entlocken. Dabei ist ihm gerade heute Abend nach Nähe und mehr.

Gabi bemerkt seine immer wiederkehrenden Verführungsversuche und zieht sich etwas zurück.

Es bleibt ihm nicht verborgen, eine leichte Enttäuschung macht sich breit. Schade, gerade heute würde er so gerne ... Dabei wirkt seine rothaarige Freundin gerade jetzt so begehrenswert auf ihn. „Bitte Gabi, lass es uns doch versuchen."

Sie schüttelt den Kopf, nur leicht, aber unmissverständlich. Werner beginnt, sich über die Ablehnung zu ärgern, seine Gedanken kreisen um das, was er sich schon den ganzen Tag erhofft hat. „Bitte, Gabi!"

„Nein!"

Jetzt gleiten seine Gedanken in eine Richtung ab, die er eigentlich nie zulassen wollte. Leise, aber deutlich stößt er hervor: „Früher hast du dich jedem hingegeben. Aber jetzt, wo ich so gerne möchte, da willst du nicht."

Nun ist es raus. Im selben Moment noch verwünscht er sich dafür, hätte er es doch nicht gedacht und auf keinen Fall gesagt! Er könnte sich ohrfeigen!

Gabi versteift sich in seinem Arm und sieht ihn mit aufgerissenen Augen an. Sie antwortet nicht, plötzlich löst sie sich von ihm und springt auf. Sie reißt ihre Jacke vom Haken und läuft hinaus, Werner bekommt noch mit, dass sie weint. Er hört ihre raschen Schritte auf der Treppe, dann ist es still. Einen Moment sitzt er noch auf der Couch, widerstrebende Gedanken toben in seinem Kopf. Was hat er da gesagt? Stimmt es denn nicht? Nein, und nochmals nein! Er sieht ihr vor Schreck erstarrtes Gesicht und ihre vor Entsetzen aufgerissenen Augen vor sich. Was hat er getan?! Nein, er muss sofort handeln, bevor es zu spät ist. Er springt ebenfalls auf, die Jacke bleibt, wo sie ist, dafür ist jetzt keine Zeit. Er läuft hinunter auf die Straße und sieht sich um. Gerade noch sieht er sie »Am Sande« um die Ecke biegen. So schnell er kann, läuft er hinterher, nach wenigen Minuten hat er sie eingeholt. Sie geht mit schnellen Schritten in Richtung Bahnhof, hat die Arme um ihren Oberkörper geschlungen und blickt nach unten auf den Bürgersteig. Schnell holt er sie ein und ruft atemlos: „Bitte, Gabi! Das wollte ich nicht sagen!"

„Verschwinde!", ruft sie mit tränenerstickter Stimme. „Ich will dich nicht mehr sehen!"

Ihr Weinen und ihr Kummer bringen ihn fast um den Verstand. Er stellt sich vor sie und greift nach ihrem Arm. Mit einem Aufschrei will sie sich ihm entziehen, doch er ist schneller und kräftiger.

„Bitte, Gabi. Ich will es wieder gut machen!"

Mit nassem Gesicht sieht sie zu ihm hoch. Dann streckt sie ihre Arme aus und legt sie um ihn. Ganz fest hält er seine weinende Freundin, er fühlt ihren Körper in seinen Armen zucken, dann lässt ihr Schluchzen nach.

„Ich verspreche dir, dass so etwas niemals wieder vorkommen wird. Ich könnte mich ohrfeigen, ich bin so ein Idiot!" Er sieht sie an, sie blickt ihm genau in die Augen.

„Das stimmt", sagt Gabi leise, „ich dachte, ich könnte mich bei dir von meiner Vergangenheit befreien, und müsste nie mehr daran denken. Muss ich jetzt jedes Mal, wenn du sauer bist, damit rechnen, dass du mir mein früheres Leben um die Ohren haust?"

„Nein!", ruft er bestürzt, dann leiser: „Das musst du nicht! Wirklich!" Mit seinen Lippen tupft er ihre Tränen ab, warm liegt ihr schlanker Körper in seinen Armen.

Langsam lösen sie sich voneinander, er hält ihre Hand und sie gehen schweigend in seine Wohnung zurück.

„Werner?"

„Ja?"

„Lass mich bitte für heute in Ruhe. Ich möchte jetzt nicht und ich möchte dir nicht einfach so zu Willen sein. Das habe ich lange genug gemacht, damit soll jetzt ein für alle Mal Schluss sein. Es soll immer eine gemeinsame Entscheidung von uns beiden sein." Sie sieht schüchtern zu ihm hoch. „Das verstehst du doch, oder?"

„Doch, natürlich. Ich weiß nicht, was in mich gefahren war. Ich hoffe, du verzeihst mir."

Ihre zarte Hand drückt ihn leicht.

Früh am 10. Juni ist ein dunkelgrauer Volkswagen im Strom vieler ähnlicher Fahrzeuge in Richtung Hamburg unterwegs. Werner Hansen ist die Ruhe selbst und versucht, seine aufgeregte Beifahrerin zu besänftigen. Er hat als junger Polizist schon ein paar Zeugenaussagen abgegeben und kennt den Ablauf. „Du brauchst dir keine Sorgen zu machen, erzähle, wie du es in Erinnerung hast, dann kann dir nichts passieren."

Sie schüttelt den Kopf. „Die Beschreibung von dem Mord ist nicht mein Problem, es quält mich, dass meine Vergangenheit wieder hervorgeholt werden wird. Ich hatte gehofft, ich könnte alles vergessen, nun geht es wieder von vorne los."

„Du Arme! Am besten ist, du denkst nicht darüber nach. Was du heute vor Gericht sagen wirst, wird auch nicht an die Oste oder bis nach Stade getragen. Es ist irgendeine Aussage, die nur in der lokalen Presse erscheinen wird, wenn überhaupt. Dass ein Zuhälter einen anderen umbringt, ist nichts Besonderes."

„Na, gut. Ich werde versuchen, es zu beherzigen." Sie schnäuzt ihre Nase und versucht die aufkommenden dunklen Ahnungen zu verdrängen.

Der kleine Wagen kreuzt auf den Elbbrücken die Elbe. „Kennst du den Weg?", fragt sie ihren Fahrer.

Der nickt. „Es ist nicht so schwierig, nördlich der Elbe muss ich mich westlich halten, zur Ost-West Straße hin. Ich habe mir das gestern auf der Karte angesehen. Wenn du magst, kannst du sie aus dem Handschuhfach nehmen." Er fährt jetzt an der Hamburger Hauptkirche vorbei. „Siehst du, hier ist der Michel, nun ist es nicht mehr weit. „Vor uns ist die Reeperbahn, kennst du dich hier vielleicht aus?" Er grinst sie an.

Gabi zieht ihre Augenbrauen zusammen und knufft ihn mit der Faust gegen sein rechtes Bein. „Du sollst das nicht sagen, niemals!"

Ein Schatten fliegt über sein junges Gesicht. „Entschuldige bitte, ich wollte nur einen Witz machen", sagt er zerknirscht.

„Es ist aber nicht witzig", antwortet Gabi gereizt.

Nur wenige Minuten später haben sie den Sievekingplatz erreicht. Das Strafjustizgebäude ist ein großes, dreistöckiges Gebäude mit Elementen der deutschen Renaissance. Grauer Sandstein an den Kanten kontrastiert mit hellrot-braunem Putz auf den Wänden. Sie sind viel zu früh, Werner stellt das Auto auf dem Parkplatz ab, sie gehen zu dem mächtigen Eingangsportal und betreten das ehrwürdige Gebäude durch die mittlere der drei großen Türen. Das Erdgeschoss ist etwa vier Meter hoch, polierter Marmor bedeckt den Boden. Werner Hansen zieht die Ladung aus seiner Tasche. „Verhandlungssaal 2 im Erdgeschoss", liest er vor. „Kann nicht weit sein." Es stellt sich heraus, dass sich beide noch in einem Sekretariat anmelden müssen, dann nehmen sie auf einer Stuhlreihe vor dem Saal 2 Platz. Gabriele sieht sich um. Der Flur ist weiß gestrichen, mit Stuck an der Decke. Lampen mit weißen Glaskugeln hängen von dort herab.

Geklapper von Stöckelschuhen dringt vom Eingang zu ihnen, dann kommen drei Frauen auf sie zu. Gabriele kommt sich vor, wie auf einer Reise in die Vergangenheit, so weit entfernt erscheint es ihr, was jetzt passiert. Es sind Susanne Wulff, ihre mütterliche Freundin, und Bärbel und Gisela vom Spielbudenplatz. Sie sind alle drei ordentlich angezogen, sie tragen eine lange Hose und sind lediglich dezent geschminkt. Gabi steht auf und dreht sich zu den drei Frauen. „Was macht ihr denn hier?"

„Gabi!" Schallt es ihr entgegen. Susi nimmt sie in die Arme und drückt ihren gewaltigen Busen gegen den schlanken Körper ihrer jungen Freundin.

Es stellt sich heraus, dass die drei Damen aus reiner Neugier hier sind. Bei Bärbel und Gisela ist es noch etwas mehr, schließlich war Gerhard Oppermann ihr gemeinsamer Zuhälter. Gabi nutzt die Gelegenheit, ihren drei früheren Kolleginnen ihren Freund vorzustellen. „Das ist Werner Hansen, er ist mein Schatz."

Der junge Mann hat sich erhoben und gibt den drei Frauen die Hand. Er lächelt sie freundlich an, Gabi spürt jedoch, dass er sich etwas unwohl fühlt.

Susi spricht es aus, was sie und ihre Kolleginnen denken. „Meine Glückwünsche zu deinem Freund, er macht doch einen sehr netten Eindruck!" Sie wendet sich direkt an Werner. „Halten Sie sie gut fest, sie ist nie wirklich eine von uns gewesen." Sie kneift Werner Hansen lachend ein Auge und dreht sich wieder zu ihren Kolleginnen um. Gabi steht zwischen ihnen und unterhält sich über belanglose Dinge, die dunkle Vergangenheit ist für einen Moment vergessen. Es ist gut, die ehemaligen Kolleginnen hier, auf neutralem Gebiet, wiederzusehen. Kurz vor Beginn der Sitzung verlassen ihre Freundinnen den Flur und gehen, immer noch miteinander plaudernd, in den Gerichtssaal.

Werner Hansen sieht ihnen nachdenklich hinterher.

„Sag jetzt lieber nichts!", faucht Gabi ihn an.

Werner lächelt. „Nein, warum sollte ich?"

Die Verhandlung beginnt. Eine halbe Stunde später wird Fräulein Gabriele Husemann vom Gerichtsdiener aufgerufen. Werner drückt ihr noch die Hand. „Halt' die Ohren steif, es kann dir gar nichts passieren."

Mit bangem Gefühl betritt sie den großen Saal. Sie hat das Gefühl, als wenn hundert Augen auf sie gerichtet sind. Auf einer etwa fußhohen Empore am Ende des Saales sitzen einige Zuschauer, unter anderem sind ihre Freundinnen dabei, die ihr unauffällig zuwinken. Auf der anderen Seite des großen Raumes ist ein langer Tisch, hinter dem der Richter und zwei Beisitzer ihren Platz haben. Im rechten Winkel dazu, in der Form eines großen U, stehen zwei Tische, hinter einem davon sieht sie ihren früheren Zuhälter Gerhard Oppermann sitzen, neben ihm hält ein Polizist Wache, ihr Herz bleibt einen Moment stehen, als sie ihren früheren Peiniger erkennt. Der dritte Mann ist wohl ein Verteidiger.

An dem anderen Schenkel des U sitzt offenbar der Staatsanwalt mit einem Mitarbeiter. Jetzt sieht der Vorsitzende auf die Unterlagen vor sich und dann auf die junge Frau.

„Sie sind Fräulein Gabriele Husemann, unverheiratet und wohnhaft in Oberndorf, Bei der Kirche 2? Ist das richtig?" Seine Stimme ist leise, aber deutlich. Er trägt einen schwarzen Talar, ebenso wie seine Beisitzer.

Sie räuspert sich. „Ja, das stimmt." Sie bemüht sich, kräftig und laut zu sprechen, sie wird den Eindruck, als wenn sie nicht jeder versteht, nicht los.

„Sie waren Prostituierte am Spielbudenplatz, mit Herrn Gerhard Oppermann als Zuhälter?"

Scheiße, genau das hatte sie befürchtet, nun muss sie all den Schmutz wieder nach oben kehren. „Ja, das stimmt. Von Oktober 1963 bis Februar 1965."

Sie wird aufgefordert, den Ablauf am 19. Februar 1965 zu schildern, vorher wird sie auf die Folgen einer Falschaussage hingewiesen. Die letzten Tage hat sie sich immer und immer wieder mit dem damaligen Vorgang beschäftigt, sodass sie jetzt in der Lage ist, es wiederzugeben, ohne stecken zu bleiben. Gelegentlich verirrt sich ihr Blick zu der Bank des Angeklagten.

Gerhard Oppermann sitzt dort ohne jede Regung, seine Augen funkeln gefährlich, versuchen aber, ihren Blick zu vermeiden.

Es gibt noch ein paar Rückfragen. „Ist es richtig, dass sich Marek Wisniewski bereits abgewandt hatte, als er von Gerhard Oppermann erstochen wurde? Haben wir das so richtig verstanden?"

„Nicht ganz, Herr Vorsitzender, er wollte sich gerade wegdrehen, seinen Blick hatte er schon zur Seite gewandt."

Weitere Fragen beziehen sich auf die Identität des toten polnischen Zuhälters. Sie kennt nur seinen Vornamen: Marek.

Jetzt meldet sich der Mann neben ihrem früheren Zuhälter zu Wort, es ist offenbar sein Verteidiger. Er ist groß, sein schwarzer Talar verdeckt einen braunen Anzug, kaschiert aber nicht völlig den kleinen Bauch. Er blickt kurz auf seine Papiere, dann sieht er zu Gabriele Husemann. „Ist es richtig, dass Sie eineinhalb Jahre als Prostituierte für Gerhard Oppermann tätig waren?"

Sie sieht den Anwalt entsetzt an. Will er wieder ganz von vorne anfangen? „Ja, das stimmt."

„Sind Sie in der Zeit häufiger von ihm geschlagen worden?"

Warum fragt er das, damit belastet er doch seinen Mandanten? Gabriele schluckt und antwortet mit fester Stimme: „Ja, das ist richtig, mitunter mehrere Male in der Woche."

Jetzt scheint der Anwalt zum entscheidenden Schlag ausholen zu wollen. „Verehrtes Gericht, ich halte es für möglich, dass sich die Zeugin lediglich an ihrem Zuhälter rächen will. Ich beantrage daher, ihre Aussage nicht zur Kenntnis zu nehmen."

Gabi klappt beinahe der Unterkiefer herunter. Für so einen Scheiß hat sie die demütigende Darstellung auf sich genommen! Im Zuschauerraum entsteht ein Tumult. Eine Stimme ertönt, es scheint Susi zu sein. „Gabi lügt nicht! Das war so!"

Der Vorsitzende ermahnt die Zuschauer zur Ruhe, der Erfolg ist nur mäßig.

Jetzt äußert sich der Staatsanwalt. „Herr Vorsitzender, ich schlage vor, die Zuschauerin als Zeugin aufzunehmen und anschließend ihre Aussage anzuhören."

Der Richter erhebt sich und richtet seinen Blick auf das Ende des Saales. „Würden Sie bitte hierher kommen?"

Susanne Wulff erhebt sich und geht mit klackernden Stöckelschuhen zum Richtertisch. „Nennen Sie bitte Ihren Namen und den Bezug zu dem hier verhandelten Fall."

Triumphierend blickt sie zu dem Anwalt, dann antwortet sie dem Vorsitzenden. „Mein Name ist Susanne Wulff, ich bin eine Freundin der Zeugin Gabriele Husemann. Die Zeugin war unmittelbar nach der Tat zu mir gekommen und hatte mir erzählt, wie sie…"

„Danke, das genügt. Lassen Sie sich bitte im Sekretariat registrieren, wir legen jetzt eine Pause von fünfzehn Minuten ein."

Erleichtert verlässt Gabi den Zeugenstand und eilt zu ihren Freundinnen. Die lachen und freuen sich mit ihr. „Jetzt zahlen wir es dem Kerl heim!", freut sich Bärbel.

Susi tritt aus der Tür des Sekretariats. Mit strahlenden Augen eilt sie zu Gabi und legt die Hand auf ihren Arm. „Na, wie war ich?", fragt sie stolz.

„Große Klasse! Ich habe gedacht, ich muss platzen vor Wut, als mich der Anwalt der Lüge bezichtigte."

„Da hat er sich getäuscht, auch Prostituierte halten zusammen!"

Ja, für einen Moment fühlt sich nicht mehr so unwürdig wie schon den ganzen Vormittag.

Werner Hansen steht ein paar Schritte entfernt und beobachtet aufmerksam den Wortwechsel. Nun stellt er sich direkt dazu und nimmt Gabis Hand. „Meine Damen, ich freue mich,

Sie kennengelernt zu haben. Sie sind wirkliche Freundinnen!" Sein herzliches Lächeln wird mit strahlenden Augen belohnt.

Die Pause ist zu Ende, die Zuschauer strömen zurück in den Saal. Gabi und die übrigen Zeugen sitzen draußen im Flur. Sie wird als Erste aufgerufen. Blass betritt sie den Verhandlungsraum und tritt vor den Richtertisch. Was soll sie denn jetzt noch, fragt sie sich nervös.

Einer der beiden Beisitzer liest ihre Aussage vor. Der Richter sieht sie an. „Würden Sie das beeiden, Fräulein Husemann?"

Gabi schluckt, sie spürt, dass jetzt viel von ihr abhängt. Gerhard Oppermann hebt seine Augen und sieht sie an. Er versucht, sie mit einem dunklen Funkeln in seinen Augen unter Druck zu setzen. Doch das verfängt nicht, sie hat Abstand zu ihm gewonnen. Nicht zuletzt weiß sie ihren Freund unverbrüchlich auf ihrer Seite, das gibt ihr Sicherheit. So antwortet sie mit fester Stimme: „Ja, Herr Vorsitzender. Das kann ich beeiden!"

„Vielen Dank, Fräulein Husemann, Sie dürfen im Zuschauerraum Platz nehmen."

Gott sei Dank, das hat sie hinter sich. Unendlich erleichtert strebt sie nach hinten und setzt sich neben ihre früheren Kolleginnen.

Der Vorsitzende blickt auf eine Notiz vor sich. „Wenn ich jetzt die Zeugin Susanne Wulff hereinbitten dürfte?"

Die Tür öffnet sich und ihre Freundin Susi kommt herein, energisch tritt sie vor den Richtertisch.

„Erzählen Sie uns den Ablauf am 19. Februar dieses Jahres."

Susi räuspert sich, sie fühlt sich etwas unwohl, dann berichtet sie mit ihrer kratzigen Stimme vom Nachmittag des Tages vor vier Monaten. Ihre Aussage deckt sich fast wortwörtlich mit dem Bericht von Gabriele Husemann.

„Würden sie Ihre Aussage beeiden?"

Susanne nickt und hebt ihre Hand zum Schwur.

Der nächste Zeuge wird aufgerufen. „Herr Hauptkommissar Karl Schlöbohm!"

Eine kleine Pause tritt ein, nichts passiert, alle blicken gespannt zur Tür. Der Vorsitzende schickt den Gerichtsdiener, den Zeugen zu suchen, da wird die Tür geöffnet und mit raschen Schritten eilt ein gepflegter Mann herein. Beinahe hätte Gabi ihn nicht wiedererkannt. Er trägt einen gut geschnittenen Zweireiher mit Krawatte, seine Haare sind immer noch lang, aber frisch gewaschen und frisiert. Er berichtet von der wochenlangen Zusammenarbeit mit dem Zuhälter Oppermann. Auf Rückfrage bestätigt er die Identität des toten Polen. Er beschreibt, dass die Zeugin Husemann umgebracht werden sollte, das könnte auf das spätere Strafmaß einen Einfluss haben.

Nach seiner Aussage setzt auch er sich auf einen der Bänke für die Zuschauer. Er dreht sich zu seinen Nachbarn, Gabi kneift er ein Auge und lächelt ihr aufmunternd zu. Sie ist ein wenig irritiert von seiner erstaunlichen Verwandlung vom Kiezganoven zum Schlipsträger.

Als nächster Zeuge wird ihr Freund, Kriminalkommissar Hansen, hereingerufen. Ihr Herz klopft vor Zuneigung, als er vor den Richtertisch tritt. Deutlich und mit klarer Stimme berichtet er von der Festnahme des Gerhard Oppermann.

„Da hast du dir einen prima Mann geangelt", flüstert Susi. Lass ihn bloß nicht wieder laufen!"

Ja, Susi hat recht. Ihr Herz läuft über, als sie ihn vorne stehen sieht. Schlank und sicher im Auftreten, er hat schon Klasse! Freudestrahlend kommt er nach seiner Aussage zu ihr.

Karl Schlöbohm erhält einen festen Händedruck von ihm, Werner klopft ihm auf die Schulter. „Hallo, Charly, wie schön, dich hier zu sehen", flüstert er. Dann setzt er sich neben seine Freundin, er nimmt ihre Hand und drückt sie fest.

Der letzte Zeuge ist Herr Jakob Dräger. Unscheinbar wie immer steht er vor dem Vorsitzenden, dabei hat er eine entscheidende Aussage abzugeben. Mit leiser Stimme berichtet er, dass er von Gerhard Oppermann am 19. Februar gerufen wurde, um ihm bei der Beseitigung der Leiche zu helfen. Es wird mucksmäuschenstill im Saal, niemand flüstert, kein Taschentuch raschelt.

„Ja, Herr Vorsitzender, ich weiß, dass ich die Polizei hätte benachrichtigen müssen." Seine Aussage ist der letzte Beweis. Danach wird er wieder abgeführt, um den Rest einer kurzen Haftstrafe zu verbüßen.

Die Beratung dauert etwa eine halbe Stunde, in der Zeit stehen Gabi und ihre Kolleginnen, sowie ihr Freund, zusammen auf dem Flur und diskutieren miteinander. Niemand hat von der Verstrickung von Jakob Dräger in diesen Fall gewusst. „Der arme Jacko, er sorgt sich immer so um uns", Gisela äußert ihr Mitleid.

„Was wird mit euch passieren, jetzt, wo Gerd eine Weile im Knast bleiben wird?", möchte Gabi von ihren Freundinnen wissen.

Susi hat etwas erfahren. „Der Hamburger Senat hat letztes Jahr beschlossen, eine gewerbliche Zimmervermietung einzurichten. Das angeblich größte Bordell der Welt soll bald entstehen, Eros-Center soll es heißen."

Gabi ist überrascht. „Ach! Und dann soll es keine Zuhälter mehr geben? Das kann ich nicht glauben."

Susi zuckt mit den Schultern. „Mag sein, auf jeden Fall gibt es mehr Aufsicht und Kontrolle durch die Stadt Hamburg, solche Typen wie Gerd haben dann nicht mehr so leichtes Spiel."

Das Strafmaß wird bekannt gegeben: Gerhard Oppermann wird wegen Totschlags zu fünf Jahren Haft verurteilt. Ein Mord konnte ihm nicht mit der erforderlichen Sicherheit nachgewiesen werden. Zusätzlich wird ihm Zuhälterei zur Last gelegt, die er mit weiteren drei Jahren Haft verbüßen muss.

Gabriele ist beruhigt. Der gemeine Zuhälter wird jetzt für viele Jahre weggesperrt, was später mal wird, muss sich dann zeigen. Erst einmal ist eine schwere Last von ihr genommen worden.

Draußen, auf dem großen Platz vor dem Strafjustizgebäude, verabschieden sie sich voneinander. Werner hat noch etwas mit ihr vor, er gibt sich geheimnisvoll. „Ich möchte mit dir in die Mönckebergstraße fahren, magst du mitkommen?"

„Was hast du denn da vor?"

„Das wirst du schon sehen." Mit einem Leuchten in den Augen startet er seinen Wagen und fährt das kurze Stück in das Zentrum von Hamburg. Er geht vor und führt sie in die Geschäftsräume des großen Juweliers Becker. Dann rückt er mit seinem Plan heraus. „Was hältst du davon, wenn wir uns hier Verlobungsringe kaufen würden?"

„Verlobungsringe?!"

„Heute habe ich wieder bemerkt, wie gut wir zusammenpassen, ich möchte dich heiraten, am liebsten sofort." Er zieht sie an sich und küsst sie auf die Wange.

Gabi hat Mühe, aufkommende Tränen zurückzuhalten. Sie zieht ein Taschentuch aus ihrer Kostümjacke und schnäuzt sich. „War das ein Antrag?", flüstert sie. „In dem Fall sage ich ja!"

Nachwort

Hat Ihnen dieser Roman gefallen? Vielleicht interessieren Sie sich für die anderen Romane des Autors?

Bisher sind von Peter Eckmann unter dem Pseudonym »Allan Greyfox« folgende Bücher erschienen:

- Töchter des Stahls – Amerika on 1922 – 1947

  Ein historischer Roman

  Der Werdegang eines jungen Mannes wird beschrieben, sowie die Entwicklung eines schönen und reichen Mädchens. Die schwierigen Zeiten mit ihren Verbrechern und der Not der damaligen Zeit wird mit ihnen lebendig.

  Dieser Roman beschreibt die Vorgeschichte der Detektivromane, wie alles begann…

- Der Tod im Paradies

  Ein scheinbar einfacher Fall entwickelt sich zu einem ausgewachsenen Verbrechen. Privatdetektiv Mike Callaghan lernt bei seinem ersten größeren Fall Freunde, Verbrecher und ein hübsches Mädchen kennen.

  Der Roman schließt nahtlos an den historischen Roman an. Das junge Mädchen und der erfahrene Detektiv entdecken ihre Freude aneinander und an der Detektivarbeit.

- Schwarze Weihnachten in Manhattan

  Ein Weihnachtsmann stellt sich als sehr gefährlich heraus, unser Held muss Weihnachten und den Jahreswechsel

1947/48 im Gefängnis verbringen. Nur seine schöne Partnerin und seine Freunde können ihn jetzt noch vor der Todeszelle bewahren.

• Mit dem Fahrstuhl kam der Tod

Der bisher letzte Fall der Detektei Callaghan. Ein defekter Fahrstuhl wird einem jungen Mädchen zum Verhängnis. Sie haben es mit einem harten Gegner zu tun, es sind Veteranen des Zweiten Weltkrieges, skrupellose Verbrecher und erfahrene Kämpfer.

Interessieren Sie sich für die Abenteuer von Mike Callaghans Großvater, dem Gunfighter?

Dann könnten die folgenden vier Wildwest-Romane für Sie interessant sein:

1. Vom Herumtreiber zum Gunfighter
2. Der Reiter aus Laramie
3. Das Tal der Siedler
4. Die Minenstadt

Sie beschreiben den Weg eines Jungen zum gefürchteten Revolvermann. Er kehrt seinem bisherigen Leben als Kämpfer den Rücken und entwickelt sich zum Wohltäter eines Tales.

Es gibt noch weitere Krimis, die in der Heimat des Autors spielen:

• Fähre ins Jenseits
  Ein untergetauchter KZ-Kommandant wird von einem früheren Häftling wiedererkannt. Um einer Anzeige und

der sicheren Verurteilung zu entgehen, muss der Entdecker seine Erkenntnis mit dem Tod bezahlen. Es bleibt nicht bei diesem Toten, eine grausige Vergangenheit muss verborgen werden.

Ein neuer Fall für die Kommissare Krüsmann und Hansen.

Ein neuer Thriller in der friedlichen Landschaft an der Oste, nach dem Motto: Stille Wasser sind tief...

Der Roman beginnt 1965 auf der Schwebefähre in Osten, weitere Handlungsorte sind Stade und Otterndorf.

- Die Chemie stimmt

    Es handelt von der Ansiedlung der Dow Chemical in Stade Bützfleth. Intrigen und Schiebereien, um den Preis der Länder auf dem Bützflethersand in die Höhe zu treiben, führen zu einem Toten.

    Die Kinder der verfeindeten Landbesitzer verlieben sich ineinander, Julia und Romeo in Bützfleth...

    Es erscheint im MCE Verlag (Medien Contor Elbe)

Beachten Sie auch bitte meine Internet-Seiten:

www.peter-eckmann.de
www.allan-greyfox.de

Dort finden Sie Hintergrund-Informationen zu meinen Büchern.